불운과
친해지는
법

방현희 지음

답

차례

심약한 사람이
모종의 비밀을 만났을 때

형진은 만 삼십이 년 전 세상에 나왔을 때부터 지금까지 어느 시기에도 혼자 살아본 적이 없었다. 그는 매우 튼튼한 몸과 낙천적인 의식을 지니고 별다른 고민 없이 삼십이 년을 살아왔으나 어머니가 돌아가시고 홀로된 뒤에야 구십 킬로에 육박하는 몸이 처음으로 부실하게 느껴졌다. 지금껏 혼자 살아본 적이 없다는 것은 건장한 남자로서 심각한 결격사유로 여겨졌고, 갑작스럽게 남아도는 시간과 할 수 있는 일이 없다는 것에 대한 자각은 아무리 낙천적인 사람이라 할지라도 당황스럽게 하기에 충분했다. 게다가 홀로되기 직전 자신에 얽힌 모종의 비밀을 알게 되었음에랴.

어머니는 오랜 투병 끝에 마침내 삶의 끄트머리에 이르렀고 며칠 전부터 섬망 증세를 보이기 시작했다. 해야 할 말을 다 하기 전에 삶의 마지막에 이를까 두려운 듯 마지막 며칠 동안 수많은 말씀을 남기셨다. 마약성 진통제를 맞고 깊은 잠에 빠지기 직전의 기이한 섬망 상태에 들린 사오 분, 하루 대여섯 차례 어머니는 마치 어떤 처참한 영혼을 위로하는 무당이나 된 듯했다.

아가, 아가, 일어나 밥 먹고 학교 가야지, 에서부터 형진아, 아버지 좀 오시라고 해라, 내 새끼, 너를 두고 내가 어찌 눈을 감을꼬, 이놈 자식, 누구 자식이어서 이렇게 말을 안 듣냐, 걔는 안 되겠더라, 여자가 너무 사치스럽다, (응? 누구 얘기지?) 여자 보는 눈을 길러야지, 아무나 사귀면 큰일 난다.

형진은 하루 세 번씩 미음을 먹이고, 대여섯 번씩 젖은 패드를 갈고, 한 번씩 어머니의 시트를 갈아야 했다. 어머니를 왼쪽으로 돌려눕히고 시트의 한쪽 끝면을 어머니의 몸 아래로 밀어 넣는다. 재빨리 침대 저쪽으로 빙 돌아가서 어머니를 오른쪽으로 돌려 눕히고 저쪽에서 밀어 넣은 시트를 잡아 뺀다. 어머니를 반듯하게 눕히고 시트를 편편하게 잡아당기는 동안 마른 풀피리 같은 숨소리 사이사이 장황한 말이 쏟아졌다. 호칭은 수시로 바뀌었다.

그 수많은 말들 중 유독 형진의 귀에 와 꽂힌 말씀이 있었다. 에미 애비 얼굴도 모르고 산 불쌍한 내 새끼, 니 애비 그 몹쓸 인사가, 아이고, 안 추워, 나 좀 냅둬. 물도 안 넘어가, 남의 에미 돌보느라 장가도 못 가고, 내가 죄가 많지, 내가 죄가 많아, 등이었다. 장례를 마치고 나니 대략 이와 같은 말이 남아 있었던 것이다.

엄마는 따뜻하거나 자상한 사람이 아니었다. 잔소리 대마왕이었고, 아버지가 살아있을 때는 아버지를, 그 뒤로는 형진을 닦달하느라 하루가 짧은 사람이었다. 그런 사람이 삶의 마지막에 가서 이런 말을 쏟아놓는다고 하면 아무리 아둔한 사람이라도 뭔가가 있을 거라는 것은 알고도 남음이 있지 않겠는가. 형진은 그 말을 곰곰 생각하느라 무려 십오 년 된 소파가 그의 무게를 감당하지 못하고 내려앉는 것도 몰랐다.

와직끈 소리를 내며 늙어 쇠약한 소파가 주저앉는 순간 그는 사거리 철물점 장씨 아저씨와의 연결고리를 불쑥 떠올릴 수 있었다. 마약성 진통제가 주는 나른함 속에서 죄책감과 고통으로부터 벗어나 과거의 길고 긴 씨실과 날실을 분리하던 어머니는 장씨 아저씨에 관한 횡설과 아버지에 관한 수설 사이에 형진의 출생의 비밀을 엮어 넣은 것이었다.

구체적으로는 '서랍 맨 아래 칸에 보자기로 싼 것을 장씨에게 갖다 주면 장씨가 너에게 뭘 줄' 거라는 얘기에 '남의 에미' 운운, '장가도 못 가고 생고생' 운운이 끼어 있었던 것이다.

장례식장에서 장씨 아저씨는 마치 누이가 죽은 것처럼 울었다. 형제보다 이웃사촌이라고 아버지와 친한 친구 사이였던, 아버지 돌아가시고 나서는 어머니를 제수씨처럼 여기며 필요한 물품들을 사다 나르고 주워 나르던, 형진이 맞이할 때마다 측은한 눈으로 바라보곤 하던 사람이 장씨 아저씨였으니 쉽게 우는 게 당연하다고 생각했다.

오래 앓다 보니 어머니 곁에는 친구도 일가붙이도 남아 있지 않았다. 거기다가 네 사람 사이에 무슨 일이 있어도 있고 보면 그가 그렇게 쉽게 우는 것이 당연한 얘기가 되는 것이다. 사거리 철물점 장씨, 그 사람과 대체 무슨 관계가 있기에 돌아가시기 직전에야 알쏭달쏭한 말을 흘린 걸까.

나에게도 아침드라마와 같은 출생의 비밀이 있을 줄이야. 출생의 비밀은 비밀인데 생부가 아쉽게도 재벌 2세는 아니고 교사였던 아버지의 가난한 친구, 평생 아버지와 어머니 사이에서 온갖 심부름을 다하고 뒤치다꺼리를 다 하던 사거리 철물점 장씨 아저씨였다는 것일까.

형진은 어떤 죽음은 마무리가 아니라 의혹이며, 흠도 애정도 고이 접어서 보내드리는 게 아니라 흠과 애정 사이의 틈을 재구성하게 만드는 것임을 알았다. 전혀 예상치 못한 과거에 당면한, 그러나 짐작하기만으로도 매우 복잡할 것이며 삼십 년 전부터 얽히고설킨 비밀의 전모를 알아낸다 하더라도 그것이 지금의 충격을 해결해주지 못할 것임을 깨달았다.

형진은 새로운 문제를 일으키는 것이 과거에서 비롯된 미진하고 두려운 감정을 일소하는 데 가장 빠른 해결책일 수도 있다고 생각했다. 그래서 그는 소파 하나를 무너뜨릴 만큼의 슬픔의 무게로 홀로 고민했던 두 달여의 시간을 끝냈다.

모든 사람들이 진실을 추구할 거라는 생각은 오해이다. 오해를 져버리고 진실을 택하게 되면 그는 그동안 지켜온 자기 입장을 비롯하여 많은 것을 버리거나 바꿔야 한다. 그것은 오해를 유지하는 것보다 훨씬 많은 비용을 요구하는 일이다. 사람들은 때로 현재를 유지하기 위해 기꺼이 오해를 택한다.

그가 육중한 몸을 일으켜 처음 한 일은 비밀을 캐러 장씨를 만나러 가는 것이 아니라 컴퓨터를 켜고 직거래 사이트에 집을 세놓은 것이다.

1

낯선 사람과 함께 사는 법

〈셰어하우스 입주자 모집 공고〉

사과가 열리는 정원 딸린 고풍스러운 주택을 여러분의 셰어
하우스로 제공합니다.
저렴한 입주비용으로 주 3회 집밥을 제공받는 최고의 입주
조건
모집인원 : 5명
자격조건 : 오직 싱글
엄격한 규칙 적용
사생활 보장
면접 : 5월 28일 오후 5시.
주인이 직접 면접 후 자격 득실 여부 결정

형진은 〈피터 팬의 하우스메이트〉에 공고문을 올리고는 다른 공고를 죽 훑었다. 비슷한 입주비용을 제시한 집과 비교했을 때 집밥을 제공하는 조건이 붙은 것은 탁월한 구매 포인트가 아닐 수 없을 것이다. 사과가 열리는 집도 맞고, 고풍스러운 주택인 것도 맞잖아. 과장광고는 아닌 거야. 나는 무엇보다 집밥을 줄 거니까.

컴을 끄고 거실로 나오던 그는 우뚝 멈춰 섰다. 새삼스럽게 그의 눈에 확 들어온 것은 십오 년 동안 단지 낡아갈 뿐 그 어떤 변화도 보이지 않았던 거실이었다. 벽과 바닥은 짙은 브라운의 나무 패널이었고 소파는 닳고 닳아 속이 뚫리기 직전의, 더구나 한가운데 나무 받침이 내려앉은 붉은 물소 가죽이었다. 벽에는 가족사진이 줄줄이 걸려 있었고, 주방으로 가는 아치형 출입구에는 때가 탄 레이스 커튼이 달려 있었다.

고풍스럽다는 게 낡고 우중충한 것을 포함한 의미였다고 우길 게 아니라면 당장 손을 좀 봐야 했다. 형진은 먼저 가족사진과 레이스 커튼을 뗐다. 어깨를 으쓱하고는 견갑골을 크게 돌려 아직 쓸 만한 덩치임을 확인하고 소파를 번쩍 들고나갔다. 면접 날까지는 나흘이 남아 있었다.

그 정도면 브라운 패널이 새하얀 패널로 바뀌기에 그리 짧은 시간은 아니었다. 자그마한 초록색 삼인용 소파와 각자 생김새가 다른 일인용 소파를 몇 개 놓기에도 그리 나쁜 시간은 아니었다.

면접을 보겠다고 명시한 날, 아닌 게 아니라 다섯 명 모집에 열 명이 넘게 몰려들었다. 형진은 모인 사람들에게 용지를 나누어주었다. 셰어하우스에서 지켜야 할 규칙과 동의서를 프린트한 것이다. 거실에 모여 앉은 사람들은 호기심을 듬뿍 안고 용지를 들여다보았다.

셰어하우스 입주자는 다음 사항을 지켜야 한다.

1. 명시된 보증금을 입주일에 납입하고 매달 월세를 일정한 날짜에 입금한다. (월세를 입금하지 않을 때는 보증금에서 차감한다)
1. 개인이 사용하는 방은 개인이 관리한다.
1. 거실과 욕실 등은 주인이 관리한다.
1. 주방은 각자 사용 후 원상태로 정리한다.
1. 주인은 냉장고를 채울 의무가 있다.
1. 주 3회 저녁, 평범한 가정에서 먹는 MSG 없는 집밥을 제공한다. 나머지 화요일과 목요일은 입주인 각자 식사를 해결한다.
1. 아침과 점심은 주방을 사용해서 각자 해결한다.
   (전날 먹다 남은 밥과 빵, 라면, 국수 등은 항상 비치해둔다)
1. 주말은 입주인들이 식사 당번을 정하여 함께 요리하고 함께 먹는다.
1. 주말에 개인 사정으로 식사 당번을 하지 못할 경우, 입주인들의 동의를 얻어 벌금을 내거나 다음 주말에 당번을 벌충하도록 한다. (식사 당번 표를 작성해서 붙여놓는다)
   *본 셰어하우스는 객지 생활로 매식을 하는 데 지친 입주인을 위해 특별히 고안된 형식의 〈집밥 먹는 셰어하우스〉이며 이

에 동의하여야 입주할 수 있다.

　용지에 적힌 규칙을 보고도 입주 형식을 정확히 이해하지 못한 사람들은 질문을 쏟아냈다. 영리하게 생긴 게 딱 사회 초년생일 성싶은 젊은 남자가 먼저 질문했다.

　"하숙인 겁니까?"

　"하숙 아니라니까요, 셰어하우스예요, 셰어하우스."

　"셰어하우스면 그냥 방만 얻는 거고 나머지는 각자 해결하는 거잖아요. 밥은 공동주방에서 먹고 빨래도 공동 세탁실 사용하고."

　"그래요. 그거 맞아요. 하숙은 밥값이 포함돼서 좀 비싸잖아요. 그런데 제가 방만 빌려주는 조건에 특별히 밥 못 해먹는 사람들을 위해서 월, 수, 금에만 집밥을 제공하겠다는 거예요. 다른 날은 저도 데이트도 해야 하고, 공부도 해야 하고, 바쁘니까요. 제가 아직 딸린 식구가 없어서 되도록 저렴하게 봉사하는 마음으로 놓으려는 겁니다."

　데이트는커녕 여자 친구도 없고, 공부는커녕 뭘 해야 할지도 모르지만 바쁘다는 말을 하면서 형진은 커다란 가슴을 내밀었다. 나 이래 봬도 하숙집 주인이나 하고 있을 사람 아니거든, 하는 표시였다. 내가 워낙 정이 많아서 젊은 놈들 배곯는 거 못 보니까 밥을 먹여주겠다는 거지 시간이 남아돌아서 그런 건 아니야, 라는 점을 분명히 하고 싶었다.

　사회 초년생 남자는 충분히 수긍한 얼굴로 끄덕이며 얌전히 두 손을 모았다. 그 옆에서 웬 늙수그레한 남자가 느릿느릿 손을 들고 질문했다.

"밥을 스스로 해 먹을 수 있는 사람은 입주비를 좀 깎아줍니까?"

형진은 딱 잘라 대답했다.

"그런 예외를 둘 수는 없습니다. 여긴 집밥 먹는 셰어하우스예요. 하숙과 셰어하우스의 중간 형태인 것이라 특별할 수 있는데 저는 이 성격을 분명히 할 겁니다. 동의하는 사람만 입주할 수 있습니다."

형진은 자기보다 늙어 보이는 데다 만만찮은 성격일 게 분명한 그 남자는 탈락시킬 결심을 했다. 저런 사람은 내가 컨트롤하기 어렵단 말야. 주인인 내 말이 먹히려면 나보다 나이도 어리고 무게도 덜 나가는 편이 좋아. 형진은 키 187센티미터에 몸무게가 90킬로그램에 육박하는 자신의 거대한 체격이 매우 쓸 모 있게 여겨지면서 순간 몹시도 자랑스러웠다.

여자들도 있었다. 뭔가를 수군대던 여자 두 명 중에서 나이가 들어 보이는 쪽이 주저주저하며 손을 들었다.

"혹시 자매가 한 방에 입주할 수는 없나요? 우리는 자매인데."

형진은 그 순간 머리가 급격히 밝아지면서 행복감이 밀려드는 것을 느꼈다. 가슴 깊은 곳에서 마침내 무언가를 이룬 사람만이 내지를 수 있는 환희의 음성이 솟구쳤다. 이제 됐다! 무엇이 되었단 말인가. 도대체 무엇이 되었다고 그는 기뻐하는 것인가. 사과와 석류를 생각하면서 은근히 기대하고 은밀히 떠올렸던 '여자'가 실제로 이 집에 들어오겠다고 나선 것이다.

그의 가슴속 망막에는 투명한 알맹이를 드러낸 석류를 들고 배시시 웃는 여자의 얼굴이 저절로 그려졌다. 머잖아 가을이 되면 함께 사과와 석류를 먹을 여자들이 생긴 것이다. 더욱 좋은 것은 자매라는 것이었다. 여자는 한 명보다 두 명이 낫고, 거기다 자매라면 이 시커먼 남자들 사이에서 불거질 게 분명한 스캔들도 적어질 테고 말이지.

"여기 명시된 형식에 동의하시면 큰 방을 두 분이서 사용할 수 있을 겁니다. 물론 큰 방은 50프로가 더 비쌉니다만."

자매라고 한 두 명의 여자가 환하게 웃었다. 합격! 형진은 이제부터 매일 기쁨이 두 배가 될 것임을 확신했다. 이 집안에 젊은 여자가 들어오는 게 도대체 얼마 만이냐. 아니, 그러고 보니 그가 태어난 이후로 전혀 일어난 적이 없던 일이로구나. 아버지의 동생들은 셋 다 남자였다. 즉, 삼촌들이었던 것이다. 다들 결혼시키고 아버지 돌아가시고 나니 엄마가 아파도 코빼기도 안 비치던 삼촌들. 그들의 자국을 지울 수 있게 되었다. 그는 스스로에게 감탄했다. 집을 팔고 취직을 하려던 처음의 계획을 버린 게 얼마나 다행스럽던지.

면접을 통해 자매와 남자 셋이 입주자로 확정되었다. 사회 초년생인 남자의 이름은 민규이고 스물여섯에 M 대학 행정부 인턴사원으로 일 년 육 개월 남짓 근무했다고 했다. 다른 남자 둘은 PC방에서 알바를 하면서 우직하게 뮤지션의 길을 걷는 스물다섯 살 정우와 24시 동물병원에서 야간진료를 담당하는 수의사 호준이라는 남자였다. 자매 중에서 언니라는 혜진은 좀 깐깐해 보이는 편이었는데 아니나 다를까 이른바 대기업인 S 화장품 마케팅부에서 팀장으로 근무하고 있었고 체격은 더 튼실했지만 순진해 보이는 여동생 수진은 패러글라이딩 조교를 하면서 경비행기 조종사 학교에 다니고 있다고 했다. 경비행기 조종사라고? 물론 무조건 합격!

입주자들을 최종적으로 결정하기 전에 우직하게 뮤지션의 길을 가는 중인 정우라는 청년에게 형진은 우려를 듬뿍 담아 질문을 했다.

"저, 늦은 시간에 연주를 한다거나, 뭐, 소음을 유발한다거나 하여 입주인들의 수면에 어려움을 초래하지는 않을 거죠?"

젊은 뮤지션은 조금쯤 씁쓸하고 조금쯤 서글픈 듯, 어디서나 이런 질문을 받아왔기에 충분히 예상했다는 듯, 조심성이 몸에 밴 자세로 대답했다.

"그래서 PC방 알바를 밤 시간에 하고 있습니다. 저는 낮에 집에 있을 거고요. 연주 연습은 저희 밴드가 빌린 작업실에서 주로 할 겁니다."

아직 앳된 얼굴이지만 과도한 노동으로 피로가 느껴지는 그의 해명에 형진보다 먼저 수의사 호준의 얼굴이 한시름 덜었다는 듯이 해맑아졌다. 뮤지션이란 타인의 일상생활에 해를 끼치는 존재라는 선입견이 있는 모양이다.

형진은 남의 집 살이에 이골이 난 서글픈 젊음에 잠깐 명치가 콱 막혔지만 금방 기분을 회복하고 젊은 뮤지션의 등을 토닥거려주었다. 무슨 악기를 연주하느냐고도 물어주었다. 역시나 씁쓸하고도 서글픈 표정으로 정우는 퍼스트 기타를 담당하고 있습니다, 라고 짧게 대답했다. 형진은 오, 퍼스트 기타! 멋진데, 라며 악력을 느낄 만큼 세게 어깨를 꽉 잡아주었다. 그러면서 속으로는 퍼스트 기타를 하기엔 어쩐지 카리스마가 약해 보이는데, 라고 생각하면서 주제넘게도 그들의 밴드가 아마추어를 벗어나지 못하는 약체가 아닐까, 하는 걱정까지 했다.

　자매는 안전하게 일층의 제일 큰 방을 사용하기로 하고 형진이 일층의 맞은편 방을, 남자 셋은 이층의 방을 각자 하나씩 쓰기로 정했다. 비교적 착실해 보이는 사람들로 뽑아놓고 형진은 마음이 적이 흐뭇했다. 그래서인지 우린 좋은 가족이 될 거 같아요, 라고 생각지도 않았던 말까지 하게 되었다. 자매가 들어와 같이 사는 것을 살짝 상상해보고 얼굴을 붉혔다. 전혀 예상하지 못한 행운이 덤으로 얹힌 것이다. 인생은 정말이지 한치 앞을 알 수 없구나, 형진은 잠들기 전 마지막으로 중얼거렸다.

　형진은 대학을 졸업하고 딱히 일자리를 잡지 못했다. 졸업하는 그 해 어머니가 위암에 걸려 기나긴 투병생활로 들어섬으로써 형제자매가 아무도 없는 그는 졸업장 하나와 학교에서 알선해주었던 얄팍한 이력을 가지고 취직에 힘쓰는 한편, 어머니의 간병을 도맡을 수밖에 없었다. 그 과정에서 형진은 아픈 어머니를 위한 온갖 요리법을 익히게 되었고 뜻밖에 요리에 상당한 재능이 있다는 것을 깨닫게 되었다. 형진은 요리를 하면서 기쁨을 느꼈고 그래서 칠팔 년이라는 꽤 오랜 시간 동안 엄마의 밥을 해줄 수 있었던 것이다.

　어쩌면 어머니는 형진의 요리 덕분에 애초 의사가 선고했던 여생보다 오래 살았는지도 모른다. 물론 취직은 그렇게나 힘을 썼건만, 재능이 가정 요리 쪽으로 쏠린 탓인지, 한 번도 성공해본 적이 없었다. 취직에 힘을 쏟은 지 삼 년 만에 왜 그 일에 힘을 쏟아야 하는지 알 수 없어졌고 그와 동시에 완전히 그 세계를 떠나버리고 말았다.

　형진의 요리를 즐기던 어머니는 결국 세상을 버렸고 형진은 집 한 채와 함께 덩그러니 남겨졌다. 서른두 살에 고아가 되어 텅 빈 집에서 무엇을 할 것인가, 생각하고 또 생각했으나 그렇게 막막할 수가 없었다. 뒤늦게 요리에 뜻을 두고 정진했으나 환자를 돌보느라 환자식을 주로 만들다 보니 딱히 어떤 요리에 특장이 있는 것도 아니고, 어느 식당의 주방에 들어가 강도 높은 수련의 과정을 거치며 요리사가 될 만큼 의욕이 있는 것도 아니었다. 그가 생각하기에 집밥 정도는 일도 아닌 자기에게는 밥해주는 셰어하우스가 적격이었다.

누군가의 예상은 언제나 틀리지 않는다는데 형진은 입주일 아침, 은근히 예상했던 것과는 판이한 날을 맞이하게 되었다. 다섯 명의 입주인이 가장 좋은 시간에 떠들썩하게 앞을 다투어 밀려들 것이고, 쿵탕거리며 짐을 정리하고 나면 입주 기념으로 바비큐 파티 정도는 기대할 거라 생각했는데 웬 걸, 시간도 골고루 배정한 듯 한 명씩 매우 수줍어하며 조용히 짐을 들이는 게 아닌가.

아침 8시, 이렇게 일찍 들어와도 되느냐며 맨 처음 문을 두드린 사람은 밤샘 근무를 끝내고 퇴근길에 짐을 싸 들고 온 수의사 호준이었다. 그의 짐은 동물연구에 몸을 바친 사람임을 드러내듯 책 박스가 대부분이었고 그의 짐을 들고 뒤따라 들어온 트럭 운전기사마저 수줍은 미소를 지어서 형진은 황급히 허리를 숙여 길을 안내했다.

책장과 스무 개 남짓한 박스를 이층으로 올리고 나서 호준은 형진을 향해 예의 바르게 고개를 숙이고는 코앞에서 문을 꼭 닫고 들어갔다. 왠지 크게 거절당한 기분이 된 형진은 쓸 데 없이 예상 같은 건 하지 않아야겠다는 결심을 하며 꼭 닫힌 방문 앞에서 돌아섰다.

잠깐의 시간을 두고 인턴사원인 민규가 들어왔다. 그는 커다란 캐리어를 두 개 끌고 왔다. 엷은 분홍색 셔츠에 민트색 반바지 차림인 그는 가까운 이웃나라에 여행을 가는 듯 가뿐해 보였다. 싱긋 웃는 웃음도 상큼했다. 형진은 캐리어 하나를 받아서 계단을 함께 올라갔다. 민규는 두 손으로 캐리어를 들어야 했기 때문에 괜찮다고 손을 내저을 수는 없었다. 그래서 연신 함박웃음을 웃으며 고개를 숙였다.

"아아, 제가 하나씩 올려도 되는데요, 이거 죄송합니다."

"내가 남아도는 게 힘이라서."

앞으로 힘이 필요할 때마다 나를 사용하려고 하면 어쩌지, 싶어 말해놓고 후회를 했지만 민규는 예의상 부럽다는 뜻으로 형진의 울룩불룩한 근육 덩이를 한번 봐주었다. 사회생활 잘하겠는데, 싶은 청년이었다.

그리고 오후 세 시쯤 땀에 젖은 머리가 아무렇게나 흘러내려 머리카락이 반은 가린, 금방이라도 무너져버릴 것만 같은 젖은 눈의 우직한 뮤지션이 들어왔다. 그는 기타 케이스 하나, 신디사이저 하나, 미디 기계와 스피커 등의 조촐한 악기들만 가져왔다. 옷가지라든가 하다못해 수건 한 장이라도 담겨 있을 가방은 보이지 않았다. 이 집의 문을 열기 직전 세상에서 가장 참담한 사건을 겪었다는 듯 아무것도 묻지 말아달라는 표정이었지만 형진은 묻지 않을 수 없었다.

"다른 짐은?"

잠시 짐을 내려놓고 형진을 바라보며 촉촉하게 젖은, 그러나 얼빠진 눈을 끔벅이며 뮤지션이 느릿느릿 되물었다.

"다른 짐요? 다른 거 뭐요?"

"아니, 갈아입을 옷이라든가, 세면용품이라든가, 그런 거 있잖아."

"아, 필요할 때 천천히 가져오죠, 뭐."

필요할 때라고? 아, 이 난해한 인간은 뭐냐. 행여 내 칫솔과 수건을 쓸 생각은 아니겠지. 난해한 뮤지션은 무거운 신디사이저만 함께 들어줄 것을 공손히 요청했다. 난파라도 당한 배에서 간신히 건져올린 짐인 것만 같아 요청을 거절할 수는 없었다.

"이거 혼자 들기에는 너무 무거워서요. 죄송합니다.

"아, 괜찮아. 정말 무겁긴 무겁구먼. 혼자 어떻게 올리겠어."

형진의 커다란 팔이라면 혼자 들 수 있을 법했지만 나중을 위해서 그런 호의는 베풀지 않기로 했다. 면접날과 달리 어쩐지 석연찮은 느낌이 드는 게 이 사람이 그 사람 맞어? 하는 생각이 들었기 때문이다. 더구나 뮤지션이 고맙다는 인사인 양 말없이 허리를 숙이면서 문을 닫자 황망함과 더불어 심상찮은 불안이 밀려왔다.

내가 이래 봬도 얼마나 예민한데, 내 피부를 펼쳐놓으면 말야, 너희들 서너 배는 될 거잖아? 내 감수성 세포는 너희들보다 서너 배는 많이 분포해있을 거라고. 나를 둔탱이로 보지 마. 뮤지션, 너 유심히 볼 거야.

그런 말을 중얼거리며 계단을 내려왔다.

왜 그러는지 남자들은 저녁이 되어도 아무도 방에서 나오지 않았다. 저녁밥을 어떻게 해결하려는 거지? 형진은 자기가 되려 궁금하고 초조해서 견딜 수가 없었다. 오늘은 화요일이라서 당연히 밥을 안 줄 거라 생각하는 건가? 이사하는 날은 주인이 성대하게 축하해주는 게 체면도 모양도 사는 건데. 그는 주방과 계단 앞을 오가며 이 층의 상태에 귀를 기울였다. 어쨌거나 그도 집주인이 되어본 것은 처음인 것이다.

늦은 저녁에 자매의 이삿짐이 도착했다. 언니가 퇴근한 뒤라야 이사를 할 수 있었다면서 수진이 뾰로통한 얼굴을 했다. 으흠, 좀 귀여운데, 싫어서 괜찮다고 손사래를 쳤다. 자매는 침대를 두 개나 넣어야 하는데 누구 침대를 먼저 넣느냐는 문제로 옥신각신하느라 조금 시끄러웠다. 으흠, 조금 시끄러운데, 싫었지만 젊은 여자들의 실랑이는 얼마든지 좋다고, 그는 한없이 너그러워졌다.

그녀들은 웬 커다란 짐 덩이와 하얗고 예쁜 농을 놓고 또 다퉜다. 농을 먼저 넣어야 한다는 언니와 개인장비를 넣을 공간을 확보하고자 하는 동생은 끊임없이 옥신각신 다퉜고 다투느라 짐을 옮기는 것은 뒷전이어서 그는 자매들이란 역시 저렇게 토닥거리는 것인가 보네, 하며 도맡아 짐을 옮겨줘야 했다.

그녀들은 마지막으로 역시나 하얗고 조그만 책상을 들였는데 형진은 그 모든 것을 구경하게 된 것만으로도 여간 기쁜 시간이 아닐 수 없었다. 이 짐이 그 방으로 다 들어가고 나면 다시 구경할 수 없지 않겠는가 말이다.

이 집에서 제일 큰 방이었지만 그 짐들이 다 들어가고 나니 자매 둘이 움직일 자리도 마땅치 않을 만큼 비좁아졌다. 옷이며 구두도 어찌나 많은지 이걸 오늘 밤에 다 정리할 수 있을까 하는 걱정까지 했는데 할 수만 있다면 자신이 밤을 새워 다 정리해주고 싶었다. 어쨌거나 그는 처음으로 젊은 여자들을 집안에 들이게 된 것이었다.

그렇게 한참이나 시끄러운데도, 여자들이 이사 오는 건데도, 사내 녀석들은 그 어느 누구 하나 방 밖으로 얼굴을 내밀지 않았다. 아무리 주인이라지만 혼자 헤벌쭉 웃으며 짐을 옮기고 있는 게 조금 부끄럽기도 했다. 자기를 도와주지 않는 사내 녀석들이 참, 싸가지들도 없네, 싶은 밤이었다.

야간에 출근한다던 두 사람은 왜 아직까지 내려오지 않는 걸까. 각각의 일정을 꿰고 있어야 하는 걸까, 모르고 살아야 하는 걸까. 그가 알고 있어야 할 그 경계는 어디쯤일까. 셰어하우스라는 건 남의 사생활은 일체 신경 쓰지 말아야 하는 것인가 보다, 라며 억지로 의문을 정리했다. 십여 년 만에 사람으로 가득 찼으나 기이하도록 조용한 집안이 남의 집처럼 낯설어서 몸을 후드득 떨며 방으로 들어갔다.

그들이 들어온 첫날밤이다. 괴이한 움직임들이 느껴진다. 형진은 문 밖을 넘실대는 정체를 알 수 없는 소리와 움직임에 신경을 곤두세웠다. 두 사람만 살아온, 그중 하나는 간신히 살아있던 터라 혼자서는 움직이지도 못했으니, 한 사람 반만 살아있던 집안에 여섯 명이 숨을 쉬고 있는 것이다. 그 여섯 명의 숨소리가 이렇게 다양하게 어둠을 울릴 줄은 몰랐다. 그런데, 귀를 기울이다 보니 숨소리치고는 좀 이상했다.

삐그덕, 삐그덕, 우리 집 마룻바닥이 이렇게 삐그덕거렸나? 스스스, 누가 이렇게 몰래 다니는 거지? 불도 안 켜고? 삐-, 이건 뭘 할 때 나는 소리일까? 휘이이, 문 여는 소리인 걸까? 한 사람이 계속 돌아다니는 걸까. 두 사람 이상이 돌아다닌다면 서로 만날 텐데 말소리는 하나도 안 들리고, 불을 켜는 것 같지도 않고, 한 사람이 돌아다니는 거라면 도대체 뭘 하느라 이 좁은 집안에서 이토록 오래 돌아다니는 걸까.

문을 열고 나가자니 일일이 감시하는 것 같을까 봐 그럴 수도 없고, 어쩐지 입주인들이 아닌, 뭔가 다른 존재가 있을 것 같은, 불안감이 슬슬 엄습하기도 해서 형진은 머리맡 스탠드를 켰다. 아니, 혹시 입주인 중에 수상한 인간이 있는 건 아닐까. 밤이면 밤마다 어둠 속을 걷는 몽유병을 앓고 있달지, 낮에는 멀쩡하다가 밤만 되면 기괴한 짓을 일삼는 정신질환을 앓고 있달지, 그것도 아니면 불법적인 일을 몰래 벌인달지.

낯모르는 사람들을 다섯이나 들이면서 이런 문제는 전혀 예상하지도 못했다. 가만 생각해보니 위층의 세 남자는 하나같이 정상적이지 않은 점이 있었다. 특히 수의사와 뮤지션은 지금 당장 싸이코패스라고 판명 나도 이상하지 않을 것 같다. 그렇다, 오늘 밤 같은 일이 벌어진 건 지나치게 상황을 낙관한 그의 성격 탓이다.

어쩌면 그 누군가는 그를 공격하기 위해 오랜 시간 벼러왔을지도 모른다. 어쩌면 그 누군가는 그로 하여금 하숙집을 하게 하고 본인을 입주인으로 받아들이게 그를 조종했는지도 모른다. 그것도 모르고 셰어하우스라는 멋진 착안을 한 자신을 대견해한 꼴이라니. 아아, 구십 킬로의 거구가 거실에서 이상한 소리가 난다고 밤에 잠을 못 들고 이런 고뇌에 빠져 있다니. 이건 정말 그답지 못한 일이다.

몇 분 동안 잠잠했던 누군가의 기척이 다시 들리기 시작했다. 머릿속의 실핏줄이 점점 예민해져서 마치 교교한 달빛 아래 소리도 없이 푸르게 부풀어 오르는 것 같았다. 뇌를 가득 채운 혈관이 쿵쿵 뛰기 시작했다. 그래, 어쩌면 자매 중 하나가 화장실을 들락거리는 건지도 모른다. 저녁에 무얼 먹었는지 배탈이 났던 게지. 낯선 집에서 밤새 화장실을 들락거린다는 게 부끄러워서 불도 못 켜고 살금살금 다니는 건지도 모른다.

젊은 여자들의 발걸음은 저렇게 깃털 같은가 보지. 젊은 여자의 부끄러운 모습은 못 본 척 안 들은 척해주는 게 최선일 테지. 그래, 나는 깔끔한 주인답게 사소한 것은 눈감아주는 거다.

정신을 집중하고자 노트를 펼치고 식단을 짜기 시작했다. 감자를 졸이고, 무도 졸이고, 멸치 똥을 빼서 고추장볶음을 하고, 육개장은 한 들통 하면 사흘은 먹겠지. 그때였다. 무언가가, 분명히, 형진의 방문을 건드렸다. 쓰다듬은 것 같기도 하고, 긁은 것 같기도 하고, 살며시 민 것 같기도 했다. 형진은 반사적으로 일어나 벌컥 문을 열었다. 무언가 희끄무레한 것이 방 앞으로 날래게 지나간 것 같았지만 문밖으로 몸을 내밀었을 때에는 이미 자취도 보이지 않았다. 기운이 쪽 빠졌다.

형진은 인생의 파란만장함이란 실로 예비된 것과 예비되지 못한 것 사이의 진자운동에서 벌어지는 일이라고 일찌감치 깨달은 바가 있다. 예비된 것은 마치 롤러코스터를 타기 전에 예상했던 것처럼 짧고도 간단하게 끝나는데, 예비되지 못한 길은 언제나 예상을 훨씬 웃도는 속도로 곤두박질치는 바람에, 먼저 눈과 입을 떡 벌어지게 만들고 그 안으로 무지막지한 대기압이 파고들게 하여 본래 타고난 형체마저 뭉개버리는 것과 같다고.

그러나 형진은 자기 힘만으로는 이미 시작된 진자운동을 멈추게 할 수는 없으되 최소한 온몸을 떼메고 갈 듯 파고드는 바람과 아찔아찔한 현기증 속에서도 노래 한 곡쯤은 부를 줄은 안다고 생각했다.

어머니가 돌아가시고 난 뒤, 그는 하루가 지나고 이틀이 지나도 몸을 움직여야 할 필요가 없다는 당혹감으로 멍하니 소파만 누지르고 앉아 있었다. 소파는 집안의 모든 가구가 그렇듯 최소 십오 년 이상 그 자리에 그대로 놓여있던 터라 그의 몸무게가 늘어나는 만큼 더욱 깊숙이 그의 엉덩이를 품어줄 수밖에 되 튕겨낼 재간이 없었다.

이제 아침이면 밤새 더럽혀진 엄마의 이부자리를 치우고 화장실 수발을 하지 않게 되었으며 환자의 냄새가 아직 코 끝에 남아 있는 채로 전복죽을 끓이지 않아도 됐고, 점심에는 단호박죽을 끓이지 않아도 됐으며 오후에는 휠체어를 끌고 산책을 나가지 않아도 되었다. 저녁이 되어도 배가 고프지 않아서 그 어떤 욕망도 생겨나지 않았다.

늙은 엄마를 돌보다 보면 시시때때로 병이 도지듯 도지는 젊은 여자에 대한 욕망은 무분별하기 이루 말할 수 없어서 대개 조절될 수 있는 게 아니다. 매일 같이 내가 이렇게 변태 같은 놈이었던가, 내가 이렇게 발랄한 상상력을 지닌 놈이었던가, 나는 혹시 상상적 섹스 중독이 아닌가, 싶을 정도로 갖가지 변태적 상상으로 휴지를 써대던 그였다.

이제 젊은 여자와 한데 어울려 노는 것을 방해할 엄마도 없으니 상상 속에서나마 마음껏 젊은 여자랑 놀아나도 되는 것인데, 이상도 하지. 늙은 엄마가 돌아가시고 나자 젊은 여자까지 무덤 저편으로 사라져버리고 만 것이다. 자신이 매일 눈을 뜨면서부터 잠이 들 때까지 그토록 열렬하게 여자를 생각했었는지 기억도 나지 않았다. 그 대신 생전 처음 슬픔이란 감정에 직면하였다.

슬픔이란 것이 이런 것인 줄 그가 이전에 어떻게 알았으랴. 모든 경험은 첫 경험으로부터 시작되고 첫 경험이란 이전의 어떤 것도 안겨준 적 없는 정서적 공황상태에 던져지는 것을 말하는 게 아닌가. 슬픔 역시 첫 경험은 이후의 모든 슬픔의 전범이 되어주는 것이었다.

슬픔이란 것은 모든 것을 일시 멈춤의 상태로 만들었다. 유보하게 하고, 지체하게 했다. 형진은 말 그대로 슬픔에 잠겼다. 첫 증상은 슬픔에 겨워 잠이 드는 것이었다. 오랫동안 제대로 못 자기도 했지만 하루 종일 각종 요구에 시달리다가 일시에 풀려나고 나니 잠이 쏟아지는 것이 당연하기도 했다.

병든 사람이란 그가 비록 엄마라 해도 만족을 모르는 법, 물이 미지근하면 뜨겁기를 바라고, 뜨거우면 화를 내며, 밥이 싫다 하여 죽을 먹겠다는 뜻은 아니고, 매운 것이 당긴다고 해서 혀가 얼얼하길 바라는 것은 또 아니지 않은가. 형진에게 엄마는 거대한 비단뱀이었다. 비단뱀은 원래 칭칭 감자고 태어난 것이고 칭칭 감고 나면 서서히 목을 조르는 게 운명인 것이다. 형진은 숨이 막혀 죽기 직전에 풀려난 모양새였다.

그러나 마침내 혼자 맘대로 써도 좋은 온전한 하루를 갖게 되었으나 그 질긴 관계를 필요로 한 사람은 죽어가는 사람이 아니라 자신이었던 것을 자각했을 때의 슬픔은 형진으로서는 어떻게도 해결할 수 없는 것이었다. 다만 슬픔에 잠길 수밖에.

깊이 결속되기를 원하는 사람에게는 누구와도 그것을 이루기 어렵게 만들고, 적당한 거리를 유지하기를 원하는 사람에게는 떼쓰는 사람을 붙여주는 것이 운명 아니던가. 그래서 인간은 슬픔에 겨울 때 할 수 있는 게 아무 것도 없는 것이다. 아무것도 할 수 없다는 것을 자각하는 것이 슬픔이니까.

대부분의 슬픔은 행동을 느리게 하고 말수를 줄이고 잠이 많아지게 한다. 옛날에 부모상을 당하면 삼년 동안 무덤 앞에서 움막을 짓고 생활하게 한 이유가 그런 것이다. 슬픔에 충분히 잠기자면 넉넉히 삼 년은 필요한 것이다. 아무것도 못하게 하고 움막을 지키게 했으니 거기서 무엇을 했겠는가. 고인과의 앨범을 정리하며 시간을 보냈을 것이다.

추억은 과도하게 밀려와 한동안은 살아있는 듯 느껴지겠지. 이젠 없다는 것을 시시때때로 확인하고 몸서리도 치겠지. 하지만 그것도 차츰 엷어질 테고 대부분의 시간은 잠을 잤겠지. 형진 역시 아무도 없으니 할 말이 없고, 할 일이 없으니 행동도 줄어들었다. 슬픔은 망자와의 힘겨웠던 시간들을 망각하도록 먼저 의식을 아둔한 상태로 만들어야 했던 것인지 한동안 자고 또 잤다. 자는 동안 잊어버려도 좋은 것은 잊혀질 것이고, 버려야 할 것은 무의식의 휴지통으로 슥 던져질 것이다.

보통 젊은 남자는 잠들기 직전과 잠에서 깨기 직전에 무수한 여자를 만나기 마련이다. 그런데 슬픔은 잊어야 할 목록에 여자를 포함시켰다. 그는 무려 두 달 동안 여자 생각을 멈췄다. 여자의 머리카락 끝이라도 보일라치면 죄책감이라는 것이 불쑥 튀어나와 머리카락을 잡아끌고 어디론가 사라졌다.

죄책감이 달려간 그 어느 구석에 가보면 숱한 여자의 머리카락, 발뒤꿈치, 유두 조각, 아랫입술 반쪽, 빨간 손톱과 정강이 반쪽, 등등이 산더미를 이루고 있을지도 모른다. 차마 엉덩이나 젖가슴의 일부분은 그 산더미에 섞여 들어가지도 못했지 무언가. 그저 슬픔. 목구멍까지 찰랑찰랑 차올라서 가끔 구역질을 일으키고 가끔 머릿속까지 울렁거리게 만들고, 숨통을 조여오고, 그러다가 파도가 가라앉듯 잔잔해지면서 눅눅해지는 슬픔만이 그를 '한시적 멈춤' 상태로 놓아두었다.

그 공백기에서 벗어나게 만든 것은 역시나 어머니가 남기고 간 모종의 비밀이었다. 문득 외부의 시선으로 자기를 바라본 형진은 자기를 늪으로 가라앉히는 슬픔과 그 반대편에서 그를 깨우려고 등을 두들기고 있는 어머니의 비밀을 깨달았다. 필사적으로 등을 돌려 슬픔 속으로 피신했지만 비밀은 형진의 등 뒤에서 한 걸음도 물러나지 않았던 것이다.

그는 오래된 비밀을 캐서 한순간 개운해지는 편을 택할 것인가, 이대로 아무것도 캐내지 않고 살아갈 것인가, 하는 것을 결정하는 데 남은 시간을 썼다. 이제 그는 눕지도 일어나지도 못하고 소파에 앉아 있어야 했다. 말년의 어머니는 침대에서 벗어나고 싶어 했다. 하지만 그의 부축을 받고 거실까지 이동하여 창가에 놓인 소파에 앉는 것으로 충분했다. 방의 공기와 거실의 공기는 달랐으니까.

거실은 가족들이 다 같이 모이는 곳이라 가족들의 훈김이 서려있고 가족 공통의 취향이 녹아있는 곳이니까. 지금 비록 형진 하나 남아 있었지만 형진에게는 가족들이 공통적으로 갖고 있던 취향이 있으니까. 어머니는 소파에 앉으면 창문을 열고 요쿠르트를 하나 달라고 했다. 갈색 유니폼과 갈색 모자를 쓴 아줌마가 매일 배달해주던 아주 작은, 달착지근한 요쿠르트. 가족들은 티브이를 보며 그것을 몇 개씩 마시고 구운 빵을 먹곤 했었다. 드라마나 예능 프로를 보며 낄낄거리던 시간이 아직 그대로 남아 있었다. 짙은 갈색 벽과 낡은 가족사진과 티브이와 때가 탄 레이스 커튼으로.

그는 냉장고에 남아 있는 요쿠르트를 꺼내 마시면서 마침내 비밀이 스스로 정체를 밝힐 때까지 손 하나 까딱하지 않겠다는 결정을 내렸다. 요쿠르트 하나를 두 달에 걸친 장례의 마지막 술잔으로 삼았다. 그리고 과거가 아니라 바로 오늘부터 먹고 살 길을 마련하기 위해 스스로 롤러코스터를 운전해야겠다고 생각했다. 롤러코스터를 조작하는 보이지 않는 운명 따위 태클을 걸든지 말든지 그는 개의치 않기로 했다.

무언가 열중할 것을 찾는 것은 그의 천성에서 비롯되었으니, 낙천성은 서른두 해 동안 살아오면서 그에게 가장 유용한 도구적 성격이 되어준 것이라 할 수 있었다.

형진은 평소 낙천성에 대해서라면 일가견이 있는 바, 일가견이라 함은 적어도 십 년 이상 한 분야에서 일로정진해온 사람만이 얻어가질 수 있는 경지를 일컫는 것이 아니겠는가. 형진이 낙천성을 타고나지 않았다면 오랜 시간 동안 홀로 아픈 엄마를 돌보며 정신적인 훼손을 겪지 않고 멀쩡하게 지내올 수 없었을 터였다. 그리고 그것은 일정 부분 엄마가 길러준 성격이라 할 수 있었다. 걱정 기계, 혹은 잔소리 기계라고 할 수 있을 만큼 매 시간 매 분 생활의 모든 것에서 걱정거리를 찾아내 불안을 달래던 엄마를 뒀다는 것은 모든 걱정거리를 엄마가 도맡아 하도록 넘겨줘도 된다는 뜻이기도 했다.

인생이란 것은 각각 한 사람분의 걱정을 안겨줄 것인데 한 사람이 가족의 걱정을 다 짊어지기로 했다면 다른 사람은 덜 걱정해도 된다는 것 아니겠는가. 그래서 형진은 엄마에게 절대적으로 모자란 다른 형질, 즉 낙천성을 키워왔던 것이다.

그러니까 형진은 아무리 암담한 현실일지라도 아주 약간은, 자기 지방을 태워서라도 불을 밝힐 줄 아는 남자였던 것이다. 그는 평소 낙천성을 지녔다고 하자면 두어 가지 조건을 갖춰야 한다고 주장했다.

첫째, 자기가 쓸 수 있는 패가 얼마나 남았는지 정확히 계산할 줄 알아야 한다. 어, 그걸 어떻게 계산을 해, 라든가 질문자의 눈치를 보며 그 패를 꼭 한 개만 갖고 있어야 하나, 두세 개 쯤 몰래 숨기고 있을 수도 있지 않나, 라면서 적당히 넘어가려는 사람이라면 낙천성을 지녔다고 하기에는 부족한 것이다.

둘째, 말하자면 이것이 전부인데, 자기가 쥐고 있는 히든카드의 가치를 정확히 계산하고 딱 열 배를 부풀릴 줄 안다면 그는 낙천성을 가지고 태어났거나, 적어도 낙천성을 잘 배양한 사람에 속한다고 할 수 있다는 것이다. 이 조건에도 역시 토를 달며, 그게 얼마나 되는지 어떻게 알고 열 배를 부풀려, 라든가 부풀리면 그게 사기지 능력이냐, 라는 식으로 세상사 그 어느 것도 명확하게 측정할 수 없음을 강변하려고 들면 낙천성 시험에서 결코 통과되지 못하고 말 것이다.

낙천성이 가장 큰 힘을 발휘하는 때는 지금처럼 불안이라는 정체를 알 수 없는 해면체 같은 것을 만났을 때이다. 이 불안이라는 것은 주위의 촉촉한 습기란 습기는 다 빨아먹어 제 몸을 부풀리는 데 쓰는 먹구름 같은 건데 낙천성은 바로 이 먹구름 같은 놈을 만나면 단칼에 반 토막을 내버리고 마는 것이다.

이렇게 막다른 길에 이르렀을 때 한 인간의 낙천성은 빛이 나는 법이다. 어릴 때 엄마 친구들로부터 "형진이는 깨를 홀딱 벗겨서 길바닥에 내놓아도 지나가는 사람한테 옷 얻어 입고 밥 얻어먹을 놈이다"라는 말을 들었잖은가. 대학이 두세 개 모여 있는 강북 주택가의 이 층 주택은 어쩌면 훌륭한 자산이 되어줄 수 있겠다, 싶었다. 일층에 거실과 주방, 큰 방이 두 개, 이층에 욕실과 작은 방이 세 개 있었다. 어머니와 아버지는 이 집에서 동생들을 다 거두어 키웠었다.

이 큰 집을 팔고 혼잣몸에 어울리는 작은 집을 사서 조촐하게 살까도 했었는데, 문득 비어 있는 방들을 세 내주고 밥을 해주자는 생각이 떠오른 것이다. 이참에 하고 싶은 온갖 요리를 다 해보고 요리사의 길을 갈지 말지 알아보고, 정 안되면 하숙집 주인으로 살아가면 될 것이라는 쉽고 편안한 생각을 하게 된 것이다. 그래서 탄생한 것이 하숙과 셰어하우스의 중간 형태라고 할 수 있겠다. 그러니 지금 그는 예비된 것과 예비되지 못한 것 사이의 진자 운동을 막 시작한 것이라 할 수 있겠다.

식단을 짜던 노트를 손에서 떨어뜨리고 잠에 빠져들 때까지 문 밖에서는 여전히 정체를 알 수 없는 무언가가 오가고 있었다. 이 작은 집에 무에 그리 볼 게 많다고 이 구석에서 저 구석까지 여러 번 오가는 것일까.

2
슈레, 딩거, 망가 그리고

오지 않을 것만 같던 아침이 되었다. 밤새 다른 행성을 헤매다가 간신히 웜홀을 타고 지구로 돌아온 것 같이 무거운 몸으로 눈을 떴다. 문 밖에서는 하나둘 방을 나와 화장실을 들락거리고 주방을 들락거리는 기척들이 느껴졌다. 살아있는 사람의 기척이란 게 이렇게 다를 수가 있을까. 단지 아침이라는 이유로 생기가 느껴지다니, 불가사의한 일이 아닐 수 없었다.

형진은 오랫동안 반 만 살아있는 사람에 익숙해져 있었으나 똑같은 공간을 완전히 다르게 바꿔놓는 젊고 활기찬 기운에 정신이 홀린 것만 같았다. 땀과 기름이 흐르고 체취를 풍기는 사람과 산다는 것에 깊은 만족감을 느꼈다. 생기란 이런 것이로구나.

그는 금방 일어난 늙은 남자 티를 내지 않기 위해 최대한 깔끔한 복장으로 방을 나왔다. 불쑥 욕실에 들어가려다가 문지방을 넘기 전에 급브레이크를 걸어야 했다. 이제 이 욕실은 자매와 함께 써야 하는 공용공간이었다. 노크와 기다림이 필요불가결한 조건이 된 것이다. 저절로 빨려 들어가는 몸을 적시에 멈출 수 있었으니 망정이지, 하마터면 돌이킬 수 없는 실수를 저지를 뻔하지 않았는가. 이제 이런 습관적인 행동을 해서는 안되는 것이다.

누군가가 방금 빠져나간 듯 욕실에는 사람의 온기가 남아 있었다. 분명, 소변을 봤고, 머리를 감았으며, 샤워를 했다! 여자의 훈김을 느끼자 온몸의 근육이 철렁 내려앉았다. 혐오감을 감추지 않는 자매의 표정이 어디선가 날아오더니 그의 얼굴을 덮쳤다. 이러리라는 것을 예상하지 못했다니. 그는 전혀 예상하지 못했던 문제에 부딪쳐 몹시 당황했다. 내 방에 화장실을 따로 들여야 할까.

거울을 보며 이를 닦고 가까스로 머리카락을 정돈하고 나오면서 이 문제를 자매와 의논해야 하는 것인지 누구라도 붙들고 묻고 싶었다. 혹시, 아내란 존재가 이럴 때 도움이 되는 건 아닐까, 하는 생각이 머리를 스쳐갔다. 그러나 곧 아내가 하는 일에 이런 것까지 포함되는 건지 아닌지, 그것 역시 아내와 상의해야 할 것이라는 생각에 이르자, 아내란 존재는 처음부터 끝까지 '상의'가 필요한 것이라는 결론에 이르렀다.

연애조차 변변히 해보지 못한 그에게 아내와 함께 상의한다는 것은 상상하기조차 어려웠으므로 욕실 앞을 떠나면서 아내를 갖기 전까지는 아무하고도 상의하지 않으리라는 '쓸 데 없는' 결심을 했다.

주방에서는 아침에 출근해야 하는 인턴직원 민규와 대기업

대리인 혜진이 빵을 구워먹으려고 각자 프라이팬을 올려놓고 버터를 찾고 있었다. 벌써 씻고 화장까지 한 혜진과 눈이 마주치자 형진은 순식간에 귀밑이 달아올랐다. 그러나 형진은 주인으로서 자연스러운 태도를 연출하고 싶었다. 살집이 풍부해서인지 피부 아래로 재빠르게 수줍음을 감추기도 쉬웠다.

"아침들 준비해요? 우유도 있어요. 우유도 마음껏 드시고, 아, 버터는 맨 위칸에. 쓰고 나면 꼭 제자리에 둬야 해요."

행여 잔소리꾼 같달까 봐 혜진의 눈치를 보며 우유를 꺼내 식탁에 올려놓았다. 혜진은 우유를 따르며 보송보송한 눈으로 살며시 웃어주었다. 고맙다는 뜻인 건지, 호감을 표시하는 건지, 알 수는 없으나 아무튼 좋다는 뜻이겠지. 어험, 헛기침을 하며 괜히 이층을 올려다보는 시늉을 했다.

"아침들 먹어야지. 굶고 다니면 안돼요. 다른 사람들은 안 내려오나?"

혜진이 고소한 빵을 뜯어먹더니 형진에게 눈을 맞췄다. 그는 순간적으로 찔끔 놀랐다. 뭐? 뭐? 뭔데?

"오늘 저녁에 맛있는 밥해주시는 거예요? 일찍 들어올게요."

"아하하하. 밥해드려야죠. 뭐 드시고 싶은 거 있으세요? 미리 얘기해주면 되도록 원하는 거 차려드리려고 합니다. 오늘은 어제 못 먹은 바비큐를 먹어도 되구요."

"어머머. 정말요? 오늘 저녁에 고기 실컷 먹어야지."

옆에서 혜진과 형진의 수작을 지켜보던 민규도 반가워죽겠다는 듯이 좋아했다.

"와, 오늘 저녁은 일찍 들어와야겠네. 제가 형님 준비하는 거 도와드리겠습니다."

역시 사회성이 발달한 청년일세. 그새 형님이라는 소리가 나오는 걸 보니. 형진은 주인 형님된 기분도 썩 나쁘지 않군, 하면서 감정을 살짝 누그러뜨렸다. 괜히 들떠 있다가 된서리를 맞을지도 모르므로, 매사에 조심해야 하는 거다.

수진이가 문을 빠끔 열고 내다보더니 후다닥 화장실로 달려갔다. 수진은 혜진에 비해 수줍음도 많고 어린아이 같은 면이 있었다. 그 모습이 마치 어린 사촌동생을 보는 듯했다. 민규도 그 모습을 봤는지 얼굴색이 환해졌다. 혜진만 새초롬해져서 두 손에 묻은 빵가루를 냅킨에 대고 탁탁 털더니 발딱 일어났다. 그때 민규가 부끄럽다는 듯이 부드럽고도 달콤하게 형님, 하고 말을 건넸다. 형진은 화들짝 놀랐다. 이런 말씨는 들어본 적이 없단 말이다.

"형님, 제가 이번 학기만 지나면 정식 직원으로 계약될 것 같아요. 발표가 일주일 뒤에 있어요. 제가 그날 한 턱 내겠습니다. 마침 주말이기도 하고요. 우리 모두 모여서 파티 열어요."

"아이고! 그래요, 그래요. 축하합니다. 그날 맛있는 거 준비할게요. 야, 이거 입주민들이 너무 조합이 좋아서 이게 웬 행운인가, 싶을 정도네요."

혜진은 무슨 말인가 곁에 서서 듣다가 예전에 다 겪은 일이라는 듯 시큰둥한 얼굴로 수고 많았어요, 이젠 책임져야 할 일 많아서 더 힘들어지겠네, 하면서 방으로 들어갔다. 이거 뭐지? 형진과 민규는 서로 눈빛을 교환하고는 똑같이 혜진의 뒷모습을 바라보며 고개를 살래살래 저었다. 왠지 시시때때로 이런 일이 벌어질 것만 같은 예감이 몰려왔다.

혜진이 핸드백을 메고 방에서 나오다가 화장실에서 나와 방으로 막 들어가려던 수진과 부딪쳤다. 혜진은 어깨를 움츠리고 얼른 방으로 들어가려는 수진을 막으며 눈을 흘겼다.

"너, 오늘 토익 학원 안 가면 혼날 줄 알아!"

"몰라, 몰라."

자매는 저렇게 맨날 싸우는구나. 형진과 민규가 멍하니 바라보는 사이 수진은 방으로 들어가 버렸고 혜진은 손을 흔들고는 출근을 했다. 민규도 입을 닦더니 출근하겠습니다, 하고 나갔다. 형진은 엉겁결에 어어, 잘 다녀와, 했다. 마치 아버지가 된 듯한 기분이 들었다.

아버지라니, 아침 화장실 사건과 아직까지 화장실을 사용하지 못해 답답한 아랫배와 아버지라는 단어가 조합된 순간, 오래 전에 돌아가신 아버지가 떠올랐다. 아버지에게 아침이란 언제나 길고 긴 고난주간을 시작하는 것과 같았다. 당시 대부분의 주택 이층에는 화장실이 없었는데 이 집은 이층에도 화장실을 갖추었고 그건 다 아버지의 변비 때문이었다. 아버지가 시작한 변비와의 한판 승부의 결과를 기다리기에 어머니와 형진의 대장은 그리 느긋하지 못했다.

피마자 오일을 한 스푼 따르는 것으로 아버지의 아침은 시작되었다. 오일을 단번에 꿀꺽 삼키지 못하고 여러 차례 구역질을 하며 간신히 넘기고 나면 아버지는 배를 둥글게 둥글게 문질렀다. 배를 문지르며 주방의 냉장고 문을 여는 속도는 매우 느려서 얼마나 마지못해 하는 행동인지 누구라도 알 정도였다. 냉장고 안에는 아버지를 위한 야채가 언제나 풍성하게 준비되어 있었다. 삶은 감자와 고구마를 비롯하여 케일과 양배추와 껍질째먹도록 강요당하는 사과와 심지어 우엉까지. 몇 가지 야채와 사과를 넣고 간 야채즙을 마시고, 천년초 발효액을 또 한 스푼 마신다.

아버지는 잔뜩 찌푸린 얼굴로 냉장고에서 우유를 꺼내는 형진에게 말하곤 했다. '이게 뭔 줄 아니, 천년초야, 천년초. 그 귀한 천년초 발효액이란 말이다. 이걸 먹으면 오래오래 장수한다는 거지.' 천년초 발효액이라니. 똥구멍이 막혀서 하루를 여는데도 힘겨워 보이는 사람이 천년을 열겠다니. 무엇보다 배출시키기 위해 밀어 넣어야 한다는 것이 납득이 되지 않았다. 형진은 아침 우유 한 잔이면 변기가 울릴 정도로 우렁찬 소리와 함께 배출을 하는데 말이다.

그가 알기로 아버지는 중년 이후 삶의 태도를 180도 바꾼 경우였다. 아버지는 어떤 죄를 지음으로 인해 변비라는 벌을 받고 있는 것만 같았다. 아버지는 술도 담배도 여자도 마음껏 누렸던 사람이었다. 매일 만취하여 장씨에게 업혀 들어오다시피 했으며 한밤중에 시작된 어머니의 잔소리는 다음날 아침이 되어도 끊이지 않았다. 그러던 어느 날, 어떤 커다란 사건을 겪은 것 같았다. 교감 승진을 앞두고 승진은커녕 학교에서 잘릴 만한 사건을 일으켰고 아마도 석고대죄쯤 하고서야 간신히 파면은 면한 것 같았다.

그날로부터 아버지는 단숨에 대오각성을 하고 삶의 태도를 전향적으로 바꾸었으며, 그때로부터 변비가 시작되었다. 과도하게 누린 너의 향락을 기억하느냐. 홍수처럼 배출되었던 너의 배설욕은 이제로부터 영원히 폐색을 당하리라. 아버지는 그 어떤 즐거움도 기억하지 못하는 사람처럼, 기쁨이라곤 전혀 겪은 적조차 없었던 사람처럼 웃음을 잃어버렸다. 어머니는 과도한 배출을 멈춘 아버지를 격려하는 의미에서 야채와 오일과 잔소리를 무한정 공급하기 시작했다.

형진은 고행하듯 피마자기름을 삼키는 아버지에게서 기름병을 빼앗아 어떤 위대한 성인의 발등에 부어버리고 싶었다. 기름 부음 받은 자여, 고행은 당신 하나로 족하옵니다. 우리에게 방종을 허락하여 주시고, 강박증으로 꽉 막힌 직장 대신 배출욕 가득한 튼튼한 직장을 갖게 하소서.

문득, 자기 직장이 걱정되어진 형진은 입주인들의 사생활 보장을 각별히 외친 자신의 입장을 스스로 유지도 할 겸 반드시 새로운 화장실이 필요하다는 생각을 하게 되었다. 집안에 더 이상의 여유가 없다면 이참에 마당에라도 하나 멋지게 화장실을 들이면 되지 않겠는가. 그래, 꽃이 피고 지는 사과나무가 보이는 방향으로 욕조가 딸린 화장실 하나 짓자. 여자들 눈치 보지 않고 아침마다 전날의 대장을 비우고 쾌적한 신체를 되찾는 거다.

민규와 혜진이 나간 문으로 수의사가 들어왔다. 변비에 걸린 아버지 같은 기분을 추스를 새도 없이 동갑내기 집주인으로서의 의젓한 태도를 취해야 했다. 수의사 호준은 자켓 속에 수의사들이 진료할 때 입는 하늘색 면 셔츠와 후줄근한 면바지를 입고 있었다. 어디로 보나 수의사 티가 확 나는 차림새였다. 병원이 아무리 가깝다 해도 저런 차림으로 퇴근을 하다니, 일단 칠칠치 못해 보이고 이단 뭔가 프로답지 못해 보였다. 더더구나 위생을 생각하면 이건 아니지, 싶었다. 붙임성도 없어서 입주인 다섯 명 중에서 가장 껄끄럽게 느껴지는 인물인 데다 형진과 동갑이라고 하기엔 훌쩍 늙어버린 듯 피부에 탄력이 없었다.

그런 호준을 보니 아침 대변을 못 보아서 답답했던 아랫배에 힘이 뿌듯하게 차오르면서 스스로 매우 남성적이라는 자부심이 들었다. 그러나 그 기분은 오래가지 못했다. 축 처진 등을 보이며 주방으로 들어가는 것을 보자 에혀, 불쌍한 인간아, 하는 마음이 들어 호준을 앞질러 주방으로 들어갔다. 밤을 새우고 들어온 사람에게 빵을 먹게 하는 건 너무 야박하지 않은가 말이다.

"마침 나도 아침 먹으려던 참인데 같이 먹읍시다. 우거지 된장국을 아주 맛있게 끓였다구요."

호준이 쑥스러운 표정을 지으며 의자에 엉덩이를 살며시 밀어 넣었다.

형진은 우거지국 끓이는데 자기만의 비법이 있었다. 푹 삶은 얼갈이를 다진 풋고추 홍고추, 된장과 함께 주물럭거린 뒤 멸치 우린 육수에 넣고 끓이다가 콩가루를 듬뿍 넣었다. 시금치나 아욱, 우거지 된장국들은 인절미 콩가루를 넣으면 보통 된장국보다 부드럽고 고급스러운 맛이 났다. 짠 된장만으로 국물 맛을 내는 것보다 나트륨 함량은 낮추고 고소한 맛은 더하는 건강한 국이었다. 강황가루를 섞어 지은 샛노란 밥과 폭신하게 볶은 감자, 사태를 써서 기름지고 꼬들꼬들한 데다 조림단계 마지막에 꽈리고추를 얹은 향긋한 소고기 장조림을 내놨다.

식탁에 앉는 호준의 얼굴에 생기가 돌았다. 반찬을 보고 뺨이 발그레해지면서 침을 꿀꺽 삼키는 걸 보니 왠지 얄밉던 마음이 안쓰러움으로 바뀌었다. 어라, 아버지 마음이 아니라 엄마 마음이 되는 걸, 싶었다.

한참 밥을 먹고 있을 때 수진이 방에서 나왔다. 새침하고 다소 싸늘하며 여성성이 강한 언니 혜진과 달리 수진은 소년 같은 중성적인 면이 있었다. 검게 반짝이는 짧은 머리가 턱선에서 찰랑거렸다. 가무잡잡한 피부는 건강한 윤기가 돌았고 턱은 언니보다 넓은 편이었다. 수줍은 기색 또한 사랑스럽기만 했다. 일견 고집이 있겠고 일견 착하겠다.

수진과 정면으로 눈을 마주친 호준이 순식간에 점잖은 척, 수저질의 속도를 늦추면서 등을 곧추세웠다. 곧추세우기만 했으면 보기가 그만할 텐데 과도하게 가슴을 내민 나머지 엉덩이가 뒤로 쭉 빠진 꼴이 되었다. 어라, 호준도 수진에게 관심이 있나? 형진은 호준에 대한 안쓰러움이 금세 팽팽한 긴장으로 바뀌는 것을 느꼈다. 몇 초 안 되는 짧은 찰나, 형진은 호준과 자신을 동시에 스캔했다. 외모는 내가 좀 먹어주지. 그는 코를 벌름거리고는 호준을 향해 슬쩍 경멸의 시선을 던졌다.

호준은 아는지 모르는지 엉덩이를 쭉 뺀 채 소고기 장조림을 거의 비워가는 중이었다. 능력을 따지자면, 저 녀석은 밤 당번을 뛰지만 명색이 수의사고, 나는 밥줄을 쥐고 있는 집주인이지. 하지만 당장 내가 해줄 수 있는 게 더 많을 걸. 형진이 호준을 의식하며 밥을 깨작거리고 있을 때 수진이 식탁으로 왔다. 수줍음을 감추며 의젓한 표정을 지으려고 노력하는 호준을 보면서 형진은 자리에서 일어나며 수진에게 말했다.

"밥 같이 먹게 거기 앉아요. 숟가락만 놓으면 되네."

수진은 밥 먹다가 벌떡 일어나 그녀의 밥을 뜨고 숟가락을 챙기는 형진에게 두 손을 저었다.

"아니, 아니에요. 빵 먹을게요."

"내가 없을 때는 모르지만 어차피 밥 먹는데 같이 밥 먹어요."

"저는 빵 좋아해요. 고소하게 구워서 먹을래요."

"아, 그러면 특별히 수진씨에게만 내가 만든 잼을 드리겠습니다."

호준이 이거 뭐하는 수작이야? 하는 듯 눈을 치켜떴다가 그럴 상대가 아니라는 것을 깨달았는지 얼른 하나 남은 소고기 장조림을 집었다.

형진은 꼭꼭 숨겨둔 비장의 오디잼과 블루베리잼을 꺼냈다. 힐튼 호텔 조리사가 알려준 대로 과육과 설탕을 1대 0.4 정확한 비율로 넣어 졸인 수제잼은 과육이 살아있어서 특별히 신선한 맛이었다. 수진은 버터를 발라 구운 식빵에 잼을 얹어 먹으며 이렇게 맛있는 잼은 처음이에요, 라고 했다. 이렇게 맛있는 남자는 처음이에요, 라는 말만큼이나 남자를 추켜세우는 말이다.

아침의 버터 향기는 피시방에서 밤샘근무를 하고 돌아온 우울한 젊은 영혼의 짙은 다크서클을 밝혀주는데 결정적 역할을 하는 것 같았다. 정우는 현관문을 열자마자 갓 구운 빵과 버터의 향기를 맡았는지 마치 방금 떠오른 태양이 그의 얼굴에 비끼는 듯 환해졌다. 수진은 정우를 보자 빵과 잼을 까맣게 잊은 것 같았다. 수줍게 볼을 붉히고 찬 우유를 한 모금 마셨다. 그런데 이상한 일이 벌어졌다. 정우는 수진과 눈을 마주치자마자 황급히 시선을 돌리는 게 아닌가. 성큼성큼 주방으로 들어와 소리를 내며 봉지에서 빵을 꺼내고 옆에 놓인 버터를 집는 데 마치 연극을 하듯했다.

호준은 슬쩍슬쩍 수진을 훔쳐보고 수진은 정우를 향해 수줍게 웃고 있었으며 정우는 일부러인 듯 수진의 눈을 피했다. 짧은 순간, 여자 하나를 사이에 둔 세 남자 사이로 팽팽하게 조이고 들어오는 긴장감이 느껴졌다. 수진이 지금 누구를 향해 웃어준

40

거지? 정우 맞지? 수진이 정우한테 관심 있는 거 확실한가? 심장이 찌르르 조여오고 눈께가 시큰해졌다. 정말 오랜만에 그림이나 영상이 아닌 실물 여자한테 감정 좀 느껴보나 했는데 이렇게 적들이 많을 줄이야. 수의사라 해도 꾀죄죄하고 늙은이 티나는 호준은 가볍게 제칠 수 있을 것 같은데, 저 젊디젊은, 고뇌에 가득 찬 뮤지션 놈은 좀 어려울 것 같았다. 이게 아주 기분을 고약하게 했다.

그런데 저 녀석은 뭐야? 지가 뭔데 감히 수진을 외면하고 지랄이야? 모르긴 몰라도 호준 역시 이런 기분이었을 게다. 하지만 짐짓 아무렇지 않은 척, 누군가는 밥 먹던 숟가락을 놓고 잘 먹었다며 엉거주춤 일어났고, 누군가는 떨어뜨렸던 빵을 다시 집어들고는 맛도 모르고 뜯어먹는 시늉을 하고, 누군가는 잼을 그 여자 가까이로 밀어주었으나, 정우는 이 모든 현상은 자기와는 아무 상관없다는 듯 콧노래를 부르며 잼을 발랐다.

"오, 빵이 아주 쫄깃쫄깃한데요, 오, 쨈이, 우와, 맛있어요. 알갱이가 톡톡 터지네요. 직접 만드신 건가요?"

형진은 분위기를 망친 장본인은 너라는 걸 알게끔 일부러 시큰둥하게 대답하며 일어났다.

"음, 빵은 샀지만 쨈은 내가 만들었지. 힐튼 호텔 조리사가 알려준 레시피 그대로야. 주방 정리 잘들 해놓고 나가세요."

밤샘하는 인간들 들어오는 시간을 대강 알았으니 앞으로는 그 시간을 피하자고 마음먹었다. 티브이를 켜고 소파에 앉았으나 신경줄은 주방으로 뻗쳐두었다. 주방에서는 서로를 경계하면서 소심하게 관심을 보이는 형태의 대화가 진행되었다. 수진이 몇 살인지 궁금한 수의사 호준이 스무 고개식으로 퀴즈를 내고 있었다. 안 들으려고 해도 너무나 잘 들려왔다.

"언니는 몇 학번이에요?"

"음, 그건 잘 모르겠어요. 저는 숫자를 잘 기억하지 못해요."

(수진은 수적 감각이 떨어지는구나.)

"아, 그래요, 그렇구나. 지금 하는 일이 뭐라고 하셨죠?"

"음, 비행학교 교육생이에요."

(비행학교라 하니 못된 짓을 배우는 학교를 상상하게 되는 걸?)

"비행학교요? 비행기 조종사요?"

"경비행기 조종 자격증 따는 거예요."

"그건 얼마나 됐는데요?"

"삼 년 과정인데 일 년 넘었어요."

"언니는 직장 다닌 지 몇 년이나 됐어요?"

"음, 그건 잘 모르겠어요…. 사실은 저 언니한테 관심 없어서 잘 몰라요."

(언니에게 관심 없다고 솔직하게 말하는 동생이구나, 수진은.)

"뭐 알바하고 있다고 하지 않았어요?"

"패러글라이딩 조교하고 있어요."

"여자가 위험하지 않아요? 그건 한 지 얼마나 됐어요?"

"한 삼 년 됐어요."

"오래됐네요. 졸업하고 바로 했어요?"

"아뇨, 학교 다니면서 했어요. 그거 하는 것도 복잡해요. 교육받고 자격증 따야 하거든요. 비행학교 학비 내려고 하는 거예요."

"아, 왜 그렇게 위험한 걸 하려고 해요?"

"저는, 저는, 그게 좋아요."

안 듣는 척하려 해도 자꾸 키득키득 웃음이 나왔다. 수진은 마지 못해서 건성으로 대꾸를 하고 있는데 잘 되지도 않는 머리를 굴리는 호준이 상세히 그려졌다. 수진이 정작 누구한테 신경을 쓰고 있는지 알 것 같았다. 그런데 가만히 듣자하니 호준과 수진만 대화를 나누고 있는 것이었다. 정우는 같은 테이블에 앉아 무얼하는 거지? 빵은 진즉 다 먹었을 텐데. 테이블 위에서 두 사람이 어떤 얼굴과 어떤 자세로 앉아 있는지 눈에 보이는 것 같았다. 심지어 수진이 수줍은 얼굴로 호준에게 대답하면서 흘깃흘깃 정우를 훔쳐보는 것까지 그려졌다. 그런데 정우는 그려지지 않았다. 아무소리가 없다. 빵을 그토록 오래 먹을 것 같지는 않은데 무얼 하는 걸까.

수진이 토익학원을 가는지, 비행교육학원을 가는지, 패러글라이딩 조교일을 뛰러 가는지 모르지만 단정히 인사를 하고 현관을 나섰다. 그러자 주방에서 두 남자도 뒤따라 나왔다. 두 사람은 무표정한 얼굴로 앞서거니 뒤서거니 이층으로 올라갔다. 두 사람은 갑자기 한 십 년은 더 늙어버린 것 같았다.

주방에서 전화벨이 울렸다. 누군가 핸드폰을 두고 간 모양이다. 핸드폰 화면에 '받지 마'라고 떠 있었다. 받지 마, 받지 마, 핸드폰은 계속 울렸다. 받지 마, 받지 마. 받지 말라고 하니 더욱 호기심이 당겼다. 이거 누구 거지? 호준이나 정우 둘 중 하나일 텐데.

형진은 전화를 가지고 계단에 발을 올리다가, 순전히 실수로 통화버튼을 누르고 말았다. 소리가 새어 나왔다. 정우냐? 정우야! 애타게 부르는데 어쩔 줄을 모르겠어서 얼떨결에 귀에 가져다 댔다.

"정우냐? 정우냐?"

"저… 정우는 아닌데요… 핸드폰 전해드릴게요."

"그럼 전화받는 분은 누구…세요? 정우 알아요? 정우 지금 어디 있어요?"

아마도 정우의 어머니인 성싶었다. 애가 타고 타서 시커멓게 문드러진 것 같았다. 그렇지만 묻는 내용으로 봐서 아마 정우가 자기 있는 곳을 알리지 않은 지 오래된 것 같은데 내가 알려줘서 될까, 싶었다. 뭐라고 둘러대지? 왜 내가 전화를 받았지? 이 몹쓸 놈의 호기심이여.

"아… 뭐라고 말씀드려야 할지 모르겠는데, 정우씨는 잘 있습니다. 전화 가져다 드릴게요."

"아! 잠깐만요, 잠깐만요. 우리 정우는 제 전화 안 받을 거예요. 그러니 아저씨가 대신 얘기해주세요. 우리 정우 어떻든가요? 건강한가요?"

한껏 소리를 죽인 듯 가늘고 작았지만 톤이 높았다. 누가 들을까 겁내는 것 같았다. 형진은 문득, 엄마가 생각났다.

"잘 지내고 있습니다. 지금 막 밥 먹고 방에 들어갔어요."

"우리 정우, 밥 잘 챙겨 먹고 있는 거죠?"

차마 빵을 좋아하더라, 는 말은 할 수가 없었다. 밥 잘 먹고 있습니다, 라고 다시 대답하면서 왠지 모르지만 정우의 어머니에게 발목을 잡히는 기분이 들었다. 사람들에게 밥을 먹이는 일을 시작한 것이 내 생애 가장 큰 패착이며 유일한 패착일지도 모른다는 나쁜 예감도 훌쩍 뇌리를 스쳤다. 전화를 받았다는 말은 하지 말라며 저쪽에서 서둘러 전화를 끊었다. 남의 비밀노트를 들춰본 건, 실수일까, 죄일까. 가벼운 잘못일 수도 있겠지만 본인에게 얼마나 큰 문제냐에 따라 비난을 받고 관계를 끊길 수도 있겠지.

정우의 방 앞에서 노크를 하려다가 손을 도로 내렸다. 정우에게 핸드폰을 건네는 건 전화를 받았다고 실토하는 행위라는 걸 깨달은 거다. 저쪽에서도 받지 않은 것으로 해달라고 했으니 나만 입 다물면 되는 거다.

형진은 발소리를 죽여 도로 계단을 내려갔다. 핸드폰을 주방 테이블에 그대로 올려놓고는 얼른 방으로 숨어버렸다. 들킬 때 들키더라도 모른 척하자. 들켰을 때 둘러댈 변명이나 준비해놓는 거다.

그런데 왜 갑자기 가슴이 뛰는 것일까. 꾹꾹 눌러놓은 자기 엄마의 비밀도 지하에서 슬금슬금 올라오려고 했다. 형진은 시내를 나갈 때도 일부러 장씨 아저씨의 철물점이 있는 사거리를 통과하지 않고 사거리 전에 있는 샛길을 이용해서 나가곤 했다. 장씨 아저씨 역시 장례식 이후로 형진의 집에 들르거나 전화를 해오지 않았다. 어머니 치다꺼리가 끝났으므로 이 집에는 아무 볼 일이 없다는 뜻일까.

언젠가 길 건너편에서 택시를 타고 빙 둘러오는 길에 곁눈질로 철물점을 보았다. 그새 약간 쇠락해 보이기는 했지만 큰 차이는 없었다. 아무 변화 없는 것을 보고 어떤 기분이었는지는 기억나지 않았다. 어떤 느낌을 받긴 받았는지도 잘 모르겠다.

이제 겨우 스물다섯. 그러나 이십 대의 활기찬 청춘과는 너무나 거리가 먼 정우에게 어떤 동질감이 들었다. 그 어린 녀석이 무슨 일이 있어서 그토록 애타게 부르는 엄마에게서 도망쳤단 말인가. 삐쩍 곯아가지고 어쩌자고 피시방 밤 당번 알바를 뛰고 있는 것일까. 밥이나 잘 챙겨 먹이자. 저녁 메뉴를 좀 짜볼까. 삼겹살이 주종이면 새우 굽고, 가지, 호박 굽고, 오징어 하나 구우면 되겠지. 음료는 아이스티와 소주, 맥주 정도면 될 거고.

그는 바비큐 파티에 쓸 식단을 짜다가 문득 노트를 보았다. 자기도 모르게 정우가 좋아할 만한 파스타 재료를 쓰고 있던 것이다. 생크림, 우유, 브로콜리, 청양고추….

"이런 젠장, 6.25 피난 때 잃어버린 동생을 만난 기분이잖아."

그때 누군가 방문을 두드렸다. 제법 기운차게 두드리는 것이나, 화났소, 빨리 문 여시오, 하는 게 역력했다. 그는 각오를 하고 문을 열었다. 아니나 다를까, 정우가 씩씩거리며 그의 코앞에 핸드폰을 들이밀었다.

"제 전화받았죠? 아니, 왜 남의 전화를 허락도 없이 봅니까? 주인이라고 그래도 돼요?"

"아아, 그게 아니라… 누구 건지 모르는데 전화벨이 막 울려서 들었는데 그만 손이 통화 버튼을 스치고 말았어. 아아, 요새 핸드폰은 스치기만 해도 전화가 가고 그러잖아. 정말이야. 내가 뭐하러 전화를 받아."

"통화했습니까?"

지금쯤 내 얼굴은 정곡을 찔려 핑계 찾느라 당혹스러워죽겠다고 실시간 중계하고 있겠지.

"무슨 통화? 안 했어, 당근 안 했지. 얼른 끊었어."

"분명하죠?"

"허허험… 분명해요, 분명해…. 남의 사생활은 침범 안 해야지. 그래야 서로 편하게 살지, 안 그래?"

형진의 손이 어느새 정우의 어깨를 도닥거리고 있었다. 이렇게 뻔뻔스럽게 굴려던 것은 아닌데 말이지. 몹시 께름칙했고 조금 부끄러웠다. 그는 얼른 등을 돌려 방으로 들어왔고 정우는 개운치 않은 얼굴로 핸드폰을 뚫어지게 내려다보며 계단을 밟았다.

문을 닫고 침대에 걸터앉아 있는데 정우의 어두운 미간과 외로움과 서러움이 깃든 등짝이 좀처럼 시야에서 사라지지 않았다. 자기 꿈을 펼치겠다고 짐을 싸들고 나온 젊은 뮤지션이라면 분기탱천이나 활기충만함이 보여야 할 터인데 활기는커녕 몸과 마음이 너덜너덜해 보였다.

이런 사정을 훔쳐봐서 알게 되었다는 게 여간 찜찜한 게 아니었다. 알고도 모른 척하자니 형진의 성격에 그럴 수 있을까, 싶기도 했고 알았으니 아는 척하며 잘해주는 것 또한 정우가 원치 않을 테니 그럴 수도 없을 것 같았다.

그에게 흠이라면 흠이고 장점이라면 장점이 있는데 그건 갈등을 오래 끌지 않는다는 점이었다. 덮어두는 게 좋을지 들추는 게 좋을지 알 수 없을 때는 덮어두는 거다. 게다가 형진의 세대는 이렇게 배웠다. 요청받지 않은 일에는 개입하지 말라. 요청받았다 할지라도 자기 능력을 벗어난 것인지 아닌지 심사숙고하라. 당사자가 해결할 수 없는 것을 타인의 개입으로 해결할 수 있는 일은 극히 드물다. 자칫하면 타인의 갈등에 본인까지 더하여 연쇄고리처럼 엮여버릴 가능성이 크다. 해결할 수 없는 갈등은 해결할 수 없는 거다.

역사 이래로 수많은 인간들이 이러지도 못하고 저러지도 못하는 관계에 놓인 채 또 새로운 이들과 얽히고설켰을 거다. 그래서 영리한 인생 선배들은 모든 해법 중에서 가장 쉬운 해법과 그 다음으로 쉬운 해법을 선택하라고 가르쳤던 거다.

그리하여 보통 사람들은 갈등이 있다면 반드시 답을 내서 그대로 시행하여 결국 완전한 해소에 이르러야 한다고 생각하지만, 형진과 같은 치들은 스스로도 인식하지 못한 채 또 다른 수식을 체화시킨 것이다. 그 신기한 수식은 다른 게 아니다.

첫 번째 수식은 이렇다. 아무것도 하지 않고 아무것도 하지 않는다. 즉, 그대로 놔두면 시간의 힘을 빌어 의식의 저 깊은 지하실에서 화학반응이 일어나 어떤 것은 어떤 것과 결합하여 원래의 형태를 잃어버림으로써 사라져버리고, 어떤 것은 원래 모양 그대로 남겨둬야 하는지 약화시켜야 하는지, 이전의 데이터를 바탕으로 새롭게 업데이트되는 거다.

그렇게 사건은 저절로 정리되어지는 것이다. 갈등의 장본인으로서는 우유부단한 사람이라고 탓할 수도 있겠고 참으로 무책임한 사람이라고 비난할 수도 있을 게다. 그러나 억지로 해결하려다가 모두 망치는 것보다 흘러가는 대로 놔두는 것이 때로 더 없이 적절한 대응법이기도 하지 않던가.

두 번째 수식 역시 이미 많은 사람들이 깨우친 바, A라는 문제는 B라는 문제로 덮는다. 골치 아픈 문제는 뒤로 미뤄두고 다른 사건에 몰두하다 보면 저절로 풀려있기 일쑤이지 않던가. 이는 겉으로 보기에는 구분이 안 가는 두 부류의 사람들, 즉 집중력이 짧은 사람과 우유부단의 극치를 달리는 사람들이 흔히 경험하곤 하는 신기한 시간의 힘이자 놀라운 화학적 발효의 결과라 할 수 있겠다. 지금은 두 번째 해법을 선택할 생각이다.

형진은 다른 무엇보다 아침의 화장실이 골칫거리였다. 결혼한 사람들이라면 참 쉬울 텐데. 아니, 여동생과 함께 자란 녀석이라면 별것 아닐 수 있을 텐데, 수줍은 형진에게는 사소하다고 할 수 없는 하나의 난관이었다. 결정을 오래 미루는 타입이 아닌 사람답게 그는 곧바로 이 문제를 처리하기로 했다.

인테리어를 겸하는 건축업자를 수소문하고 몇 다리를 거쳐 적당한 업자를 소개받았다. 업자는 할 일이 없는지, 지금 마침 시간이 비었다면서 바로 현장을 보러 오기로 했다.

작은 마당을 둘러보더니 사과나무를 향해 창문을 내달라는 의견을 충분히 반영하겠다며 설계도를 작성하러 잠시도 지체하지 않고 떠난 업자는 몹시도 예쁜 여자였다. 짧은 커트 머리에 긴 목, 날씬하고 적당히 큰 키. 고급스러운 연한 회색 바지 정장에 짙은 군청색 셔츠를 받쳐 입고 하이힐을 신었다. 부연하자면 아주 예쁘고, 썰렁하며 도도하고 당당하기 이를 데 없는 약간 나이 든 여자였다.

형진으로서는 아직까지는 아무 불만이 있을 수 없었다. 바로 다음날 와서 설계도를 보여주고 자세히 설명해 주겠다는데, 이견이 있을 리가 있나. 당분간은 이층의 화장실을 사용하기로 했다. 다행히 아침에 출근하는 사람은 민규 밖에 없으니 사용인원은 많아도 번잡하지는 않을 것 같았다.

저녁의 바비큐 파티는 옆집 지붕 위로 막 넘어가는 해를 찬양하며 시작되었다. 마치 석양이라곤 처음 보는 사람들처럼 말이지. 누군가가 예언처럼 한 마디 던졌다.

"여기서 살다가 다른 집으로는 절대 못 갈 거 같은데요."

"얼마나 살았다고 그래요, 무슨 일이 있을지 어떻게 알고요."

형진은 야채를 듬뿍 가지고 나오다가 그런 대화를 들었는데 바비큐 재료를 차리느라 이리저리 부산하게 움직이는 사람들 중에서 누가 먼저 말을 했고 누가 곧바로 응대했는지 안 보고도 알 것 같았다. 민규는 혜진이 쏘아붙였어도 애교스럽게 눈웃음을 치며 팔을 툭 쳤다. 혜진은 무슨 짓이냐고 쌜쭉해지더니 괜히 수진에게 너무 많이 먹지 말라고 잔소리를 했다. 수진은 쌈을 싼 흑돼지 바비큐를 한 입 가득 밀어 넣으려다가 멈추고 눈을 흘겼다.

"나 오늘 얼마나 힘들었는지 알아? 배고파 죽겠단 말야."

"너 정말 엄마한테 이른다. 왜 쓸 데 없는 짓을 하는 거야. 네가 경비행기 조종 자격증을 딴다고 해서 비행기 조종사가 될 수 있을 거 같아? 천만의 말씀이야!"

"왜 못하는데? 나는 체력도 되고 신체 조건도 좋은데, 왜 안 돼?"

"으휴…. 저렇게 세상을 모른다니까."

자매의 실랑이 사이로 민규가 눈치 없이 끼어들었다.

"혜진씨는 범생이의 길을 가시고 수진 씨는 자기 길을 가면 되죠. 멋질 거 같은데요."

"멋지긴 뭐가 멋져요. 괜히 알지도 못하면서 애한테 바람 넣지 마세욧!"

혜진이 톡 쏘아붙였다. 민규가 머쓱해져서 입을 다물자 호준이 분위기를 띄워야 한다는 의무감을 느꼈는지 역시 돼지는 제주 흑돼지라느니, 뭐니 뭐니 해도 돼지 바비큐에는 깻잎이 최고라느니 하면서 형진에게 엄지손가락을 세워 보였다.

정우는 작업실에 갔는지 나타나지 않았다. 수진이 정우는 안 내려오냐며 민규에게 물었다. 민규는 내려오기 전에 정우의 방문을 두드렸지만 아무 대답이 없었다고 했다. 정우는 오후 느지막이 일어나면 보통 작업실에 갔다가 저녁 먹으러 들어와서 밥만 먹고 자기방에 틀어박혀 있다가 피시방으로 나가곤 했다. 정우가 없다는 말을 들은 수진은 상당히 실망하는 표정이었다.

수진은 약간 가무잡잡한 피부에 생생한 윤기가 배어 나와 싱싱한 물고기 같은 느낌이 있는데 실망한 표정을 보일 때면 마치 남모르는 상처를 입고 삽시간에 마음을 닫는 것이 보였다. 아직 어려서 그럴까. 그런 얼굴은 보는 사람으로 하여금 애틋한 마음이 절로 우러나게 만들었다. 정우의 멱살을 잡아끌고 와서 수진 앞에 대령시키고 싶어진달까.

자기 인생도 추스르지 못하고 자기 여자도 만들지 못하는 자들이 꼭 이렇게 남의 연애를 성사시켜주고 싶어 안달이다. 아니, 자기도 마음에 두고 있으면서 여자가 좋아하는 남자와 엮어주려고 하는 이 심보는 뭐란 말인가.

호준은 출근해야 해서 도와주지도 못하고 먹기만 한다며 연신 굽신거렸다. 출근 준비를 하고 나왔다는데 아침 퇴근할 때와 다를 게 없어 보였다. 덩치가 크고, 예민하며 깔끔한 형진은 호준이 고기를 집으러 자기 앞으로 지나갈 때마다 자기도 모르게 숨을 꾹 참았다. 세탁기는 공용이니 마음껏 쓰라고 다시 한번 말해주고 싶었으나 그 또한 꾹 참았다.

"언니는 여행하고 싶은 대로 다니잖아. 나도 나 하고 싶은 것 좀 하고 살게 내버려 둬줘."

"나는 열심히 일하고 월급을 충분히 받잖아. 힘들게 일한 나를 위해 여행을 떠나는 게 뭐가 어때서! 너도 제대로 된 직장을 다니면 아무도 네 걱정 안 해도 되잖아."

"언니는 맨날 회사 일 힘들어서 죽겠다고 하잖아. 나는 돈은 적게 받아도 내가 즐거운 일하고 싶어."

"네가 하고 싶다고 아무것이나 해도 되는 게 아니야. 누가 너를 먹여 살리니? 언제까지 너를 챙겨야 하는데?"

수진의 얼굴이 어두워졌다. 자매의 다툼으로 분위기는 파장 직전이 되어버렸다. 아, 자매가 좋은 것만은 아니구나. 매일 저렇게 싸운다면 집안 분위기는 장례식장 버금가겠는걸. 형진은 아직 자매 사이에 끼어들거나 자매 중 누구 하나에게 맞장구쳐 줄 용기가 나지 않았다. 비위가 제법 좋아 보이는 민규하고나 편하게 얘기를 주고받을 수 있을 뿐이었다.

민규는 이 년 동안 계약직으로 근무해온 직장생활을 조곤조곤 이야기했다. 대학교에도 몇 년 간 구조조정의 피바람이 불어서 행정직 직원들이 삼 분의 일로 줄었다는 이야기며 평소에는 눈코 뜰 새 없을 만큼 바쁘지만 입시철이나 수시철, 특별감사 기간에는 눈코 뜨지 못하는 것은 일도 아니라며 아예 며칠씩 퇴근할 수도 없다는 얘기를 했다.

형진은 직장생활이라고는 아는 게 별로 없지만 마치 잘 아는 것처럼 그럼, 그럼, 하면서 고개를 끄덕였다. 그것만으로도 충분히 대화가 이루어지는지 민규는 끝도 없이 조근조근, 조근조근 수다를 떨었다.

혜진은 이제 수진이 살이 찌고 어깨가 떡 벌어지고 있으며 허벅지가 남자 허벅지만해지고 있다고 타박을 했다. 혜진은 돼지의 비계 부분은 다 잘라내고 먹었고 수진은 그걸 자르면 무슨 맛으로 먹냐며 혜진이 잘라주기 전에 얼른 입에 넣었다. 새하얗고 신경질적인 혜진보다 수진이 더 예뻐 보이는 건 다른 남자들도 마찬가지인 것 같은데 말이다.

출근시간이 임박한 호준이 건강한 게 최고예요, 라며 마지막 쌈을 입에 넣고 자켓을 걸쳤다. 파티는 예상외로 풀이 죽은 채로 끝났다. 혜진은 피곤해서 먼저 들어가 자겠다고 치우지도 않고 들어가 버렸고 피곤하기로는 조금도 뒤지지 않을 수진과 민규가 뒷정리를 했다.

식구가 많아지니 역시 새롭고도 골치 아픈 일이 많아지는구나, 하루를 돌이킬 시간도 없이 형진은 잠에 빠져들었다. 깊은 잠을 깨운 것은 무언가가 거실에서 달음질하는 소리였다. 그는 어젯밤 일이 문득 떠올랐다. '내가 너무나 잘 아는, 손바닥보다 훤히 아는 이 집에서 내가 모르는 일이 벌어지고 있다.' 누군가가 거실을 가로질러 가고, 누군가는 저쪽에서 이쪽으로 가로질러 오는 게 분명했다. 소리는 점진적으로 작아지고 점진적으로 커졌다.

어쩌면 그것은 아주 가볍고 날랜지도 모른다. 마룻바닥을 걷는가 하면 순식간에 소파를 타넘고, 주방에서 출몰했는가 하면 순식간에 현관에 가 있는 것 같았다. 계단을 미끄러져 내려오기도 하고 날아오르듯 올라가기도 하는 것 같았다. 형진은 점점 더 숨을 죽였다.

입주자들 중 어느 누군가가 정체를 알 수 없는 존재를 끌고 들어왔는지도 모른다. 아니면 나비 날개처럼 가볍고 자유로운 존재가 누군가를 영매로 삼아 본인 모르게 따라붙었는지도 모르지. 이전의 행적도 모르고 현재 신원도 정확히 모르는 사람들을 겁도 없이 집안에 들였다는 후회가 들면서 밤이면 밤마다 이런 일을 겪는 것 아닐까, 하는 두려움까지 들었다.

형진은 급기야 방문을 뭔가가 스치고 지나가자 소름 끼치게 겁이 나서 벌떡 일어나 앉았다. 돌아가신 엄마를 부르며 기도를 해야 하나, 세상에서 가장 전지전능하다는 사막의 신을 부르며 기도를 해야 하나, 천 개의 눈으로 아무리 어두운 세상도 밝게 본다는 천수관음보살에게 간절히 기도해야 하나. 기도를 해야 한다고 생각하며 떨다 보니 겁이 점점 사라져갔다. 덩치로 밀어붙이면 유령도 무서워할지 모른다.

매일 밤 이렇게 달달 떠느니 한번 부딪쳐보자는 자세로 문께로 다가갔다. 문을 삐긋이 열었다. 문에 무언가가 걸리는 게 느껴졌다. 이 때다. 문을 확 열어젖혔다. 끼야아옹! 어둠 속에서 날카로운 노란빛이 달려들었다. 동물적 감각으로 두 팔을 들어 얼굴을 가렸으나 그는 보았다. 새하얀 고양이 한 마리를.

하얀 고양이는 어느새 녹색 암체어의 등받이 위에 오뚝 올라앉아 야무지게 노려보면서 너는 뭔데 나를 놀래키는 거야? 라고 물었다. 아, 물론 끼야아옹, 하고 물었다는 얘기다. 아니, 울었다는 얘기다. 형진은 긴장이 탁 풀리면서 주저앉을 뻔했다. 차마 체면 구기게 주저앉을 수는 없어서 오금에 바짝 힘을 주자 급격하게 화가 솟구쳤다.

고양이 한 마리 때문에 내가 그렇게 바들바들 떨었다니. 한 주먹도 안 되는 것 때문에. 근데 요 녀석이 어디서 들어왔지? 녀석을 잡으려고 다가가다가 고양이와 오버랩 되는 얼굴 하나를 떠올렸다.

형진과 눈을 마주치지 않고 유난히 수줍어하며 짐을 옮겼던 수의사. 웬 상자가 많기도 했던 수의사. 그 사람이 데려왔구나. 이걸 어쩌지. 조금 전 돼지 바비큐를 먹어대던 밉살스러운 얼굴이 떠올랐다. 이런 불법을 저지른 주제에 아무 짓도 안 했다는 듯 딴전 피우며 능청을 떨다니.

형진은 꼼짝도 하지 않고 자기를 노려보고 있는 고양이를 내버려 두고 주저하며 계단에 발을 올렸다. 뭐라고 물어보지? 혹시, 고양이를 데려왔나요? 혹시, 저 고양이 주인인가요? 고양이를 데려오려면 미리 말씀을 하셨어야… 애완동물 반입금지인 거 모르셨나요. 쟤를 여기서 몰래 키울 생각이셨나요. 아, 뭐라고 물어보지. 할 말을 궁리하면서 수의사의 방 앞에 섰다.

방문이 빼긋이 열려 있었다. 형진은 방문을 두드렸다. 아무 대답이 없었다. 살며시 문을 밀고 안을 엿보았다. 아무도 없었다. 아, 맞다, 수의사는 출근했지. 그 사이에 저 녀석이 방을 빠져나온 것이었구나. 돌아서는 발 밑에 언제 따라 올라왔는지 하얀 고양이가 꼬리를 말고 오도카니 앉아 그를 올려다보고 있었다. 이 녀석을 어떻게 방안으로 들여놓지?

형진도 살그머니 고양이 뒤쪽으로 두 걸음 옮겨서 발로 녀석을 툭, 건드렸다. 고양이가 니야옹, 하더니 방안으로 훌쩍 들어갔다. 순간 마중하듯 저 안쪽에서 니야아옹, 하며 훌쩍 튀어나오는 검은 녀석이 있었다. 엇비슷하게 책장 뒤에서 꼬랑지를 세우고 천천히 걸어 나오는 얼룩이도 있었다. 오, 마이 갓! 그는 방문을 얼른 닫았다.

계단을 내려오면서 형진은 깊은 시름에 잠겼다. 고양이는 한 번도 만나본 적이 없었다. 멀찍이서 형진의 그림자만 보고도 달아나는 길고양이들을 보면 괜히 기분 나빠졌던 게 다였다. 고양이를 집안에 들인다는 생각은 해본 적도 없었다. 게다가 세 마리라니! 세 마리라면 도저히 눈 감아 줄 수 없는 것 아닌가! 아니다, 지금 본 것만 세 마리지, 더 있는지 모른다. 집주인 노릇을 하려면 단호함이 가장 필요한 자질일 텐데, 이거 어쩌지. 그는 자신이 얼마나 마음 약한 주인인지 처음 깨달았다. 덩치에 어울리지 않게.

밤이면 밤마다 무엇이 또 나타나게 될지 모른다. 다섯 명이 들어왔다는 것은 다섯 명을 따라 기하급수적으로 늘어나는 문제들이 함께 들어왔다는 말일 수도 있었다. 알 수 없는 불안이 밀려왔다. 잠이 오지 않았다….

그러나 잠을 이루지 못한다고 불평하는 사람은 대개 자신이 언제 잠들었는지 알지 못한다.

그리하여 아침이 왔고 형진은 호준이 퇴근하기만을 기다리고 있었다. 수진은 어제처럼 수줍게 욕실에 들어갔고 혜진은 벌써 출근 준비를 다 하고 내려와서 빵을 굽고 있었다. 형진은 이른 아침의 태양이 내려앉은 밝은 연두색 소파에 앉아서 속으로 주문을 외듯 할 말을 외웠다. '고양이를 데려오셨습니까? 애완동물은 들일 수 없습니다.' 이게 나을까. '고양이를 어떻게 할 생각이십니까?' 이게 나을까. 고르고 있는데 호준이 한층 늙은 얼굴로 퇴근했다. 호준이 구두를 벗고 마루에 올라서자마자 형진이 벌떡 일어났다. 호준이 순간적으로 움찔하는 게 보였다. 사태를 유리하게 끌고 가자면 기선을 제압할 필요가 있었다.

"저 좀 봅시다."

일부러 목소리를 깔았는데 효험이 있었다. 호준이 올 것이 왔구나, 하는 표정으로 어깨를 옹송그리고 와서 형진 앞에 섰다. 주방에 있는 사람들의 시선이 일제히 쏠리는 게 느껴졌다. 왼쪽 뺨이 뜨끈해졌지만 개의치 않고 힘을 주어 말했다.

"고양이를 데려오셨습니까?"

호준이 대답하기도 전에 '고양이라구요?' 라고 주방에서 여럿이 소리를 질렀다. 고양이, 라는 말만 들어도 히스테리를 일으키는 여자의 목소리를 기대했건만, 이건 반색을 하고 좋아하는 목소리였다. 형진의 얼굴이 확 붉어지자 호준의 낯빛이 캄캄해졌다.

"그게, 말씀드리려고 했는데, 그만 기회를 놓쳐서…"

"고양이가 있어요? 어디요? 어디?"

이렇게 물은 건 그새 주방에서 거실로 나와 두 사람을 빙 둘러싼 민규와 혜진과 수진이었다. '뭔가 잘못 되어가는 중인 거 맞지, 지금?' 형진은 애써 세 사람을 돌아보지 않고 호준만 겨냥해서 물었다.

"말을 하고 안 하고 간에, 제가 사람을 들인 것이지 동물까지 들인 건 아니잖아요. 미리 물어보기라도 했어야죠."

"아, 그게, 쟤네들은 한두 번씩 버려진 애들이라 또 버릴 수가 없어서…"

"아니, 그게 아니구요. 병원에 데려다 놓아도 되잖아요? 식구들이 이렇게 많은 집에 고양이까지 몇 마리 추가되면 저 혼자 이 집을 어떻게 관리합니까."

"제가 관리할게요, 제가요."

수진이 형진과 호준 사이에 끼어들었다. 그것도 손을 하나 번쩍 들고서.

"저도 저도 관리할게요. 고양이 너무너무 키우고 싶었어요. 어디 있어요? 어디?"

민규였다. 호준이 고개를 들고 뭐라고 변명을 하기도 전에 민규와 수진이 이 층으로 뛰어올라가고 있었다. 혜진도 시계를 한 번 흘깃 돌아보더니 얼른 뒤따라 올라갔다. 내 편은? 내 편은? 젠장, 어떻게 되어가는 거야. 주인의 권위가 이렇게나 형편없이 무너지다니. 고양이, 내 이놈들을 당장! 혜진까지 고양이를 좋아하다니, 이렇게 되면 내가 열세가 되는데. 아니, 무엇보다 나는 고양이를 안 좋아한다니까! 내가 싫다면 싫은 거라구!

새하얀 고양이가 슈레, 까망 고양이가 딩거, 얼룩이가 망가였다. 이름도 어쩌면 그렇게 잘 어울리는지 식구들은 하나씩 고양이를 껴안고 부벼대느라 절망한 주인 형을 아무도 신경 쓰지 않았다. 이 소란의 당사자인 호준은 몹시 죄송하지만 너무나 피곤하고 너무나 배가 고프다며 슬금슬금 주방으로 들어갔다. 호준은 가스레인지 위의 냄비 뚜껑을 들어보며 급기야 이렇게 물었다.

"오늘은 밥 안 먹어요?"

뻔뻔스럽기도 하지. 형진은 자기 방으로 들어가 문을 쾅 닫았다.

얼떨결에 고양이 무단 반입을 용인해준 게 되어버린 것이다. 이럴 거였다면 그냥 받아줄 수도 있었는데 괜히 주인의 권위를 내세우려다가 망신을 당한 것 아닌가. 부끄럽다 못해 점점 화가 났다. 이제 양해를 구하지 않고 고양이를 들여온 게 문제가 아니라 도리어 자신이 찌질한 인간이 되어버린 게 더 기분 나빴다.

주인으로서는 당연한 통제 아닌가? 남의 집에 살면서 애완동물이라니? 이건 상식 차원의 문제란 말이다. 이렇게 어이 없이 상식이 무너지다니.

형진은 점점 화가 났고 더 이상 이해하기 싫어졌다. 당장 공지를 띄워야겠다고 마음먹었다. 하나가 무너지면 도미노처럼 다 무너지고 마는 법. 피 한 방울 안 섞인 타인들이 모여 살자면 최소한의 규칙은 엄격히 지켜져야 하는 법이거늘. 머리가 다 큰 사람들이 상식 차원의 규칙을 안 지킨다면 아무리 주인이라 한들 무슨 수로 질서를 잡을까.

이래서야 앞으로 규칙을 어기는 행위가 더 생기지 않을 거라고 어떻게 장담하겠는가. 이대로 그냥 말 수는 없었다. 그는 책상에 앉아 25포인트 굵직한 명조체로 셰어하우스 이용에 관한 공동 규칙을 적어 주방 냉장고와 거실 티브이 옆에 떡하니 붙여 놓았다. 요지는 간단했다. 셰어하우스란 현대의 파편화된 개인들이 함께 하는 최소한의 공동공간인 것, 서로에게 피해를 주지 않는 것이 가장 필요한 덕목, 그러므로 규칙을 잘 지키자. 규칙을 떡 써서 붙였다. 그러자 이상하게도 껄끄러운 마음이 되어 입주인들을 마주치기가 불편했다.

고양이는 수의사가 깨어나는 오후 서너 시 경에 맞추어 아래층으로 내려왔으나 점차 아무 때나 마음대로 아래위층을 오르내리게 되었다. 급기야 현관 밖으로 나가지 못하도록 마루 끝에 가로막이가 설치되기에 이르렀다. 고양이는 형진을 제외한 모든 입주인들에게 애교와 앙탈을 부렸다. 인간들은 고양이가 자기 다리를 한번 감고 지나가기를, 자기를 향해 냐아아옹, 하며 울어주기를, 자기 무릎에서 뒹굴며 귀빰을 부비부비 해주기를 바라며 서로서로 물과 밥과 까까를 챙겨주었다.

이것은 가정집인가, 하숙집인가, 셰어하우스인가. 형진이 굵
직하게 써 붙인 공고문을 쳐다보는 시늉이라도 하는 작자가 하
나도 없었다. 철저히 무시당한 기분이었다. 거기에 고양이들까
지 합세해서 형진 혼자 힘으로는 벅찰 지경이었다. 가장 힘든 것
은 자기 말이 먹히지 않는다는 것이었다. 다섯 명을 제어하는 당
당한 주인이 아니라 눈에 보이지도 않는 유령이나 되어버린 듯
한 기분이었다.

밥 먹고 다들 편안히 뒹구는 저녁 시간, 고양이 한 마리씩 안
고 뒹구는 식구들 사이에 끼지 못하게 되어버린 묘한 분위기가
제일 불편했다. 저거 내 소파인데, 나도 지금 소파에 누워 티비
보면서 뒹굴고 싶은데. 점점 심사가 뒤틀려가더니 급기야 삐딱
해지기 시작했다.

형진은 종종 무심코 한 짓인 것처럼 밖을 나갈 때 가로막이를
열어놓고 현관문도 열어놓곤 했다. 고양이가 열린 문으로 나가
버리기를 은밀히 기도했다. 그런데 한편으로는 식구들이 자기가
한 짓인 것을 알게 될까 봐 내심 켕기기도 했다. 그래서 들어올
때는 무심한 표정으로 위장하고는 집안을 휘둘러보는 버릇이
생겼다. 그러나 하늘은 그를 도와주지 않았다. 하늘은 오직 하
늘이 원할 때만 벼락도 내리치고 사탄도 내려보내고 그러는 모
양이다.

형진은 점차 고뇌에 빠져들었다. 이건 애초 자신이 원하던 형
태의 셰어하우스가 아니지 않은가. 지켜지는 건 월세와 자신이
밥을 해주는 날뿐이었다. 밥을 해주는 것이 당연한 것이 되어갔

다. 물론 당연한 일이긴 하다. 애초 계약조건이 그랬으니까. 밥 잘해주고 잘 먹고 가면 끝인 거다. 자리를 잡아간다는 것은 숟가락질을 잘 배운 두 살 배기의 뿌듯함 이상은 아닌 건가. 자신은 그저 밥만 해주고 돈만 받는 주인일 뿐인 게지, 특별히 인정받고 어쩌고 하는 것도 아니라는 생각이 들기 시작한 것이다.

집밥이란 게 그토록 중요하다면서도 막상 일상적으로 접하게 되면 별거 아닌 게 되는 것. 먹을 때마다 맛있냐고 물어보는 것도 찌질한 노릇이지. 전업주부들이 곰국 한 솥 해놓고 집 나가버리는 기분을 이해하고도 남았다.

그런데 정말이지 밥을 해주기가 싫었다. 자기 결정에 대한 회의가 들기 시작했다. 파업을 일으키고 싶은 심정이었다. 그러나 지금 여기서 밥을 해주지 않으면 계약을 어기는 것은 자기가 되는 것이고, 계약을 어겼을 때의 보상에 대한 명시가 없긴 하지만 커다란 저항에 부딪칠 게 뻔하다. 나는 무엇을 바라고 이 무감각한 인간들에게 집밥을 먹이겠다고 했을까. 호의가 계속되면 권리인 줄 안다는데, 내가 얼마나 정성들여 밥을 했다는 걸 이 인간들이 알아줄까. 집을 나가버리고 싶은 마음을 꾹 참고 반찬을 대강 밑반찬 위주로 차렸다.

파업이 안 된다면 태업으로 가는 거지. 당해봐라, 요놈들아. 요리를 정식으로 배워볼까, 한식 조리사 자격증 같은 걸 따서 수강생을 모집해볼까, 그런 생각이 슬슬 들기 시작했다.

그런 형진에게 귀인이 되어준 건 바로 그녀였다. 검은 미니스커트 정장에 하얀 셔츠를 받쳐 입고 나타난 그녀는 짧은 커트 머리가 한 올 흐트러지지 않게 다듬어져 있었고 타슬이라는 수술이 달린 큼지막한 귀걸이를 달랑거리고 있었다. 남의 눈을 아무렇지도 않게 똑바로 쏘아보는, 너무나 이쁘고 썰렁하며 도도한 건축업자는 설계도를 보여주긴 했으나 모르면 아뭇소리 하지 말고 내가 하는 대로 따르라, 는 식이었다.

작은 공사이니만큼 프레젠테이션은 오 분도 안돼서 끝났다.

"천정은 피코크 그린으로 할 거구요, 사방 벽체는 실버 폭스로 할 거예요. 문짝 테두리는 짙은 초콜릿 색이구요, 타일은 하얀색으로 할 거예요. 아, 피코크 그린이랑 실버 폭스는 벤자민 무어의 컬러칩에서 고른 거예요. 올해의 핫 컬러니까 맘에 드실 거예요, 됐죠?"

이런 작은 공사에 감놔라, 배놔라, 하지 말라는 듯 산뜻하게 아귀를 지었다. 형진이 한 일이라고는 욕실이 들어설 자리를 대강 손가락으로 가리키고 사이즈도 두 팔로 형상화해 보였을 뿐이었지만, 전문가는 단박에 모든 것을 꿰뚫었다.

고작해야 피코크 그린이 그린 계열일 것이며 실버 폭스는 은여우 색인가 보다 했을 뿐 정확한 색감은 알 수 없었지만 전문가다운 향기가 폴폴 나고 전문가답게 똑 부러지는 것이 어리바리한 형진의 눈과 코와 귀를 사로잡았다. 덕분에 형진은 똘똘한 여자는 매우 매력적이라는 것을 알게 되었다. 괜히 사사건건 다른 사람을 무시하고 꼬아대는 혜진과는 달랐다.

매력적인 여자가 나타나자 혜진과 수진은 안타깝게도 형진의 시야에서 비껴나기 시작했다. 애초 화장실을 만들려고 했던 이유가 수진과 혜진에 대한 수줍음과 관심 때문이었건만 금세 자매는 마치 오랜 남매와도 같은 위치로 내려가 버렸다. 그래서 혜진에 대해서조차 한없이 너그러워질 수 있을 것 같았는데 너그러움은 깊은 관심 없음의 다른 이름일 수도 있다는 것을 문득 깨달았다. 그럼에도 아직 수진에 대해서는 가슴 한복판이 사르르 끓는 듯한 감각이 남아 있는 것도 사실이긴 했다.

형진은 몹시 이쁘고 매우 썰렁하며, 표정이 바뀌지 않는 여자를 내 집에 앉아 매일 볼 수 있다는 것이 믿기지 않았고, 이렇게 되기까지 도움이 된 모든 연유들에 감사한 마음이 되었다.

3

피코크 그린의 쿨 하우스

또다시 새로운 밤이다. 다섯 명의 인간들이 들어오면서 하루도 새롭지 않은 밤이 없었다. 형진은 거실에서 이상한 소리가 나서 문득 잠에서 깼는데 고양이들 소리와는 또 달랐다. 그때도 알고 보니 고양이였지만 그 존재를 확인하기 전까지는 얼마나 두려웠는가 말이다.

일정하게 딱, 딱 부딪치는 소리였다. 도대체 무엇이 저런 소리를 낼까. 이 집안에서 저런 소리를 일으킬 사람, 혹은 어떤 존재, 혹은 사물이 있던가. 그 무엇이 저런 소리를 낼 수 있을까. 마치 덧창이 떨어져서 바람에 부딪칠 때 나는 소리 같았지만 이 집에는 그럴 만한 덧창이 없었다. 뭔지 모를 것의 소리를 지속적으로 듣는 것은 굉장히 섬뜩한 일이 아닐 수 없다.

밤은 그토록 익숙하면서도 이토록 낯설다. 그래서 친근하지만 문득문득 섬뜩해지는 사람 같았다. 무엇 때문에 밤이면 밤마다 뭔지 모를 새로운 존재들이 출몰하는 것일까. 새로운 사람을 들인다는 것은 너무나도 커다란 사건인 것임을 이제야 알 것 같았다. 밤이란 사람과 똑같은 것. 알 것 같았다가도 전혀 모르겠는 것. 친근했다가도 너무나 섬뜩한 것. 이 집은 얼마나 많은 밤을 기다리고 있으며 얼마나 많은 사람을 품고 있을 것인가. 이러다가 영영 새로운 사람도 밤도 두려워지는 건 아닐까.

형진은 또다시 집주인으로서의 긍지를 되새겼다. 나는 다른 사람들을 보호할 의무가 있고 또한 통제할 권리도 있다. 두려워 떤다는 것은 그 두 가지 능력이 없음을 자인하는 것. 거기까지 생각하자 아직은 튼튼한 하초에서 투지가 불끈 솟구쳤다. 그래, 시원하게 소변을 보자. 거센 오줌발을 보면 자신에 대한 긍지가 다시 샘솟을 것이다.

형진은 문을 벌컥 열었다. 교교한 달빛이 거실에 드리워져 있었고, 등허리에 달빛을 듬뿍 받은 민규가 고개를 떨군 채 소파에 앉아 있었다. 손에 무언가를 쥐고 그것을 일없이 나무 팔걸이에다 두들기고 있었고 소리는 거기에서 나고 있었다. 일정한 리듬, 일정한 움직임. 그 손은 마치 민규하고는 아무 상관없는 것 같았다. 민규가 앉아있는 곳에서부터 형진의 방문 앞까지 풍겨오는 술 냄새도 민규와는 상관없어 보였다.

민규는 지금 바람도 달빛도 어둠도 타인도 어떤 소리도 없는 고독 속에 있는 것이다. 마치 그의 몸이 지금의 상황을 감당하지 못하고 잠시 떠난 듯 영혼만 혼자 덩그러니 있는 것 같았다.

까맣게 잊고 있었는데 오늘이 그날이었던가 보다. 정규직 승진심사 발표가 있는 날. 저녁 식탁에 수저를 얹어놓고 기다렸지만 민규는 아무 소식 없이 귀가하지 않았다. 아무도 신경 쓰지 않았고 다들 밥을 먹자 자기 할 일을 했다. 민규는 술이 잔뜩 취해 아무도 기다리지 않는 집으로, 모두들 까맣게 잊고 잠이 든 새벽 세 시에 들어온 것이다. 아마도 저녁 내내 혼자 저렇게 술을 마셨겠지.

형진은 망설이다가 주방으로 갔다. 주방 불을 켜자 민규의 머리가 슬쩍 들렸다가 다시 떨어졌다. 맥주 한 병과 잔 두 개를 가지고 민규 옆에 가서 앉았다. 마지막 한 잔이 시원하게 저 아이의 체증을 내려줄 수도 있지 않을까, 싶었던 거다.

"저는 진짜 열심히 일했단 말입니다. 직원들 하나하나 비위도 맞췄고요. 과장님, 실장님 선물도 잊지 않았습니다. 그런데요, 다 필요 없어요, 다. 우리 행정실에만 계약직이 셋이란 말입니다. 셋 중 하나만 되는 거예요."

"아, 그런 거구나. 셋 중 하나면, 일을 제일 잘한 사람이 되는 거 아닌가."

"아, 일은 제가 제일 잘했다고요. 실장님도, 과장님도 저한테될 것처럼 했단 말입니다."

"그…. 그러면 누가 됐는데? 전혀 예상하지 못했던 사람이 된 건가?"

"그건 아니죠. 저랑 그 자식이랑 둘 중 하나가 될 걸로 생각했었죠. 그 자식이랑 저랑 고과점수는 비등비등했어요. 근데 그 자식이 저보다 학교가 더 좋아요. 일을 비슷하게 잘 하면 결국 학교 보잖아요."

"아…. 그렇구나."

"아, 내가 왜 학생 때 공부를 안 했는지 너무 후회스러워요. 지금 일하는 것처럼만 했으면 좋은 대학 갔을 텐데."

"다른 스펙에서는 차이가 없나? 모든 점수를 다 토탈해서 냈을 건데."

"다른 건 모르겠어요. 그 자식 스펙이 다 어떻게 되는지 제가 어떻게 알아요."

"실장님이 잘못했네, 왜 헛바람을 넣었나 그래."

"아니, 무슨 소리예요. 헛바람이라니! 제가 일을 잘 했다고요. 맨날 칭찬 들었는데 그게 잘못됐다는 거예요?"

"아이고, 이런… 내가 실수했네… 그런 뜻이 아니라."

"됐어요! 직장생활을 모르니 그런 소릴 하시죠."

"아니, 뭘 또 그렇게…."

내가 참자, 내가 참어. 내가 형이니까 참자. 이럴 때 믿음이 있는 자들은 나무아미타불을 외거나 묵주를 돌리며 성모 마리아를 찾을 텐데 믿는 바가 없으니 그 누구의 힘을 빌릴 수도 없고, 에라, 맥주를 한 모금 쭉 들이켜는 것으로 그는 마음을 다독였다. 도움을 주지는 못할망정 상심한 사람을 긁지는 말아야지.

"제가요. 정규직 계약 이거 하나 보고 얼마나 열심히 살았는데요. 단 하루도, 단 일분도 지각 한번 한 적 없고, 일 한번 펑크 낸 적 없고, 야근 도맡아서 했다구요. 화가 나도 꾹 참고요. 기가 막혀도 꾹 참았다고요. 출근 첫날부터 자기 마실 물을 왜 저한테 심부름 시키냐고요. 왜 제 물건 맘대로 가져가서 쓰느냐고요. 왜 허드렛일은 모두 나한테 시키느냐고요. 다 참았어요, 다. 그런데 이제 나가야 한다고요. 그렇게 충성했는데 나가라면 오케이! 하고 나가야 한다고요."

"에이, 못 된 새끼들."

"시간 없어서 연애 한번 못했구요."

"에이, 설마."

하는 것 보면 연애 꽤나 했겠더구만.

"아, 진짜예요. 이 학기에 연애 시작하면 백에 백, 다 망해요. 수시에, 정시에, 두어 달 동안 접수 몰려들 때는 진짜 소변보러 갈 시간도 없다니까요. 방광 터져요. 여자들은 바쁘다는 걸 절대 이해 못해요."

"아, 그건 그래. 여자들은 진짜 이해 못해."

"근데 맥주 더 없어요?"

"응? 없는데. 이거 내가 마시려고 콕해둔 건데."

"나가서 몇 병 사 올까요? 술 모자라죠?"

"아닌데."

"아, 제가 나가서 사 올게요. 술 사 올게 절대 자면 안 돼요."

민규는 형진이 행여 손을 잡아 앉힐까봐 그러는지 두 손을 마구 내저으며 비틀비틀 일어났다. 그러고는 현관으로 나가는 게 아니라 이층 올라가는 계단으로 갔다. 그는 멍하니 민규의 뒷모습을 바라보면서도 그게 무슨 뜻인지 이해하지 못했다. 십 분쯤 지나 식은 맥주 잔이 손에서 미끄러질 뻔한 것을 알아차리고서야 민규가 자러 들어갔다는 것을 깨달았다.

맥주가 필요한 건 이제 형진이었다. 잠은 홀랑 깼고 술은 어설프게 마셨는데, 시간은 다섯 시를 넘었다. 겨우 맥주 한 캔 분량의 알코올이 사람의 영혼을 간질이는 게 여간 못 마땅한 게 아니었다. 특정한 노래를 한 구절만 되풀이 불러대는 것은 뇌가 간지럽기 때문이라던데, 정말이지 이건 딱 맥주 한 캔 때문에 뇌가 간지러운 건데, 맥주 한 캔 만 마시면 뇌가 진정될 것인데. 뭔가 당하긴 당했는데 뭔지는 모르겠고 감정이 상했다는 건 알겠는데 단지 맥주 한 캔 만, 맥주 한 캔 만, 하며 노래처럼 되풀이되는 게, 뇌가 어째 트릭을 쓰고 있는 것 같은 이 기분. 그는 뇌의 간지러움을 멈추게 하면 뭔가 미진한 채로 끝난 감정도 함께 정리될 것 같은 기분을 이기지 못하고 기어코 맥주를 사러 나갔다.

내가 원래 이런 놈이 아닌데, 라고 주절거리면서 맥주 세 캔을 내리 마시고 아무 감정도 남기지 않은 채 잠이 들었다. 그가 누구든, 어떤 이유에서든, 어떤 과정을 통해서든 낯선 사람과의 새로운 연결은 분명 그가 지금까지 한 번도 써보지 못한 코드를 이용하는 것이니까, 그 인간에 대해서뿐만 아니라 자기 자신에 대해 당황하고 기가 막히고 결국 어처구니 없어 하는 게 당연한 것이겠지.

기억에도 남아 있지 않은 부드러운 엄마 젖 뭉치 같은 것이 그의 코끝을 지긋이 내리눌렀다. 형진은 재채기와 함께 눈을 떴다. 모자람을 채워준 맥주 세 캔은 모든 어이없음을 말끔히 처리하고 그를 편안히 재운 게 틀림없었다. 토요일 아침 새하얀 햇살이 그의 얼굴을 훑고 있었다.

아니, 토요일 아침 하얀 고양이가 그의 코를 훑고 있었다. 고양이는 그의 쇄골 뼈 위에 올라앉아 기름기가 번지르르 흐르는 그의 코를 훑고 있었다. 연어와 참치, 뱅어를 섞은 듯한 비릿한 기름내가 고양이의 입맛에 맞은 게다. 그는 화닥 놀라서 고양이를 훅 밀어버렸다.

하얀 고양이 슈레는 끼야옹, 하며 살포시 마룻바닥으로 내려갔다가 다시 훌쩍 뛰어올랐다. 아직 소파에 누워 있는 그의 푹신한 배 위로. 그리고 배를 깔고 자리 잡더니 형진의 눈을 지그시 바라보며 발바닥을 쫙 폈다가 오므리며 꾹꾹 눌렀다. 고양이의 배와 맞닿은 배가 따뜻했다. 말랑말랑한 고양이 배와 자신의 배가 닿아있는 감촉이 점점 좋아졌다. 발톱에 찍히는 뱃거죽은 따끔따끔했다. 그런데 이상한 일이었다. 그와 눈을 맞추고 가르릉거리는 슈레를 다시 집어던질 수가 없었다. 그냥 눈을 감을 수도 없었다. 슈레가 눈을 감거나 다른 데로 돌리기 전까지는 그 초록 눈과 눈을 맞추고 있어야만 할 것 같은 묘한 상태로 형진은 뱃거죽이 따끔거리는 걸 참고 있어야 했다.

슈레의 눈을 보고 있자니 뭔가 잊고 있던 게 기억나려는지 가슴께가 간질간질해졌다. 이렇게 졸리운 듯 사르르 눈을 감았다가 다시 눈을 맞추고 사르르 감았다가 맞추곤 하던 여자가 있었던 것은 아니고, 생뚱맞게도 손에 무언가를 들고 소파 팔걸이를 내리치던 민규가 떠올랐던 것이다.

녀석은 한동안 풀이 죽어있겠지. 아무도 기억하지 않는 승진 발표와 탈락의 쓰디쓴 맛을 곱씹으며 직장을 옮겨야 하나 새로운 마음으로 재무장하고 적응해야 하나, 갈등을 하게 될 거다. 오늘은 민규가 한턱 내기로 되어 있던 날 아닌가. 다른 사람들은 귓등으로 들었을지언정 나는 알고 있잖은가.

어제 그렇게도 뇌를 간지럽게 했던 미진함은 바로 이것이었나 보다. 내일 그를 위로해줘야 하는 건가, 말아야 하는 건가. 그냥 둘이 맥주 한 병 갖고 나눠먹은 것으로 퉁쳐야 하나, 몇 년을 바친 직장 생활이 두 동강나는 상처를 입은 사람을 그냥 놔둬도 되나, 그런데 제법 싸가지가 없어 보이는 저 녀석을 위해 위로 파티 같은 걸 해줘야 하나, 했을 거다.

형진은 마침내 슈레의 맑은 초록 눈을 보며 결심했다. 그래, 날씨도 좋은 토요일이잖아, 낮에 파티를 여는 거다. 까짓 탈락, 슬픈 마음으로 즐겁게 보낼 수도 있는 거지. 속은 울어도 겉은 웃을 수도 있는 거지. 누군가 너를 위해 깊이 마음 쓰고 있다는 걸 생애 한번쯤 겪을 수도 있는 거지. 다음에 또 탈락하면 녀석이나 우리들이나 녀석에게 심각한 결여가 있다는 것을 인정하게 될지도 모르지. 하지만 오늘은 녀석의 탈락을 같이 슬퍼해줄 수도 있는 거다. 따뜻한 음식을 해서 같이 먹고 마시면서 마음껏 슬퍼지자.

자, 그럼 감동적인 장면을 연출해볼까. 형진은 벌떡 일어났다. 시장을 보러 갈 준비를 해야 했다. 그때 누군가가 벨을 눌렀다. 이크! 오늘부터 욕실 공사구나. 그는 나는 듯이 달려가 문을 열어주었다. 두 뺨이 새하얗고 두 눈에 푸른빛이 도는 몹시도 예쁜 전문가가 뒤로 두 사람의 현장 작업인들을 대동하고 서 있었다.

간단한 공사입니다, 라고 입을 뗀 현장 전문가는 우리가 알아서 할 테니 당신은 당신 볼 일을 보시오, 라며 바로 측량 작업에 돌입했다. 언제 건축현장을 본 적이나 있어야 말이지, 멍하니 쳐다보고만 있는데 뒤에서 형, 오빠, 불러댔다.

"형, 밥 안 먹어요?"

"오빠, 밥 안 먹어요?"

"야! 오늘은 토요일이잖아! 너희들이 하는 날이란 말야! 나 데이트 가야 해!"

"헐! 형 연애해요? 같이 가요."

"아, 난 밥 먹는 재미로 여기 사는 건데."

"미역국이랑 밥 먹어! 나 나갔다 올 거야."

다들 궁시렁대며 주방으로 들어갔다.

"뭘 해 먹지?"

"미역국이랑 먹으라잖아. 근데 오늘 아침 당번 누구야?"

"아, 무슨 하루 세 끼를 다 챙겨 먹으려고 해, 이 사람들이. 주말에는 두 번만 먹자구."

"무슨 소리예요. 조금씩 먹어도 세 끼를 먹어야 하는 거라구요."

이 녀석들은 먹고 죽기로 했구나. 형진이 주방에서 국을 데운다, 반찬을 찾는다, 하며 우왕좌왕하는 녀석들에게 물었다.

"다들 점심때 어디 안 나갈 거지? 민규는 어디 있어?"

"안 내려왔어요. 죽어 있던데."

"나 돌아올 때까지 그대로 죽어 있으라고 해."

"왜요? 무슨 일인데요? 어디 갔다 오는 건데요?"

"여자 데리고 와요?"

입을 모아 중구난방 물어대느라 난리가 났다. 집안은 밥 먹는 얘기로 시끌쩍했고 집 밖은 공사하느라 시끌쩍했다. 형진은 파티 메뉴를 생각하느라 대답이고 뭐고 할 여유가 없었다.

토마토 스튜와 퀴시, 바게트, 샐러드가 오늘의 메뉴였다. 와인과 맥주도 올려놓았다. 꽃은 흰색과 청보라색의 리시안서스를 준비했다. 꽃은 생각지도 않았는데 두 손 가득 장을 봐 오다가 길가 꽃집을 지나쳤다. 생각나려고 해서 그랬는지 유리창 안에서 하양과 청보라 꽃이 흔들리는 걸 보고 두 뺨이 새하얗던, 그러나 두 눈은 묘하게 짙은 푸른빛을 띠었던 얼굴이 겹쳤던 거다. 그래서 다른 꽃은 쳐다보지도 않고 그것을 한 아름 사 왔다.

꾸시를 하는 데 시간이 많이 걸렸지만 결과는 대만족이었다. 솔솔 풍기는 이국적인 요리 냄새에 식구들이 죄 몰려나와 형이 이런 감각을 가진 남자일 줄이야, 하는 감탄과 이런 남자가 왜 결혼을 못했을까, 하는 탄식과 이렇게 차려진 상은 처음 받는다는 감동을 쏟아놓았다. 오늘이 무슨 날이에요? 좋은 일 있어요? 애인은 왜 안 와요? 에이, 형이 애인이 어디 있어. 찧고 까불기에 형진이 그랬다. 민규씨를 위해 차린 거야. 민규씨한테 무슨 좋은 일 있어요? 그건 이따가 알려줄 거야. 차리는 거 도와줘. 아이들은 신이 나서 접시를 꺼내고 수저와 포크를 놓았다.

주방이 좀 답답한 듯하다며 혜진이 테이블을 거실로 내놓으면 꽃도 살고 분위기도 살 것 같다는 아이디어를 냈다. 아, 그렇게 하고 보니 정말이지 분위기가 살아났다. 식탁은 토마토 스튜와 네모나게 잘 썰린 꾸시, 치즈를 갈아 얹은 샐러드, 와인이 반쯤 담긴 와인잔들, 한쪽에서 흔들리는 리시안서스 꽃까지 완벽하게 세팅되었다.

그런데 오늘의 주인공이 세팅이 안 됐군. 형진이 수진에게 부탁했다.

"수진씨가 가서 민규 좀 내려오라고 해줘."

그러자 대뜸 혜진이 화를 냈다.

"왜 쟤를 보내는 거예요? 내가 가서 일어나라고 할게요."

혜진이 쌀쌀맞게 쏘아붙이고 이층으로 올라가는 걸 보며 형진은 중얼거렸다. 그러게, 왜 나는 민규에게 수진을 보낼 생각을 했을까. 잠시 후, 혜진이 뾰로통해져서 퉁퉁거리며 계단을 내려오고 그 뒤에서 민규가 헝클어진 머리를 긁으며 매우 민망한 표정으로 주춤주춤 따라왔다. 그 방에서 무슨 일이 있었소, 라고 모두에게 공개하는 꼴이다.

"왜 그래? 뭔 일 있었어?"

혜진이 다시 한번 여보란 듯 새침한 표정을 짓더니 호준 옆에 털썩 주저앉았다. 민규가 혜진에게서 떨어져 앉으며 죄를 고백했다.

"제가… 실수했어요….”

"왜? 끌어안기라도 했어?"

혜진이 더욱 새침한 표정을 지으면서도 어서 시작해요, 민규 씨 축하해줄 일 있는 거 아니예요? 라며 국면전환을 시도했다. 그러자 민규가 어리둥절해하며 형진과 식탁을 번갈아 쳐다보았다.

"나를 축하해줘요? 떨어진 거 축하해주는 거예요?"

난감한 얼굴로 민규가 물었다. 떨어진 거 축하하기는, 떨어졌어도 기운 내라고 하는 거지, 이렇게 말하기는 싫었다. 쿨하고 싶은 거다. 그래서 외쳤다.

"구래! 떨어진 거 축하한다! 왜 떨어진 건 축하 못하냐? 까짓 거 깨끗이 털어버리고 잘 먹고 힘 내자!"

그제서야 다른 사람들도 무슨 일인지 이해가 간다는 듯이 표정들이 풀어졌다. 민규만 어정쩡하게 웃을락 말락 하고 있을 뿐이었다. 호준이 민규에게 와인잔을 쥐어주고 어깨를 다독였다. 떨어졌다고 너무 괴로워 말고 힘을 내야지. 구태의연한 말과 행동, 호준다웠다. 혜진도 그런 일이 있었으면 진작 말을 하지! 내가 멋지게 축하해줬을 텐데! 라고 했고, 수진도 잊어버려요, 다시 하면 되죠, 라고 보탰다. 정우는 형, 나야 뭘 모르지만, 힘내세요, 라고 했다. 마침내 민규도 고맙다며 코를 훌쩍거렸다.

민규는 어젯밤에 그랬던 것처럼 자신의 부당한 탈락과 어처구니없는 노력들, 당장 월요일 출근을 어떻게 해야 하는지 난감함에 대해 장황하게 토로하며, 그런 자신을 위해 이렇게 애정을 쏟아주신 주인 형께 말로 할 수 없는 감사를 느낀다는 인사말로 끝을 맺었다.

건배를 하고 난 뒤 혜진이 여전히 새침하게, 마치 탓을 하듯 말했다.

"직장도 안 다녀보셨으면서 어쩜 그렇게 직장인 맘을 잘 알아주는 거예요?"

"그것이 바로 연륜 아니겠어."

어깨가 저절로 우쭐거렸고 뱃심이 절로 우러났다. 하체에도 불끈 힘이 들어가는 기분이었다. 오랜 식모살이가 비로소 빛을 발하는 순간인 것이었다. 죽어가는 사람을 위한 밥상은 영혼을 살찌울지는 몰라도 밥상머리에서는 대가를 기대할 수 없는 것, 그의 공덕은 하늘 어딘가에 쌓여갔겠지만 매일은 헛구역질과 구토로 돌려받았지. 산 사람을 위해 밥을 차리는 것은 하늘에 쌓지는 못하지만 지금 내 귀에는 달콤하기 이를 데 없구나.

문득, 공을 들이고 싶은 여자가 생각났다. 그는 옥외에서 공사에 여념이 없는 미모의 건축 전문가를 불러다가 자리에 앉혔다. 공사 잘 해주시게 선심을 좀 써야겠다는 변명을 했지만 아귀 같은 식구들은 이미 형진에게서 관심을 회수한 지 오래였다. 세 명의 남자들에게서 미모의 전문여성에게 보이는 호기심과 관심,

유혹이 무차별적으로 벌어졌다. 미모의 여성은 언제 어디서나 여성들에게 긴장을 유발하는 건지 혜진은 단박에 샐쭉해졌고 수진은 수줍고 조용해져서 식사에 열중했다. 그 모든 소란을 뒤로하고 미모의 전문여성은 이 모든 요리를 한 사람이 누구냐고 물었을 뿐이고, 형진이 그에 발맞춰 전문가적인 느긋한 태도를 보이려 애쓰며 한 박자 느리게 대답했다.

"이 사람들 먹이려고 제가 오늘 앞치마 좀 둘렀습니다."

물론 그 사이 그녀는 꿔시를 먹느라 눈도 코도 입도 식탁으로 향했다. 그의 대답을 들었을지는, 글쎄다.

이쯤해서 들어봤자 제대로 알아듣지도 못할 녀석들이 어떻게 만든 거냐고 물은 스튜 끓이는 법을 공개한다.

토마토 스튜 레시피

재료; 5인분 기준. 완숙 토마토 8개. 통마늘 열 알. 소고기 (기왕이면 두툼두툼 깍뚝썰기 한 안심), 감자, 당근, 양파 등 냉장고에 있는 모든 야채 듬뿍.

소고기에 소금과 마늘을 넣고 올리브 오일로 볶는다. 감자와 양파 당근은 푹 물러지도록 올리브 오일을 듬뿍 넣고 오래 볶는다. 그 사이에 토마토를 열십자 내서 끓는 물에 데쳐 껍질을 벗겨놓는다. 냉장고에 있던 양배추, 샐러리, 양송이버섯, 통마늘 모두 쓸어 넣고 소금을 적당히 넣어 달달 볶다가 야채 물이 흥건히 나올 즈음 토마토를 숭덩 숭덩 썰어 넣는다. 토마토가 물러 약간의 형태를 남길 즈음 간을 보고 소금을 첨가

한다.

간단히 말하면 소고기와 모든 야채를 볶다가 토마토 넣어 끓이면 끝이라는 얘기다. 요점은 조금 하는 것보다는 오 인분 이상을 해야 제맛이 난다는 것. 물은 안 넣어도 된다. 야채에서 나온 물 만으로도 자작해진다. 만약 야채에서 물이 덜 나온다면 다시마 우린 물을 조금 넣으면 된다.

안주로도 간식으로도 영양만점 일품요리인 프랑스식 파이, 뀌시의 비장의 레시피도 공개한다.

프랑스식 파이 뀌시의 국산 버전 레시피

네모난 오븐 용기 한판 분량 기준. 한국인의 입맛에 맞게 소고기를 이용하며 파이 반죽은 생략한다. 갈아놓은 소고기를 마늘과 참기름, 간장으로 달달 볶아놓는다. 치즈 한 개를 강판에 충분히 갈아놓는다. 계란 10개가량 후추와 소금을 섞어 풀어놓는다. 감자를 채썰어 볶는다. 단호박이 있으면 단호박으로 대신해도 된다. 토마토를 납작하게 썰어놓는다.

오븐 용기 안쪽에 버터를 촘촘히 바른다. 채썰어 볶은 감자와 단호박을 층을 이루도록 얹는다. 그 위에 갈아서 볶은 소고기를 두툼하게 얹는다. 그리고 갈아놓은 치즈를 듬뿍 얹는다. 마지막으로 토마토를 얹고 계란물을 붓는다. 계란물이 모든 틈을 메우도록 꼼꼼히 둘러가면서 붓는다. 오븐에 넣고 온도를 250도에 맞추고 시간을 40분으로 해놓는다. 표면이 연한 갈색으로 익으면 식혀서 층을 이룬 단면이 잘 보이도록 네모나게 썰어놓는다. 주변을 식용 장미와 바질 잎 등으로 장식한다.

혜진은 옆에 앉은 호준에게 스튜를 덜어주고 빈 접시에 꿔시를 올려놓았다. 그런가 하면 다른 사람한테는 따라주지도 않는 와인까지 따라주며 사근사근하게 비위를 맞추고 있었다. 민규나 정우에게 하듯 시큰둥하거나 무시하는 태도와는 확연히 달랐다. 이 사람이 이런 면이 있었구나, 이 여자도 좋아하는 사람에게는 이런 행위를 할 수 있구나, 싶을 정도였단 말이다.

그러나 웬걸, 호준은 혜진이 특별하게 대접하는 것을 알아차리는 것 같지도 않았다. 언제나 배가 고프고 언제나 지쳐있던 호준은 요즘 확연히 살이 올랐다. 멀고 먼 고비 사막에서 날아온 황사가 그의 얼굴에만 얹히는지 누런 낯색에 꺼끌꺼끌하던 피부가 그 깊숙이에서 빛과 살이 차오르기 시작했다. 마치 가을철 산란기 직전에 살이 통통하게 차오르고 껍데기가 반질반질해지는 꽃게처럼.

식구들 중 제일 만족스러운 식사를 하는 사람이 그였다. 밥을 짓고 반찬을 만드는 건 형진이었고, 그 밥과 국과 반찬을 선심 쓰며 먹여주는 건 혜진이고 살이 오르는 건 호준인 것일까.

멀찍이 떨어진 자리에서 지켜보건대, 두 사람이 안 어울리는 건 아니다. 외려 매우 잘 어울리는 성싶기도 하다. 뭔가, 뭔가가 떠오를 듯 말 듯했다. 그래, 이제 떠오른다. 이런 그림은 익숙하다. 우리 핏줄 속에 군데군데 끼어 피의 정체를 초래하는 중성지방과도 같은, 마초 유전자가 지배하던 관습적인 가정의 전형적인 부부가 아닌가. 아아, 아름답지 않았다. 아이처럼 흡족한 얼굴로, 주는 사람에 대해서는 일말의 관심도 없이, 탐욕스럽게 먹을 뿐인 호준이 순간적이나마 부러웠던 것도 아니다. 물론 아니지. 호준은 봐도 봐도 형진과는 맞지 않는 타입이고, 형진이 그런 타입의 남자를 부러워할 리가 없지. 경멸스러웠다면 몰라도.

쌀쌀맞기 이를 데 없는 제법 예쁜 여자가 저렇게 표나게 애정을 보이는데 음식에만 관심을 보일 뿐인 등신 같은 남자를 부러워할 리가 없다고 생각하며 형진은 괜히 기분이 나빠졌다. 화가 울컥 치미는 것도 같았는데, 마치 콧대 높던 여동생이 못된 남자를 좋아할 때 느낄 법한 느낌이랄까.

도대체 저렇게 콧대 높은 여자가 왜 자기에게 잘해주지도 않는 남자에게 관심을 보이는 걸까. 참으로 이해할 수 없는 일이 아닐 수 없다. 이상한 점은 민규에게서도 보였다. 아무리 정규직 임용 탈락의 아픔이 채 가시지 않은 시점이라 할지라도 안절부절못하는 거였다. 자신을 위한 자리라는 걸 잊고 가끔씩 멍해지는가 하면 평소와는 확연히 다르게 시무룩해 있었다. 수진만이 그런 민규를 위해 이것저것 물어봐 주고 맞장구를 쳐주고 있었다. 정작 민규는 성의 없이 대답하고 수진이 무엇을 물었는지 금세 잊어버리곤 했다.

맨 먼저 정우가 자리에서 일어났다. 식탁을 깨끗이 비우다시피 한 수의사도 만족스러운 얼굴로 자리를 떴다. 밤샘 피시방 알바는 잠을 자야 하고 밤샘 수의사도 잠을 자야 했다. 민규는 정신을 딴 데 팔고 있으면서도 자리에서 일어나지는 않았고 혜진은 호준이 떠나자 수진에게 잔소리를 하기 시작했다.

"너도 딴짓하지 말고 어서 정신 차리고 학원 다녀."

"아, 언니는 왜 자꾸 그래. 나는 지금 다른 걸 바라지 않아."

"나 결혼하면 너를 누가 돌봐줄 거라고 네 맘대로 살겠다는 거야. 괜찮은 직장도 없는 애는 괜찮은 사람하고 결혼할 수 없어! 학력도 떨어지잖아."

"내 걱정하지 말라구."

"니 걱정을 어떻게 안 해! 그러다 사고 나면 어떡할 거야."

"사고 안 나.

"큰소리치다 사고 나면 어쩌려고 그래. 엄마 죽는 거 볼 거야?"

"아, 왜 또 엄마 얘기 꺼내고 그래."

"그러니까, 엄마 속 터져 죽는 거 보지 않으려면 그만 둬."

수진이 자리를 차고 일어났다. 혜진은 수진의 등에 대고 소리를 질렀다. 야, 설거지해야지 어디 가. 그 말을 듣고 멍하니 앉아 있던 민규가 벌떡 일어나 그릇들을 주섬주섬 챙겨 주방으로 가져갔다. 설거지 제가 할게요. 다 들어가세요. 수진이 방에 들어가려다가 도로 나와서 그릇을 집어 들고 주방으로 갔다. 혜진이 민망한 듯 변명을 했다.

"아니, 그래도 민규씨를 위한 자리인데."

"대접받았으니 제가 치워야죠."

다소곳한 얼굴로 민규는 어지러운 식탁을 말끔히 정리하기 시작했다. 수진과 민규는 한 마디도 나누지 않고 설거지를 했다. 형진은 슬그머니 일어나 공사판으로 나갔다. 미모가 뛰어난 건축 전문가 여성이 어떻게 일을 하는지 훔쳐볼 셈이었는데 여성은 보이지 않았다. 작업인들은 그를 거들떠도 안 보고 손발을 맞춰 착착 일을 하고 있었다.

몇 시간 만에 땅은 파헤쳐졌고, 둘레에는 줄이 쳐졌다. 잘 모르는 분야지만 말없이도 손발이 척척 맞는 사람들을 보니 믿음직스러웠다. 아름다운 여성이 그 믿음에 한층 무게를 더했는지는 알 수 없는 일이다.

그리고 약 이주 만에 들어선 사방 5미터 정육면체 욕실은 마치 나는 이 집과는 무관한 존재입니다, 나에게 집중해주세요, 라고 하는 것 같았다. 식구들은 들락날락, 수도꼭지를 틀어보았다가 변기물을 내렸다가 욕조의 물을 틀었다가 하며 탐을 냈다.

욕실로 쓰는 공간과 옷을 갈아입고 세수를 하는 세면대가 있는 공간으로 나뉜 작은 옥외 건물은 천정이 피코크 그린색으로 칠해져 있었는데 생전 처음 보는 그런 색깔이었다. 벽체를 칠한 실버 폭스도 요란한 은광이 아니고 고급스럽게 차분했다. 다크 초콜릿의 문틀 색은 또 어떻고. 따로 떼어놓고 보면 전혀 어울릴 것 같지 않은 색들이었지만 그 조합은 상상 이상이었다.

게다가 세면대가 있는 방에는 작은 나무 벤치가 놓여 있었고 동그란 줄무늬 러그까지 깔려 있었다. 목욕하고 나와 여기 앉아 천천히 쉬면서 옷을 갈아입으라는 건가. 다시 한번 전문 여성의 감각에 감탄을 하지 않을 수 없었다.

"와우, 물이 에머랄드빛이야."

"아, 비 오는 날 욕조에 물 가득 채우고 창밖 바라보면 정말 멋지겠다."

"눈 오는 날은 더 죽일 거 같아."

"사과나무 꽃잎 흩날리는 날이 최고일 거 같은데."

"아냐 아냐, 가을에 찬비 내리고 짙은 낙엽 질 때 뜨끈한 물 받아놓고 앉아 있으면 저절로 시가 나올 거 같아."

급기야, 누군가가 노래를 부르고, 누군가는 이렇게 말했다.

"우리가 여기 쓰면 안 돼요?"

오…. 마이, 갓! 주인을 홀랑 벗겨먹으려고 작정을 했구나, 얘네들이. 형진은 목을 빳빳이 세우며 아무 대답도 하지 않았다. 작은 욕실 하나가 이렇게 기분을 좋게 해줄 줄은, 정말이지 몰랐다. 색채라는 것은 과연 신세계를 선물하는 것이로구나. 싸늘하고 똘똘한 이쁜 여자가 그의 가슴을 스치우고 지나갔다.

그녀 강지우는 완공된 욕실 앞으로 입주인들이 몰려들 때 산뜻하게 손인사를 하고 문을 나갔다. 잔금은 지난번 계좌로 입금하세요, 라는 말을 남기긴 했지만 말꼬리를 붙잡고말고 할 틈도 주지 않았다. 어쩌면 그렇게 쿨한지.

형진은 공사를 하는 내내 시크와 무표정을 오갈 뿐이던 도도한 여자와 집안의 여자들을 비교하고 있었다. 저 얼굴에 웃음이 어리는 경우란 어떤 경우일까, 하는 호기심을 자아내다니 냉랭하고 도도한 여자의 매력이란 얼마나 도저한 것인지. 사과나무 집이라는 촌스러운 택호는 이제 아웃이다. 피코크 그린의 쿨 하우스인 거다.

민규가 혜진을 욕조에 빠뜨리는 장난질을 하고 있었다. 욕조에 엉덩이를 빠뜨린 혜진이 얼굴을 붉히며 민규의 손을 탁, 치고 혼자서 일어나려고 했으나 쉽지 않았다. 민망해진 민규가 혜진을 잡아 일으키려고 했지만 역시 혜진은 화를 냈다. 뭐 하는 거야, 혼잣소리처럼 꿍얼댔지만 민규 들으라는 투가 역력했다. 지난번부터 민규와 혜진 사이가 심상치 않았다. 민규는 수진을 좋아하는 줄 알았는데 혜진으로 방향을 튼 건가. 혜진이 정규직도 아닌 민규에게 쉽사리 애인 자리를 내줄 사람이 아닌데, 뭔가 잘못 짚은 것 같았다. 혜진은 호준을 좋아하는데 민규는 그걸 모르고, 계속 대시를 하는 것인가?

며칠 전에 혜진이 김밥을 말고 있는 것을 보았다. 수진과 같이 먹으려는 줄 알았는데 그것이 아니었다. 김밥을 가지고 나갔다가 한밤중에 들어오는 것을 보았다. 문득 짚이는 데가 있었다. 호준에게 밤참으로 김밥을 갖다 주고 오는 것 같았던 거다. 그런데 여전히 호준은 고양이에게 하는 만큼도 혜진에게 애정을 주지 않는 것 같았다.

남자란 자기가 좋아하는 여자 외에는 관심이 없는 게 자연스러운 거다. 더구나 누군가에게 열을 올리고 있다면 다른 누가 자기에게 관심을 두고 있는지 전혀 눈치채지 못하는 게 남자다. 호준은 여전히 수진을 좋아하고 있는 것이다. 형진은 그런 호준이 점점 더 싫어졌다. 도대체 저 녀석은 어려도 한참 어린 수진에게 무슨 생각을 하는 거야. 다음 계약 때 어떻게든 호준을 갈아치울 결심을 했다.

밤이 되었고, 잠들기 전에 방광을 비우려고 피코크 그린 욕실 손잡이를 돌리던 형진은 누군가가 거기 들어가 있다는 것을 직감했다. 내 욕실을 누가 허락도 없이 점령하고 있지, 하며 기분 나빠하기도 전에 반사적으로 몸을 숨겼다. 옷을 갈아입는 용도로 쓰는 입구 쪽 공간을 통해 눈만 간신히 들이밀고 누구인지 훔쳐보았다.

민규가 창밖을 향해 등을 보이고 서 있었다. 욕조에서 씻는 것도 아니고, 변기에 앉아 있는 것도 아니었다. 한참은 된 듯 움직이지도 않았다. 창밖은 어두컴컴한 마당일 테고, 기껏해야 현관 외등에 비친 사과나무의 실루엣만 보일 것이다.

무엇을 보고 있는지 알 수 없었지만 민규는 그렇게 멍하니 서 있었다. 아, 민규 혼자 있는 것이 아니었다. 내 말 무슨 뜻인지 알아들었죠? 하는 말이 들렸다. 혜진이었다. 나 먼저 들어갈게요. 조금 있다가 나와요. 형진은 후다닥 바깥 문 뒤로 몸을 숨겼다. 그리고 벽을 타고 살살 움직여 뒤쪽으로 숨었다.

혜진이 문을 열고 나와 집으로 들어갔다. 한참이 지나도 민규는 나오지 않았다. 형진은 난감했다. 방광은 부풀대로 부풀었고 일층 화장실에 가기도 이층 화장실에 가기도 편하지 않았다. 이층 화장실에 갔다가 누군가한테 들키면 뭐라 하느냐 말이다. 마침내 아무것도 모르는 척하고 문을 열고 들어갔다. 민규가 돌아보았다. 눈물을 닦으면서.

"뭐야, 왜 여기서 울고 있어."

눈물까지 모른 척할 수는 없었다.

"형님, 제가 다시 열심히 일한다면 이 년 후에는 정규직으로 발령이 날 수 있을까요? 그런 믿음 없이 제가 다시 열심히 일할 수 있을까요."

직장에 다녀본 적도 없는 사람에게 무얼 바라고 이런 질문을 하는 게냐. 나는 이삼 년 동안 취업 준비생이었을 뿐, 제대로 된 직장에 다녀본 적 없고 오 년 동안 엄마를 돌봤단 말이다. 그런데도 너는 왜 내 앞에서 세상이 끝장난 표정으로 울고 있느냐 말이다. 참았던 소변을 쏴아, 쏟아내다가 문득 긴장하고 말았다. 소변은 이제 나갈까 말까 머뭇거리듯, 시원하게 쏟아지는 게 부끄럽다는 듯, 힘을 잃고 말았다.

형진은 민규를 흘깃 훔쳐보았다. 민규는 욕조 턱에 걸터앉아 가끔 눈물을 닦았다. 나는 변기에 소변을 보면서 눈물을 감추고 너는 욕조에 걸터앉아 눈물을 닦는데 밤의 창밖에 비가 내리고 있구나. 소변 소리는 잦아들고 빗소리는 굵어지는구나.

빗방울이 사과나무를 세게도 때리고 있었다. 영글어가는 사과의 뺨을 야멸차게도 때리고 있었다. 피코크 그린의 욕실 창으로 밀려드는, 빗방울 부서지는 외등 불빛은 에드워드 호퍼의 그림처럼 너와 나를 절반으로 자른 듯했다. 외로움이란 것은 누구에게 다가가기도 전에 이렇게 절반으로 잘라버리는 창문, 혹은 빛 같은 것이로구나. 외로움은, 그러니까 소변을 보는 내가 욕조에 앉은 너에게, 그 짧은 거리에도 불구하고, 가지 못하게 잘라버리는 거로구나. 일말의 기대조차 품지 못하게 말이지.

정우만이 고양이를 본 체 만 체했다. 본 체 만 체하는 정도가 아니었다. 특히 검은 고양이 딩거에게는 심하다 싶게 화를 내곤 했다. 검은 고양이 딩거가 정우의 무릎에 올라갔을 때 정우는 인상을 찌푸리며 딩거를 밀쳐냈다. 고양이가 무릎 아래에서 정우를 올려다보며 서운하다고 야아옹, 길게 울자 정우는 화를 내며 벌떡 일어나 이층으로 올라가버렸다. 딩거는 정우 뒤를 따라 조르르 달려갔지만 방문이 닫히는 소리가 나고 딩거가 길게 우는 소리가 들렸다. 호준이 출근 준비를 하고 내려오면서 딩거를 안고 왔다.

고양이를 좋아하지 않던 형진도 차츰 녀석들의 독특한 짓들에 관심을 갖게 되고 자연스럽게 웃게 되더니 이젠 제법 등을 쓰다듬을 정도는 되었는데, 정우는 고양이와 가까워지려고 하지 않았다. 꼭 가까워져야 할 이유 같은 건 당연히 없다. 그러나 고양이를 대하는 정우의 태도는 얼마간 과한 데가 있었다. 더욱이 딩거에 대해서는.

딩거가 나타나면 정우는 인상을 찌푸리거나 그 자리를 피했다. 수진과 혜진은 하얀 고양이 슈레보다 딩거를 좋아해서 볼 때마다 까망 고양이는 진리야, 라는 말을 서슴지 않는 것에 비하면 유독 싫어하는 것처럼 보이는 게 사실이다. 호준은 삼색 고양이인 망가를 안고 다니고 민규는 슈레를 물고 빨면서 도도해 보이는 하얀 고양이가 좋다고 하는데 정우는 인상을 찌푸릴 뿐이었다.

그렇게 보려고 해서 그런지 딩거는 종종 정우를 따라다니며 울어대곤 했다. 보통 고양이라는 동물은 싫어하는 사람에게는 곁을 주지도, 달라붙지도 않는다는데 둘 사이는 별일이지 싶은 점이 있었다. 딩거가 정우의 다리를 감고 돌면서 눈을 맞추고 울어대면 정우는 다리를 털어 딩거를 떨어내다가 후다닥 이층으로 도망가 얼른 문을 닫는 것이었다. 딩거가 조르르 뒤따라 계단으로 올라가 정우의 문 앞에서 두어 번 울면 호준이 딩거를 홀랑 안아들고 내려오곤 했다. 호준이 딩거를 소파에 내려놓으며 구시렁거렸다.

"딩거가 왜 그러는지 모르겠단 말야. 지금까지 누구에게도 이러지 않았는데, 이상한 일이야. 정우에게서 좋은 냄새라도 나나."

당신이나 좋은 냄새나게 잘 씻고 단정하게 좀 차려입고 다니시지. 그런 말이 입 밖에 나오려는 걸 꾹 참았다. 무슨 대꾸든 하려고 하면 삐딱하게 나갈 것 같아서 그냥 입술을 꾹 깨물었다.

혜진이 딩거를 쓰다듬으며 대답했다.

"고양이들이 영물이라잖아요. 정우씨한테 뭔가 끌리는 게 있
나 보죠."

딩거는 혜진의 손을 벗어나 다시 이층으로 올라갔다. 형진은
바짝 세워올린 딩거의 꼬랑지를 멍하니 바라보며 고개를 갸우뚱
거렸다.

밤 열두 시쯤 되었을까. 어디선가 들들들, 소리가 났다. 뭔가
새로운 존재가 또 하나 나타날 조짐인가, 머리끝이 곤두섰다. 각
각의 인간들을 들이고 나서 평화로운 밤이란 과거의 일이 되어
버리고 말았다. 잠을 완전히 깨고 귀를 기울여보니 핸드폰 진동
소리임에 분명했다.

거실 테이블에 정우의 핸드폰이 놓여 있었고 계속 진동이 울
리고 있었다. 정우야, 정우야, 이층에 대고 불렀지만 정우는 대
답이 없었다. 하긴 피시방에 알바 뛰러 가 있을 시간이었다. 슬
쩍 핸드폰을 내려다보았더니 송신자가 '피시방 사장'이라고 떠
있었다. 이상한 일이다. 피시방 사장이 이 시간에 정우를 찾는다
는 것은.

문득 저녁의 일이 떠올랐다. 저녁 먹고 소파에 앉아 쉬던 정
우가 딩거를 피해 이층으로 도망갔다가 그대로 내려와 나가는
걸 보았다. 아마 그때 핸드폰을 두고 간 모양이다. 평소처럼 작
업실에서 피시방으로 가려 했겠지.

오지랖이 발동하여 결국 전화를 받았다. 사장이 다짜고짜 소
리쳤다.

"너 임마, 어디 있어, 왜 안 와!"

"저, 저는 정우가 아닌데요."

"그럼 누군데? 정우 술 마시고 있어? 말도 없이 안 나오면 어떡하라는 거야. 당장 전화 바꿔!"

형진은 자신이 누구인지 밝히고 정우가 전화기를 집에 두고 나갔는데 피시방에 안 갔으면 어딜 갔는지 모르겠다고 연신 굽신거리며 사정을 알렸다. 사장은 노발대발하며 당장 정우를 찾아오라고 했다. 내일 해고하더라도 일단 오늘 밤은 일을 해야 할 것 아니냐는 것이었다. 형진은 벌써 옷을 주워 입고 있었다. 정우에 대해서 잘은 모르지만 피시방에 없다면 작업실에 있지 않을까, 막연히 생각했고 작업실의 위치는 대강 알고 있으니 일단 그곳으로 가보려는 것이다. 고뇌에 가득 찬 어린 뮤지션이 갑자기 걱정되기 시작했다.

작업실의 대략적인 위치는 알지만 정확히 알지는 못했다. 대학교 뒷길은 복개된 개천이 흐르고 양편으로 다가구주택들과 작은 술집이며 옷집이며 편의점이며 가게들이 밀집해 있었다. 이 동네에서 수십 년을 살아온 터라 실용음악학원이 몰려 있는 근방의 상가 건물 지하층에 방음시설을 갖춘 작업실이 몇 군데 있다는 것을 알고 있었다.

형진은 복권의 숫자를 찍는 심정으로 제가 아는 작업실을 뒤질 요량이었다. 정우가 집에서 나가 작업실에 들러 피시방으로 갈 때 그리 시간이 많이 걸리지 않는 것을 보면 세 곳의 거리가 가깝다는 것을 짐작할 수 있었기 때문이었다. 그렇다 해도 무모한 점이 있었다. 밤이 늦었고 대부분의 가게와 작업실들은 문을 닫았을 테니까. 깜깜한 어둠 속에서 그동안 눈에 익혀두었던 건물들을 어림짐작해가며 연주실이 있었던 곳을 찾아내야 했다.

보물찾기 당첨이라든가 행운권 당첨 같은 일에는 별 재주가 없는 편인데 용케 두 번째에서 정우가 있는 곳을 찾아냈다. 지하로 내려가는 손잡이를 돌려서 열리는 곳이면 다짜고짜 들어가서 아무나 만나는 사람에게 물어보려던 것인데 계단을 내려가자마자 지하층 한가운데에 마련된 연주실에서 정우를 볼 수 있었다. 드럼과 피아노와 마이크가 있는 무대 저쪽 어두컴컴한 곳에 정우는 중년 여인과 함께 있었다. 중년 여인은 지칠 대로 지친 얼굴이었다. 손에는 손수건이 쥐어져 있는 것으로 봐서 눈물 깨나 닦았을 성싶었다.

"우리를 용서하면 안 되겠니."

"용서한다고 달라질 게 없잖아요."

"달라질 거라고 약속은 못하지만, 엄마가 노력은 해볼 거야."

"서로 용서하고말고 그럴 필요 없잖아요. 그냥 엄마는 엄마대로 살아요. 나는 내가 원하는 걸 할 거니까요."

"너도 좀 달라질 수는 없는 거니."

"실패자 취급하는 집에는 못 들어가요. 나는 거기 다시 들어가면 죽을 거예요."

"어떻게 너는 말을 그렇게 하니. 우리에게 너밖에 누가 또 있다고, 그렇게도 부모 마음에 못을 박는 거니."

"부모님이 나에게 못을 박았잖아요. 나를 몰아냈잖아요. 그만하시고 돌아가세요."

"아버지가 너 데리고 들어오지 않으려면 나도 들어오지 말라고 했다."

"아버지는 결코 변하지 않을 거예요. 내 목을 조를 거라고요."

"그러지 말아라, 제발."

"제발! 제발! 제발! 두 분이 행복하게 사시라구요! 나를 좀 내버려 두고요!"

"나는 어떻게 하면 좋니, 응? 정우야."

"내가 그걸 어떻게 알아요. 나보다 배는 더 많이 사셨으니까 알 거잖아요. 엄마가 아빠 뒤에 숨어서 저한테 어떻게 하셨는지, 기억해보세요."

"너희 아빠가 얼마나 무서운 사람이니. 내가 어떻게 할 수가 없잖아."

"그래도 엄마는 엄마를 던져서라도 나를 보호했어야 했어요. 엄마는 엄마 살려고! 나를 버렸잖아요! 더 해요? 엄마가 어떻게 했는지! 더 말할까요!"

"제발, 그러지 말아라. 제발…. 나는 힘이 없다, 힘이 없어."

"힘이 없는 것도 죄예요. 당신 죄라구요. 제발 돌아가세요. 나 또 도망가게 하지 말고요. 나는 지금 가까스로, 가까스로 안정을 찾고 있다고요. 제발…."

형진은 뒷걸음질로 계단을 올라갔다. 저 삐쩍 마른 몸에 저런 슬픔이 쌓여 있었다니.

"정우야…. 어제… 네 고양이 죽었다."

컥, 하는 소리와 함께 터지는 울음소리가 들렸다. 가세요, 제발 가세요…. 정우가 분을 참으며 주먹으로 벽을 쳤다. 형진은 더 이상 듣고 있을 수가 없어서 몸을 돌렸다. 돌리기 직전, 주먹으로 벽을 내리치고 부르르 떨며 눈을 들던 정우의 눈을 보았다.

눈물이 범벅이 된 붉은 눈. 아픔과 원망과, 여전한 몰이해에 어떻게도 할 수 없다는 좌절감이 가득했다. 정우도 아마 계단 벽에 반쯤 가려진 형진의 눈을 본 것 같았다. 형진은 지상의 문을 조용히 열고 조용히 닫았다.

돌아가신 어머니가 정우 어머니의 모습에 겹쳐졌다. 형진은 어머니가 저렇게 애원하는 얼굴로 울며불며 무슨 말인가를 쏟아내는 것을 본 적이 없다. 어쩌면 정우만큼, 자신에게도 무슨 사연인가가 숨겨져 있을 텐데, 어머니는 그런 내색을 한 적이 없었다. 어머니는 평소 아버지를 닦달하는 것만큼이나 자식에게도 거센 편이어서 하고 싶은 말은 다 하고 사는 분이었다. 그 잔소리와 까다로움을 다 받아주며 산 아버지와 자신이 대견할 정도였으니까. 비로소 자신의 태평스러운 성격과 커다란 덩치가 부모님과 다르다는 것을 알게 되었다.

아버지가 돌아가시고 난 뒤에는 마치 형진이 아버지 대역이라도 된 듯 화풀이를 해댔지만 우리 어머니는 원래 저러니까 했을 뿐이다. 게다가 아프기 시작하자 어머니는 당연하다는 듯이 형진을 부려먹었다. 형진 역시 어머니의 잔소리에는 이골이 날 대로 나 있어서 적당히 들어주기도 하고 적당히 뭉개기도 했다. 따지고 보면 어머니는 하나 밖에 없는 자식이 필요하다는 것을 주지 않은 적도 없었으니까. 그는 다만 어머니가 당신 일생을 자식에게서 보상받으려고 조바심 내는 것이 지겨웠을 뿐이다.

형진은 애처롭게 우는 정우의 어머니가 무척 낯설었지만 어쩔 수 없이 가슴이 저려오는 것을 느꼈다. 자신의 어머니 역시 가슴 깊은 곳에는 저런 나약함과 저런 방향 없음, 저런 이기적인 성품이 숨어 있었을지도 모른다는 생각을 했다. 나약해서 자식에게 상처를 주고 방향이 없어서 자식을 헤매게 하고, 이기적이어서 자식을 떠나가게 했음에도 나를 위해 돌아와달라고 울부짖는, 그런 어리석은 점이 그의 엄마에게도 있었을 것이었다.

정우와 달랐던 점은 자신은 그런 엄마일지라도 필요로 했다는 것. 그래서 엄마의 온갖 까탈과 불평에도 그 비위를 맞추고자 매일 식단을 고심했다는 것. 그럭저럭 회의를 품지 않고 살아왔다는 것. 그러므로 지금 정우의 경우를 통해 어렴풋이 짐작하기에 문제의 가장 큰 원인은 가부장들이었을 것이라는 것. 형진의 아버지와 정우의 아버지와는 매우 큰 차이가 있었을 것이라는 것.

형진은 자신도 남자지만 남자들 사이란 잘 지내다가도 변변찮은 관계가 되기 쉽다는 것을 안다. 아버지와 아들 사이란 얼마나 허약한 관계인지. 어릴 때 큰 문제없이 지냈거나 잘 지냈다 하더라도 아들이 사춘기에 들어서는 순간, 이 변변찮은 종족들은 순식간에 얼음의 행성이 되어 수만 광년 거리로 멀어져버리고 만다. 변변찮은 관계를 만드는 것은 아버지여서가 아니고 아들이어서가 아니라 그저 나이 조금 많은 남자와 조금 어린 남자 사이이기 때문이다. 아들은 아버지에게서 인정받지 못한다는 걸 알아차리게 되면 본능적으로 적대적으로 변하고, 아버지 역시 아들이 자기를 적대적으로 대하는 낌새를 채자마자 공격적으로 변해버린다. 어린 아들보다 이삼십 년은 더 많이 산 작자들이 십대와 똑같은 방식으로 대적하곤 하는 것이다.

이 두 변변찮은 인종은 상대방이 먼저 총을 내려놓고 악수를 청하기를 원하지만 어떻게 해야 그렇게 만들 수 있는지는 알지 못한다.

형진만 해도 변비에 걸린 아버지와 사이가 그닥 좋지 않았다. 변비 하나 때문에 일상 전체에서 전전긍긍하고 매사에 과민해지고 걸핏하면 모든 실패가 변비 때문인 것처럼 구는 것이 한창 남자로서의 자부심이 솟구치는 형진에게는 이해하지 못할 일이었던 것이다. 그러나 다행히도 형진의 아버지는 전제적이지는 않았다. 전제적이기는커녕 쪼그라들어가는 남성의 상징처럼 보여서 형진은 가능한 한 아버지와 거리를 두려고 했었다. 아버지와 한 상에 앉아 밥을 먹는 일조차 피했다.

마치 강 건너에서 아버지가 화장실을 들락거리며 고달파하는데 강 이편에서는 가끔 남일 보듯 힐긋 힐긋 건너다볼 뿐 잘 자고 잘 먹고 잘 싸는 생활을 하고 있었으며 어머니의 강박적 잔소리가 콸콸콸 흐르는 강처럼 그 사이를 메우고 있는, 그런 상태로 사춘기가 흘러갔다.

대부분의 변변찮은 수컷 사이에는 그 사이를 그르치는 데 한몫을 하는 여성이 있기 마련이다. 어떤 엄마는 자식을 지키기에 너무 약하고, 어떤 엄마는 자식이 제대로 자라지 못하게 할 만큼 너무 강하다. 엄마란 존재는 무분별할 때 가장 힘이 센 것이지만, 그것 때문에 모든 것을 망치기 일쑤다. 정우의 어머니를 보니 자기같이 성격 좋은 사람도 배겨나기 힘든 가정인 것 같았다. 정우처럼 전제적인 아버지를 둔 아들은 너무 약한 엄마를 가지면 최악의 상태가 되는 것이다.

전쟁터가 아니라도 자식은 부모라는 폭탄의 파편에 갈가리 찢기고는 한다. 그럼에도 부모들은 혈육이라는 이름으로 자기를 받아달라고 요청한다. 나를 용서해달라고, 나도 약한 존재라고. 나도 약한 존재여서 너를 지킬 수 없었다고. 그러니 나를 이해해주고 나를 받아달라고 한다. 그러나 제대로 자라지 못한 자식은 이해며, 받아들임이며, 하는 것들을 구체적으로 알지 못한다. 어떤 자식은 상처를 안고 그대로 부모를 받아들이고, 어떤 자식은 더욱 멀리 도망간다. 어떤 경우에도 상처는 더욱 깊어진다.

피시방에서 해고된 정우가 한가하게 딩거를 안고 쓰다듬고 있었다. 수진이 옆에 앉아 고양이 꼬리를 만지작거리고 있었다. 수진은 딩거에게 관심을 주는 것인지 딩거를 매개로 정우에게 애정을 표하고 있는 것인지 애매한 태도였다. 정우는 왠지 편안해 보였지만 수진이 지속적인 관심을 보이는 것은 일부러 의식하지 않는 것처럼 보였다. 정우를 향해 고개를 기울이고 있는 수진이 왜 그렇게 짠한지 형진은 정우가 미워졌다. 표를 내지 않는다 하면서도 소파에 몸을 턱 던지는데 소리가 요란했다.

그걸 느끼지 못했는지 정우가 고양이를 쓰다듬으며 말했다.

"내가 여기저기 얹혀살았기 때문에 고양이를 데리고 나올 수가 없었어요. 딩거랑 꼭 닮은 내 고양이. 내 고양이 이제 여섯 살밖에 안 됐는데 어쩌다 죽었을까."

어어, 하면서 형진은 대꾸를 못했다.

지난밤 목격했던 상황에 대해서 아직 어떤 정리도 안 되었는데 이렇게 다짜고짜 말해버리면 어떤 반응을 보여야 하는 거냐구. 정우는 지난밤 형진과 눈이 마주쳤다는 것을 인정하는 건가? 남자들은 이럴 때 대체로 전면적인 대화를 피하게 된다. 괜히 엉덩이를 들썩거리며 마치 다른 할 일이 있는 것처럼 딴청을 피우곤 하는 것이다.

그래서 이렇게 쓸 데 없는 질문을 하기도 한다.

"내가 곰국 불을 껐던가?"

정우에게 고양이 얘기를 들었는지 수진이 딩거를 쓰다듬으며 말을 받아주었다.

"사랑해주는 사람이 없어서 죽었을지도 몰라요. 동물이 얼마나 예민한데."

형진만 동요할 뿐 정우는 어젯밤의 일을 형진이 알고 있다는 것을 인정하듯 담담했다.

"딩거를 사랑하면 내 고양이를 배반하는 것 같았어요. 그래서 딩거를 피했어요. 그런데 이제 보니 딩거는 내 고양이 대신 나한테 온 것이었어요."

"딩거를 더 예뻐해 줘요. 그럼 돼요."

수진은 정우의 고양이가 되어버린 딩거를 더욱 예뻐할 게 분명하다. 수진의 손에는 민규가 사놓은 육포가 들려 있었다. 정우가 육포를 받아 쪽쪽 찢어서 딩거에게 줬다. 딩거는 평생 그렇게 해왔다는 듯이 정우의 무릎에서 육포를 받아먹었다.

이런 대화에 익숙하지도 않고 상황에도 익숙하지 않아 뭐라 대꾸할 말을 못 찾은 형진이 마치 남의 집에 와 있는 것처럼 난처해하고 있는데 마침 전화가 왔다. 피코크 그린의 쿨 하우스를 지어준 그 여자였다.

형진의 심장이 고속으로 펌프질을 시작했다. 무슨 일일까? 무슨 일이지? 공사가 다 끝났으니 그쪽에서 연락해올 일이 없었다. 형진은 요 며칠 무엇을 핑계 삼아 전화 한번 해볼까, 욕실의 물을 안 나오게 해서 불러볼까, 하수구를 막아볼까, 하던 참이었다.

형진은 핸드폰을 금괴나 되는 듯 부여안고 방으로 들어갔다. 그 여자 강지우는 단도직입적으로 용건을 말했다.

"제가 집에서 거의 밥을 못 해먹는데 제 집에 오셔서 밥을 좀 해주실 수 있으신가요? 일주일에 두세 번 정도 시장 봐와서 밥만 해놓고 가시면 되는데요."

이것이 그녀가 전화를 걸어온 목적이었다. 용건이 선명하니 단도직입이 마땅한 것이련만, 무슨 말인지 귀에 쏙 안 들려왔다.

"아… 그게 무슨 뜻인지… 잘 모르겠는데요."

"밥만 해주는 도우미 하실 생각 있느냐는 건데요. 요리를 잘 하시길래요. 저도 집에서 밥 좀 먹어볼까 하구요. 싫으시면 싫으시다고 말씀하시고요."

에구, 뜨거워라. 마치 마피아가 총구를 머리에 갖다 대고 너 우리 편으로 올 거야, 안 올 거야, 라며 원, 투, 쓰리하고, 세는 것만 같았다. 형진은 투, 를 넘어가기도 전에 서둘러 대답했다.

"아, 아. 그렇잖아도 해보려고 했습니다. 귀여운 남자 천사라는 사이트가 있거든요. 남자 가사도우미 사이트인데 저도 가입할까 했어요."

전혀 생각해본 적 없는데도 거짓말인지 변명인지 술술 나왔다. 무엇 때문인지 모르지만 그녀는 생각지도 않았던 말들을 둘러대게 만들었다. 어차피 시간도 많고 밥이라면 내가 제일 잘하는 건데 뭐.

"그래요? 그럼 언제 오실 수 있으세요? 제 집 주소는 문자로 남길게요. 월급은 일반적인 가사 도우미 고용에 준하면 될 거고, 장 본 값만 추가해서 드리면 되겠죠?"

도대체 이 여성은 군더더기라는 것을 알긴 아는 걸까? 누군가와는 망설이기도 하고, 밍기적거리기도 했을까. 어떤 감정은 수습기간이 필요하다는 것을 알기나 할까. 이 여자는 연애라는 걸 해보기나 했을까.

물론 형진은 굼뜬 성격이 아니다. 성격 급한 여자에게 속도를 맞춰주는 것도 센스일 것이다. 그녀도 그렇게 곧장 그의 집으로 오지 않았던가. 그는 당장 밥을 해주러 가겠다고 했다. 그녀를 만나러 가기 위해 광속으로 달려야 한다면 그렇게 하리.

전화를 끊고 옷을 갈아입고 튀어나가는 사이, 토스터에서 빵이 톡톡 튀어나오듯 대여섯 가지의 메뉴가 통통 떠올랐다.

빨리 가기 위해 사거리로 나갔다가 철물점 앞에서 마침 가게 앞에 철물을 내놓으려고 나온 장씨 아저씨와 마주쳤다. 장례식 이후 처음 보는 터였다. 커다란 체구였으나 그새 살이 내려서 휘청거리는 듯한 장씨 아저씨는 형진을 보자 허리를 아주 천천히 폈다.

아저씨의 눈빛이 허리를 펴는 속도로 달라졌다. 마치, 마치, 잊기로 했던 사람을 보자 잊은 줄 알았던 사람을 뇌리 깊숙한 곳에서 서서히 커지는 그리움으로 천천히 알아차리는 사람 같았다. 아저씨는 형진을 아득히 바라보았다. 부르지도 않고 손짓을 하지도 않았다. 형진은 어정쩡하게 고개를 숙이고는 몸을 돌려 달려갔다.

형진은 장씨를 그리워해본 적이 전혀 없었다. 형진은 장씨를 잃어버린 것이 아니다. 그가 잃은 것은 어머니다. 장씨는 형진이 잃어버린 것에 대한 쓰라린 그리움을 불러일으켰을 뿐, 그 이상은 아니다. 달려가다가 문득 의문이 들었다. 장씨 아저씨에게 부인이 있었던가? 기억나지 않았다. 자식들은 자신의 생존에 영향을 끼치는 일이 아닌 한 대개 어른들의 일에 관심이 없다. 장씨 아저씨는 관심권 밖의 사람이었던 것이다. 그리워할 이유가 없었다. 멀어지는 형진을 저렇게 아득한 눈빛으로 바라보고 있다 한들.

4

어나더 하우스 1

그녀의 현관문 비밀번호를 토도독 눌렀다. 띵, 하는 소리가 나는 순간 가슴이 철렁 내려앉았다. 아무도 없는 남의 집에 이런 식으로 들어가 본 적이라곤 한 번도 없었던 것이다. 더구나 흠모해 마지않는 여성의 집에 들어가는 것은 상상도 해본 적이 없었다. 아니, 이것은 상상 속에서나 벌어질 수 있는 일이었다.

얼마나 수많은 상상을 했던가. 그녀의 빈집에 들어가는 것을, 그녀의 체취가 가득한 침대에 몰래 누워보는 것을, 그녀의 서랍을 하나씩 몰래 열어보는 것을. 거기에 콘돔이나 다른 피임약이 있으면 어쩌지, 하는 쓸 데 없는 걱정까지 하면서. 티슈 통을 옆에 놓고서 하나의 상상에서 다른 하나의 상상으로 넘어갈 때마다 티슈를 하나씩 뽑았지.

현관에 들어서서 거실 유리문을 열자 감탄사가 절로 나왔다.

한눈에 봐도 실내는 벽지를 바른 것이 아니라 페인트를 칠한 것임을 알 수 있었다. 아, 실버 폭스라는 컬러가 이렇게 고급스럽구나. 아, 문틀만 저렇게 짙은 색으로 칠해놔도 포인트가 되는구나. 그녀의 집은 메종 인테리어 잡지에 올라갈 만큼 멋졌다. 하긴 남의 집 건축에서부터 인테리어까지 완벽하게 차려주는 게 직업인 사람이니까 당연하겠다.

투박한 집에서 생활해온 그로서는 새하얀 커버가 씌워진 폭신해 보이는 소파와 실버 쿠션들을 보니 저기에 맘 편히 앉아 있을 수나 있겠나, 싶었다.

그녀는 보이는 것만큼이나 깔끔하고 군더더기 없는 여자인가 보다. 살짝기 오금이 조여오기 시작했는데, 쉽게 상대할 여자가 아니라는 걸 두 허벅지가 먼저 아는 것 같았다. 그런 자각이 들자 순식간에 샅에서 힘이 빠져나가고 기가 죽었다. 그녀는 제법 자리를 잡은 건축 사무실을 가진 당당한 오너가 아닌가. 업계 사람들 거느리고 일하는 걸 보니 카리스마도 장난 아니었지. 넘볼 수 없는 여자인 것이다. 밥이나 해주고 가자.

오른편이 주방이니 저기 왼쪽 방이 침실이겠군. 주방 옆에 딸린 방은 작업실이겠지. 살금살금 장바구니를 들고 주방으로 갔다.

주방은 인테리어 샵을 방불케하는 조리도구들이 '장식용'으로 '놓여' 있고 '걸려' 있었다. 색깔별로 층층이 놓인 무거운 주물 냄비들이며 비비드 컬러의 법랑 냄비들이 한 번도 쓰이지 않은 채 장식되어 있었다. 새하얀 타일 벽에 줄줄이 걸려있는 국자와 뒤집개들 역시 제대로 쓰여본 적이 없었음에 분명했다. 그것 뿐이랴. 천정에는 철제 선반에 와인잔들이 거꾸로 매달려 있기까지

했다.

주방을 이렇게 근사하게 만들 줄 아는 여자가 밥은커녕, 줄줄이 매달린 국자와 주걱을 어떻게 쓰는 건지도 모른다니, 어처구니가 없지 뭔가.

이제부터 형진은 매종 잡지에서 금방 튀어나온 것 같은 이 멋진 조리도구들을 사용해서 요리를 해야 하는 것이었다. 이것들은 스테인리스 냄비와 국자를 사용했던 그의 손에 익숙하지 않았고 무엇보다 냄비와 프라이팬의 열전도율을 알 수 없었다. 걱정스러웠지만 일단 쌀과 미역을 불렸다. 마른 홍합과 말린 가지도 불렸다. 호두는 반씩 뚝뚝 자르고 아몬드, 해바라기씨, 호박씨 등 너트 네 다섯 종류와 멸치를 꺼내놓고 양념통을 주루룩 올려놓았다.

가장 하기 쉬운 애호박 볶음부터 시작했다. 가지는 불려서 양념한 소고기와 함께 들기름에 볶고 들깨가루를 넣어 탕을 만들었다. 한창 참기름 냄새 풍겨가며 반찬을 만들고 있는데 누가 어깨너머에서 말을 걸어왔다.

"맛있겠어요."

형진은 화들짝 놀라서 뒤를 돌아봤다.

웁스! 그녀가 코를 벌름거리며 미소를 짓고 있는 게 아닌가. 신기하다는 듯 눈을 반짝이면서 말이다.

그녀의 존재를 느끼자 온몸이 찌르르했고 가슴이 덜렁거렸다. 시크하다 못해 시큰둥해서 변화라곤 찾아볼 수 없던 그녀도 기대 이상의 것을 만나면 이처럼 귀엽고도 흉측하게 코를 벌름거리기도 하는 것이었다. 갑자기 그녀가 살갑게 느껴졌다.

그녀에게서 겨우 20센티미터나 떨어져 있을까. 그녀의 육체가, 그 체취가, 그 살의 열기가 바짝 느껴지자 어려운 여자라는 느낌이 삽시간에 사라졌다. 순식간에 감정이 파고 높게 요동쳤다.

남자는 몸의 감각을 감정으로 혼동하기 쉽다. 몸의 감각은 그대로 감정으로 이해되고 그대로 여자에게 전달되곤 한다. 여자들은 이럴 때 이렇게 반응한다. 생뚱맞게 무슨 짓이지? 또는, 이게 무슨 미친 짓이야! 또는, 아무 말없이 따귀를 짝! 그래, 되도록 빨리 누군가가 얼음물을 끼얹던가, 따귀를 갈겨줘서 현실의 차가운 마룻바닥에 앉혀놔야 한다.

형진은 즉시 제정신을 차렸다. 신체적 동요를 가라앉히기 위해 그는 멸치너트볶음에 집중했다. 호두는 조금만 높은 불에, 조금만 시간을 넘겨 볶으면 금세 타버린다. 짧은 시간에 너트를 볶고 멸치와 함께 양념장을 투척해야 하는 것이다. 양념장에 볶는 것도 최대한 짧은 시간에 볶아야 한다. 고루고루 양념이 묻을 정도여야지 너무 오래 볶으면 멸치가 단단해진다. 물론 깔끔한 맛을 위하여 멸치를 기름 없이 프라이팬에 한번 볶고 부스러기를 털어내주는 것이 선행되어야 하고 말이다.

따귀를 맞지 않고도 이렇게 빨리 제정신이 돌아오다니 다행스럽기 그지없었다. 나 혼자만의 환상이 조금 더 지속된다 한들 누구한테 해가 가는 거람, 하는 생각이 들기도 했으나 어쨌든.

아쉬움이 물씬했지만 그녀의 기대감 넘치는 표정을 다시 확인하자 멋쩍기도 하고 으쓱한 기분도 들고 해서 형진은 신들린 듯 나머지 요리를 해서 상을 차렸다. 밥그릇 옆에 계산서도 떡하니 올려놓았다. 기대에 가득 찬 얼굴로 미역국에 첫 숟가락을 담그는 그녀를 보고는 앞치마를 벗으며 맛있게 드십쇼, 인사를 했다. 앞자리에 앉아 같이 먹자고 청해올 것을 기대하는 건, 미친 짓이겠지.

"이렇게 맛있는 미역국은 처음이에요. 뽀얀 국물이 집에서 먹던 그대로예요."

그녀의 눈이 촉촉하게 젖어들었다. 미역국의 김이 아무리 뜨겁다 한들 그녀의 눈에 김이 서리게 하지는 않았을 터, 미역국의 깊은 맛에 감명을 받아 눈이 젖어들었으리라고, 꼭 그랬던 것이라고 믿으며 그는 집을 나섰다. 그녀한테 심사를 당한다는 기분이 들었음에도 실수 없이 잘 해냈다는 자부심이 들었다. 그녀가 좋아했잖아.

이틀 후면 또 그녀의 집에 갈 것이다. 이번에는 양식으로 메뉴를 짤까. 일식으로 짤까. 색깔을 맞춘 앞치마를 입고 요리를 하며 다정하게 대화를 나누는, 한층 진일보한 둘 사이를 상상하며, 그는 집으로 돌아왔다. 상상은 죄가 되지 않잖아!

제일 처음 빨갛게 익은 사과가 눈에 띄었다. 저 사과가 탱글탱글하게 잘 익으면 샐러드도 하고 사과 파이도 만들고 잼도 만들어서 그녀에게 가져가야지 했다. 역시 누군가를 좋아하면 뭔가 먹여주고 싶은 거야. 먹여주고 싶은 게 있다는 것은 누군가를 좋아한다는 거야.

문득 엄마가 했던 말이 뒤통수를 쳤다. '누군가를 먹여주고 싶을 때까지만 함께 살면 돼, 누군가를 위해 돈을 벌고 싶지도 않고 누군가를 위해 밥을 해주고 싶지도 않다는 건, 둘이 함께 살아야 할 필요가 없다는 거야.' 하도 매몰찬 말을 자주 해서 귀에 담아두지도 않았던 말인데 불길하게스리 사랑에 빠지려는 이

시점에 그런 말이 떠오르다니.

오늘은 그들끼리 밥을 해결했을 테니 형진은 혼자 간단히 밥을 먹으려고 주방으로 들어갔다. 정우가 주방에 혼자 앉아 밥을 먹다가 벌게진 눈을 들었다. 녀석은 밥을 먹고 있었던 게 아니라 울고 있었던 거다. 식탁에는 밥 한 그릇, 청국장 한 그릇이 놓여 있었다. 청국장이 커다란 그릇에 펼쳐놓은 듯 담겨 있었다. 내 청국장을 저렇게 담을 줄 아는 사람은 드문데.

형진이 맞은편 자리에 앉았다. 밥을 먹다가 우는 것을 보고 어찌 그냥 모른 척할 수 있겠는가.

"저는 청국장을 싫어해요."

"다른 거 뭐 시켜 먹지 그랬어. 냉장고 뒤져서 뭐라도 해 먹던가."

"엄마가 좋아하는 거거든요."

"아."

"엄마는 꼭 이렇게 청국장을 끓였어요. 어떤 음식점도 청국장을 이렇게 하는 데가 없어요."

그렇지, 형진 역시 그 어느 음식점에서도 이런 청국장은 먹어본 적이 없다. 한 그릇에 오륙천 원하는 청국장을 이렇게 내놓을 수는 없으니까. 형진은 잘 익은 포기김치를 통째 넣고 엄지손가락만한 오겹살과 청국장을 듬뿍 넣은 일종의 청국장 김치찌개를 한다. 표고버섯과 다시마를 몇 조각 넣고 대파를 숭숭 썰어 얹어서 잡내를 최대한 없앤 그것은 형진의 엄마가 하던 방식이었다.

"엄마가 아빠랑 결혼했을 때 처음 옥탑방에서 살았대요. 이사하던 날 주인아줌마가 이런 청국장을 끓여줬다는 거예요. 그때 아빠랑 둘이 아주 맛있게 먹었대요. 아빠랑 엄마는 양가에서 반대하는 결혼을 했는데 돈이 없어서 어떤 집 옥탑방에서 살아야 했던 거예요. 엄마는 그 이야기를 하면서 김치를 길게 찢어주곤 했어요. 옥탑방에 신혼 짐을 나르고 두 분이 처음 받은 밥상 얘기를요."

"아…"

"아빠와 함께 앉아 청국장을 먹은 적은 거의 없어요. 아빠는 바빴으니까요. 언제나 엄마와 나랑 둘이서만 먹는 거예요."

"아. 그… 그랬구나."

커다란 접시에는 김치가 포기째 담겨 있었다. 형진은 김치를 길게 찢었다. 형진은 자기 엄마와 너무나 달랐던 정우의 엄마를 비교해보았다. 그 둘은 생김새도 말투도 성격도 판이하게 달라서 어디 겹쳐지는 데가 없었다. 그런데도 똑같은 청국장을 끓였다니 그것 하나 같아서일까, 느닷없이 정우 어머니가 애틋해졌다.

"여기서 이런 청국장을 먹게 될 줄은 꿈에도 몰랐어요."

"어, 어, 그렇지. 어떻게 이런 우연이 있지. 나도 엄마한테 배운 거야."

"나는 그 이야기가 너무 싫었어요."

"뭐? 뭔 얘기가 싫어?"

"둘이 결혼해서 처음 이사하고 받았던 청국장 이야기요. 둘이 짐을 옥탑방에 올리고 너무 힘들어서 중국집에 짜장면 불러 먹을까 했는데 주인집 아줌마가 냄비 째 금방 끓인 청국장을 들고 올라왔었대요. 그걸 먹으면서 둘이 얼마나 행복했었는지 모른다는 말이, 난 너무 싫었어요. 엄마는 하나도 안 행복했거든요."

"아, 그래. 나도 싫었겠다."

"구질구질하잖아요."

"아, 그래 구질구질하지. 부모님 얘기 듣는 거 구질구질해."

"불행한 얼굴로 행복했었다는 얘기하는 거, 진짜 싫었어요."

"아, 진짜 싫지."

"헤어지지도 못하면서 그런 얘긴 왜 하느냐고요."

"행복했었다고 얘기하는 사람이 어떻게 헤어져."

"과거가 밥 먹여주냐고요."

"그래도 그런 추억이 있으니까 살고 있는가 보지."

"엄마는 혼자 나가 살 수 있는 사람이 아닌 것뿐이에요. 그러니까 행복했던 과거나 읊으면서 현재의 불행을 견디고 있는 거예요."

"아, 뭐… 대개 다 그렇지."

"나는 그렇게는 안 살 거예요. 나를 불행하게 하는 사람과는 절대 안 살 거예요."

"아, 그래. 살지 마."

누가 불행하게 할 사람인지 미리 알 수만 있다면야.

"엄마가 그러더라구요. 사랑은 그렇게 힘이 센 게 아니라고요. 사랑은 반대하는 결혼을 뚫고 나가게 할 수는 있대요. 그렇지만 행복하게 살게 하는 힘까지는 없다고요. 행복하게 살게 하는 힘은 타고난 장점이 있어야 하고 그건 너그러움과 충실함이래요."

"아, 그렇구나. 그건 생각해본 적이 없네."

"나는 너그럽지도 성실하지도 않아서 결혼 같은 거 하지 않을 거예요."

"아, 뭘 또 그렇게까지 단정 짓고 그래. 사람 어떻게 변할지 모르는 거야."

"나는 아빠를 닮아서 아마 모진 데가 있을 거예요. 누군가를 한없이 받아주고 사랑해주기엔 속이 그다지 넓지 않아요. 어쩌면 아빠처럼 자기 성취에만 골몰하고 아내는 죽은 듯이 살아야 할지 몰라요. 성공하면 할수록 자기 방식을 강요하는 사람은 다른 사람을 절대 사랑할 수 없어요."

"알면 안 할 수도 있는 거잖아."

"모진 사람은 모진 사람인 거예요. 남한테 상처를 주는지 어쩌는지 관심도 없어요."

"아… 너도 그런 거야?"

"형은, 참…. 나도 비슷해요. 난 음악 밖에는 아무 관심 없어요. 내 음악을 이해받고 인정받는 것 외엔 지금 내가 무슨 다른 관심이 있겠어요. 그것 땜에 엄마 아빠랑 싸우고 뛰쳐나왔는데."

"사랑에 빠져도 안 바뀔 거 같아?"

"전 모든 것이 다 준비될 때까지 여자 안 사귈 거예요. 무책임한 것 정말 싫어요."

형진은 찔끔, 놀랐다. 아니, 이 어린 녀석 하는 말 좀 보게. 나 들으라는 소리냐?

"연애야 할 수 있지 않나? 어떻게 다 준비해놓고 연애하냐구."

"저는 제가 세운 기준에 도달하기 전까지는 음악에만 신경 쓰고 싶어요. 제가 음악 때문에 몇 년을 싸운 줄 아세요? 중학생 때부터예요. 아빠가 나를 얼마나 때린 줄 아세요?"

"아니, 뭘 때리기까지 해."

"제가 대드니까 그랬죠. 못하게 하니까 나는 대들고. 그걸 우리 아빠가 참을 사람이 아니죠."

"아, 심각했구나."

"저는 죽어도 집에 못 들어가요. 내가 음악을 하는 한 아빠와는 끝이에요."

남자끼리 음식을 앞에 두고 아픔을 이야기하는 건 참 어색한 일이다. 형진은 눈물을 거두는 정우를 보고 식은 청국장을 데우기 위해 일어났다. 앞으로는 아픈 기억이 담긴 청국장은 끓이지 말아야 하나, 하는 걱정을 하면서. 지나면서 보니 딩거가 정우 발을 감싼 채 자고 있었다. 청국장은 정우를 들끓어 오르게 하고 검은 고양이는 정우를 다독거리는 것인가. 고양이가 털 뭉텅이 같은 이유가 있구나.

"아우! 이게 무슨 냄새야!"

역시 혜진이다. 회식이 있다며 늦겠다고 하더니 이제 귀가하는 모양이다. 가을에는 청국장이지, 정우가 한마디 하며 크게 입을 벌리고 찌개를 떠 넣었다.

"청국장? 나 쪼끔만 먹을까?"

냄새 싫다고 타박할 땐 언제고. 형진은 대답을 하지 않았다. 정우가 받아줬다.

"회식했다면서요?"

혜진은 벌써 밥솥을 열고 밥을 푸고 있었다. 쪼끔만 먹을 거야, 이러면서. 민규가 내려오다가 혜진을 보고 어깨를 움찔, 하고는 도로 올라갔다. 뭐지? 혜진하고 민규하고 진짜 무슨 일 있는 거지? 혜진은 음, 음, 이런 청국장 처음이야, 어쩜 이렇게 맛있지? 하면서 밥을 먹어댔다. 형진이 그러다, 살쪄요, 했는데 혜진은 그 말을 듣고 눈을 번쩍 뜨더니 발딱 일어나 밥을 더 퍼 왔다.

"아, 참 나 내일 쿠바 가는데 한동안 밥 생각 안 나게 실컷 먹고 가야지."

정우가 어리둥절한 얼굴로 눈을 껌벅였다. 쿠바라니? 지금 쿠바라고 했나? 일본도, 중국고, 유럽도 아니고, 쿠바?

"쿠바요? 쿠바를 가요?"

"쿠바? 쿠바가 어디 있지?"

정우도 형진도 느닷없이 툭 튀어나온 '쿠바'라는 지명을 듣자 머릿속에 세계지도를 펼쳤다. 두 사람은 더듬더듬 태평양을 건너 머나먼 아메리카 대륙을 위아래로 훑은 뒤에 카리브해를 건너 중미를 또 샅샅이 뒤지고 나서야 가까스로 구석탱이에 있는 쿠바에 도달했다.

"와, 그… 쿠바?"

"근데 왜 쿠바에 가요?"

"왜, 쿠바에 가면 안 돼? 중남미에서 가장 매력적인 곳이야. 체 게바라의 나라이고 시가의 나라이고, 일단 노래가 멋지잖아. 노래 작곡한다는 애가 쿠바 노래도 안 들어봤어?"

"쿠바 노래요?"

"체… 게바라?"

"아, 모르면 됐어. 아, 무식해, 진짜."

형진과 정우는 어이가 없어서 입을 딱 벌리고 서로 마주 보다가 고개를 절레절레 흔들고 일어났다. 수진이 했던 말이 생각났다. 언니는 한 달에 한 번씩 연차를 내서 해외여행을 간다고. 안 가본 나라가 없다고. 숨 막히는 회사 생활 그것으로 버틴다고. 형진은 기분 나빠서 혜진에게 설거지해놓고 들어가라고 했다. 혜진은 싹싹하게 알았다며 그릇을 들고 일어났다.

노래를 흥얼거리며 설거지하는 혜진의 뒷모습을 보니 가슴이 뿌듯하게 차오르기 시작했다. 우리 집에서, 여자가 노래를 부르며 설거지를 하다니. 그것도 성질 더럽게 못돼먹은 여동생 같은 애가 말이지.

혜진은 알아들을 수 없는 노래를 했다. 형진은 슬그머니 거실 소파에 앉았다. 요새 아이들이 부르는 노래는 아닌 듯해서 가만히 귀를 기울이니 제법 노래를 잘하는 게 아닌가. 속삭이는 듯 목소리가 매우 달콤했고 사랑스러웠다. 평소 까랑까랑한 음성인데 노래 부를 때는 저렇게 달라지다니. 혜진의 또 다른 면모를 보는 듯했다.

혜진이 앞치마를 벗어서 탁탁 접어 의자에 걸쳐놓고 뒤돌아섰다. 형진은 부끄러워서 어쩔 줄 몰랐지만 이내 붉어진 뺨과 쿵 닥거리는 가슴을 진정시키며 더듬더듬 변명했다.

"노래, 진짜 잘하네. 근데 그거 무슨 노래야? 처음 듣는데."

"이게 쿠바 노래예요. '실렌시오'라는 노래인데요, 사일런스라는 뜻이예요. 쉿, 조용히 해, 꽃들에게 내 슬픔을 알리지 마, 내가 우는 것을 보면 꽃들이 시들어버릴 테니까. 그런 노래예요."

"오, 굉장히 달콤한데."

"슬프면서 달콤해요. 거리에서 뮤지션들 노래 부르는 거 보러 가는 거예요. 쿠바에 가려면 쿠바 노래 몇 곡쯤은 부를 줄 알아야잖겠어요."

노래 부르는 거 따위 뭐 대단한 거라고 혜진에 대해 부쩍 친근함과 매력을 느끼는가 하고 혼자 부끄러웠지만 내색하지는 않았다. 그것보다 형진은 혜진이 그렇게 여행을 많이 다니는 이유가 궁금했다. 혜진은 그게 뭐 이상하냐는 투로 말했다.

"어릴 때부터 열심히 공부했어요. 부모님이 하라는 대로 했죠. 좋은 대학 나오고 좋은 기업에 들어갔어요. 그런데 내가 원하는 직장이 아니라는 걸 알았어요. 아니, 직장이라는 것이 내가 꿈꾸던 곳이 전혀 아니라는 걸 알았죠. 정말 다니기 싫었어요. 하지만 떨려난다는 것도 너무 두려운 일이죠. 이보다 못한 직장에 간다고 해서 내가 원하는 삶을 살 수 있을 거라고 보장할 수 없잖아요. 그리고 내가 직장생활에 대해 딱히 목표가 없다고 해서 다른 목표가 있냐 하면 그건 또 아니거든요. 그러니 여유시간에 내가 하고 싶은 것을 하는 것이 내가 가장 즐겁게 살 수 있는 길이고 그게 바로 여행하는 것이었어요. 여행 다니는 것을 좋아하니까 여행하는 거예요. 거기에 무슨 목적이 있어요. 좋은 데 구경 가고 좋은 데 가서 쉬고 놀고. 그게 다예요. 나쁜 직장에 다닌다는 건, 일이 힘들다는 게 아니라 여가가 없을뿐더러 여가가 있다 한들 제대로 누릴 조건이 안 된다는 거예요."

그렇구나. 혜진은 전형적인 요즘 애들이구나. 여행이 그 어떤 경험보다 중요해진 사람들이구나. 형진은 티브이에서만 보던 코타키나발루며 발리며 로마며 다 다녀봤다는 혜진을 멍하니 바라보았다. 형편이 다르면 생각이 이렇게도 다를 수 있구나. 앙코르와트를 지은 어떤 왕은 다른 세계를 보러 가는 대신 자기의 세계를 크고 넓고 높고 육중하게 만들었다. 이집트의 왕 역시 피라미드를 짓는 대신 로마로 여행을 가고 핀란드로 오로라를 보러 갈 생각을 하지는 않았다. 그들은 새로운 욕망이 생겨날 때마다 자기 왕궁에 왕궁 하나를 덧붙였지. 그것이 자기의 세계를 키우는 것이었지. 그러나 지금은 다른 세계를 자기의 발로 밟고 다니는 것을 최고의 가치로 여기는 세상이 된 거야.

그런데 나는 나의 작은 왕궁에 타인들을 불러들였어. 내 왕궁은 잘게 쪼개졌지만, 연면적은 다섯 사람분만큼 커졌을 거야. 사람들이 자신의 세계를 넓히는 방법에는 여러 가지가 있구나. 세계를 깊이 있게 아는 방법에도 수 천 수 만의 방식이 있겠지. 혜진은 휴일을 이국에서 보내고 싶어 하고, 그건 오직 그녀만이 결정할 수 있는 문제야.

혜진은 이 다음에는 뉴욕에 갈 거예요. 휴가 받아서 길게 가야지, 하며 일어나려다 다시 주저앉았다.

"참, 제가 잊기 전에 얘기할 게 있어요."

형진은 바짝 긴장했다. 멍하니 쩍 벌리고 있던 다리가 절로 옹송그려졌다.

"제가 없는 동안 우리 수진이 좀 잘 돌봐주세요. 민규씨하고 만나지 못하도록 해주시고요."

"민규하고 무슨 일 있었습니까?"

"뭐 꼭 무슨 일이 있다기보다는요. 취해서 나를 끌어안고 키스하려다가 혼났죠. 그런데 민규씨가 수진이를 좋아하나 봐요. 그런 술버릇을 가진 사람은 만나면 안 돼요. 제가 수진이한테 마음 두지 말라고 못 박았어요."

"아, 뭐 그 정도 실수 좀 가지고."

"무슨 말씀이세요! 그 정도 실수라니요. 그리고 민규씨, 뭐 볼

게 있어요. 아무것도 없잖아요. 그런 남자 만나면 안 돼요."

혜진이 마지막 말을 할 때는 이층을 흘깃거리며 목소리를 낮췄지만, 형진은 기분이 몹시 언짢아지고 말았다. 사람이 마음에 안 든다는 게 아니라 조건이 좋은 게 하나도 없다는 거잖아. 젊고 성실한데 말야. 다음에 정규직으로 발령 나면 될 거 아냐.

혜진은 잘 감시해주세요, 하고는 일어나 방으로 들어갔다. 아니, 내가 무슨 경비원이야? 내가 교도관이야? 남의 애정사를 간섭하게? 형진은 오히려 민규의 애정사를 방관하고 심지어 방조하리라 마음먹었다. 수진의 노래에서 느껴지던 달콤함 속삭임이 순 거짓인 것만 같아 마치 자기가 웬 여자에게 농락 당한 기분이었다. 이럴 때 남자들은 수상쩍은 연대감을 느낀다. 내가 좋아하는 마음을 포기하고서라도 친구의 연애를 밀어주고 싶달까.

피코크 그린의 쿨 하우스에 혼자 남아 눈물짓던 민규가 떠올랐다. 비정규직 설움에 연애도 방해를 받고 누구에게도 의지하지 못하는 젊은 남자의 아픔은 무엇으로도 위로가 되지 못할 것이다. 이럴 때는 오직 같은 남자끼리의 맹혈이랄까, 우정이랄까, 의리랄까, 그런 것만이 도움이 되지 않을까.

사과가 익었다. 해마다 사과가 열리는 것을 보았지만 이번처럼 특별하게 여겨진 적이 없었다. 엄마가 사과 좀 따, 해서 보면 사과는 언제 열렸는지 모르게 열려서 그새 빨갛게 익어있었다. 사과가 그렇게 익어가는 줄 예전에 어떻게 알았으랴. 강지우, 그녀가 사과가 있으라 하시매 사과가 있게 되었더라, 였던 거다.

피코크 그린의 쿨 하우스 안에서 바라보는 사과는 이전의 어떤 사과와도 달랐다. 하루 두 번은 밝은 태양 아래에서 빨갛게 빛나는 알 사과를 보고 두 번쯤은 어스름과 섞이는 사과를 보고, 한 번 쯤은 어둔 밤 한쪽에서 밝혀주는 외등 불빛에 드러나는 실루엣으로, 한 번쯤은 새벽 푸른빛 속에서 사과를 덮은 어스름이 걷히는 것을, 대변과 소변을 누면서 보게 되었다.

엄마가 창밖을 내다보고 사과를 따라, 하면 사다리를 놓고 올라가 손잡이가 달린 바구니에 사과를 따서 담았다. 박스에 담아라, 하면 박스에 담았다. 두 박스 정도 나오곤 했다. 한 박스는 집에 두고 먹고 한 박스는 현관에 놔두었다. 그러면 장씨 아저씨가 단호박과 고구마, 감자 삼종세트가 든 박스를 부려놓고 대신 사과박스를 가져갔다.

단호박은 찌고 고구마는 굽고 감자는 부침개를 해서 엄마를 먹였다. 단호박은 진한 노랑의 달디단 스프 이상의 감동을 주지 못했다. 하지만, 사과는 다를 것이다. 물론 아직은 사과에 어떤 상상도 담기지 않았지만 곧 찾아내리라.

씨알이 점점 굵어지는 것을 보며 방광을 비우던 습성은 알사과가 붉어지면서부터는 뭔가 촉박해지는 기분을 느끼게 하더니, 마침내 알사과를 배출하는 듯한 기분으로 더욱 열띠게 소변을 배출하게 만들었다. 이제는 사과나무를 보면 저절로 소변이 마려울 지경이었다. 그는 대장과 방광에서 사과를 키우고 새콤한 즙과 과육을 배출하는 피코크 그린의 쿨 하우스를 갖게 되었다.

그리고 오늘, 드디어 사과를 딸 때가 되었다. 형진은 그 어느 때보다 기운차게 아침 소변을 보면서 오늘은 사과를 따리, 첫 사과를 그녀에게 바치고 남은 것들로 저들을 먹이리, 하고 결정했다.

형진은 정우를 사과나무 아래에 세워두고 사과를 땄다. 사과를 열 개 남짓 따서 바구니에 담는 걸 보여주고는 정우에게 해보라고 했다. 정우는 주저하지 않고 사다리에 올라섰다. 찰싹 달라붙는 스키니진이 허벅지 근육을 더욱 도드라져 보이게 했다. 거침없이 사다리를 오르는 정우의 젊은 두 다리와 바짝 올라붙은 엉덩이를 올려다보자니 문득 녀석이 무척 섹시하다는 생각이 들었다. 그걸 인정하자마자 순식간에 위축되며 저릿해져오는 손과 발이여. 남자는 정말이지 몸이 전부다. 몸으로 느낀 것은 거의 모두 진실이라고 생각하면 된다. 또 다른 상황을 맞이하여 몸의 상태가 순식간에 뒤집힐지라도 그 순간만큼은 그게 전부인 것이다.

사과를 따서 바구니에 담는 정우를 올려다보고 있자니 차츰 몸의 긴장감이 풀어지면서 무표정한 얼굴을 자세히 보게 되었다. 정우는 사과 수십 개를 따면서 말 한 마디 없었고, 표정 하나 변하지 않았다. 내내 자기 생각 속에 빠져 있는지도 모른다. 참, 특이한 녀석이다. 짱짱하게 버티고 선 두 다리를 보며 어쩌면, 어쩌면 저 거침없는 다리가 정우를 지금까지 지탱해주었을 테고 앞으로도 지탱해주리라는 생각도 들었다.

애들은 시키는 것만 할 줄 안다. 도대체가 말이지, 사과를 두 박스나 따놓고 그냥 휙 돌아서 들어가는 건 뭐냐고. 다 땄네, 하는 말을 듣자마자 정우는 곧장 장갑을 벗어 박스 위에 툭 던지고는 등을 돌렸다. 야야! 소리를 지르지 않을 수 없었다. 박스 하나 들고 들어가. 정우는 무심하게 돌아서서 무심하게 박스를 들고 들어갔다. 저 녀석 참, 어쩜 저렇게 민규하고는 성격이 다른지. 요즘 풀이 죽어서 그렇지, 예전만큼은 아니어도 민규는 여전히 싹싹하고 눈치 빠르게 군다. 같이 지내기에는 민규가 편하지만 진득하니 믿음이 가는 건 정우다.

따로 민규를 감시할 필요가 없었다. 민규는 아침이면 풀 죽은 얼굴로 직장에 나갔고 비정규직임에도 종종 야근을 하고 왔으며 수진은 불규칙적으로 패러글라이딩 강습과 비행 훈련을 다녔고 정우는 아직 알바자리를 구하지 못한 상태다. 이년 뒤라고 한들 정규직 임용이 확실하지 않은 직장을 계속 다녀야 하는지, 아니면 직장을 옮겨야 하는지 갈팡질팡하는 민규를 보면 짠해서 수진이 민규를 좋아해 줬으면 하는 생각이 들었다가, 정우를 보면 정우 역시 안쓰러운 것도 사실이었다. 직장이 전부인 젊은이에게 불확실한 미래란 얼마나 진을 빼는 일인지.

정우는 가을에 있을 가요제에 출전할 준비를 하러 오후 서너 시면 연습실로 갔다. 수진은 가끔 정우의 연습실에 놀러 가는 것 같았는데 정우한테 가슴 설레어하는 수진이 걱정되는 게 사실이었다. 그래서 정작 정우와 수진을 감시해야 할 것 같은 의무감이 들었으나 혜진이 정우를 조심하라고 하지는 않은 터여서 어떡해야 하나, 걱정도 오락가락했다. 오빠 마음으로 보건대 음악하는 풋내기한테 수진은 아까워도 한참 아까운 거다. 아직까지 정우는 딱히 수진을 향해 특별한 감정을 내비치는 것 같지는 않았다.

그런데 이상하기도 하지. 왜 정우는 혜진의 레이더망에서 벗어난 것일까. 장래가 별 볼일 없기로 치면 정우가 더하지 않나. 형진은 아, 하면서 무릎을 쳤다. 혹시나 혜진은 정우의 저 거침없는 다리와 무엇에도 굴복하지 않는 거침없는 성격을 믿는 건 아닐까. 그것이 어디서나 적응 잘하는 민규보다 낫다고 판단했던 것은 아닐까.

형진은 현관에 들여놓은 사과 두 박스를 보며 잠시 생각에 잠겼다. 예전처럼 장씨 아저씨를 불러 한 박스 가져가게 해야 하나. 창고에 두고 겨울까지 천천히 두 박스를 다 먹어야 하나. 이 식구들 과일 간식 대기에는 두 박스도 어림없을 것 같은데, 그렇다고 매년 보내던 것을 뚝 끊는 것도 마음에 걸렸다. 이거 편치 않을 일이 생겼네. 사과를 보낸다면 내가 없을 때 와서 가져가게 해야지.

형진은 강지우, 그녀를 위한 오늘의 메뉴를 짜서 사과를 한 봉지 들고 신발을 꿰었다. 정우와 호준이 주방으로 들어가다가 그를 향해 소리쳤다.

"형, 어디 가요? 밥은요?"

"오늘은 너희들이 해 먹는 날이야."

"형, 요즘 우리들한테 너무 소홀한 거 아니에요?"

"밥 좀 제대로 먹읍시다."

"나 연애하러 가야 해. 너희들이 해 먹어."

"연애는 무슨. 솔직히 털어놓으세요. 요즘 어딜 다니시는 거예요? 혼자 실실 웃어대고, 영 수상해요."

"이것들이 진짜. 나 연애한다고!"

"형 연애는 형 연애고 밥 좀 잘 해주세요. 저 마른 거 안 보이세요?"

"나도 요즘 너무 못 먹어서 강아지 수술을 못하겠어요."

강아지 수술은 무슨, 한밤중에 수술하냐. 형진은 두 사람을 향해 조롱의 코웃음을 날릴까, 사무라이 눈빛으로 째려줄까 하다가 됐네요, 하고는 단호하게 등을 돌렸다. 둘이 주고받는 소리가 들렸다. 와, 주인 형, 알고 보니 잔인하네. 우린 뭘 먹으라고.

사과 다섯 알이 든 비닐봉투를 들고 무심코 사거리로 간 게 실수였다. 마트를 들러 그녀의 집에 가려면 그 길이 가장 편리했다. 장씨 아저씨가 형진을 보고 다가왔다. 눈이 마주쳤으니 모른 척할 수도 없었다. 왠지 왼손에 든 비닐 봉투가 한없이 무겁고, 또 부끄럽게 느껴졌다. 뭐랄까, 장씨 아저씨로부터 뭔가를 빼돌리는 느낌이었달까.

장씨 아저씨 앞에서 그럴 필요가 없는데도 형진은 눈에 힘을 주었고, 그것으로 장씨 아저씨와의 사이에 팽팽한 거리감이 형성되어가는 것을 느꼈다. 불과 사오 미터를 좁혀 들어오는 장씨 아저씨 역시 예전의 아저씨가 아니었다.

부모님에게 필요한 것들을 가져오고 가져가는 일로 집에 들르곤 했던 장씨 아저씨는 무기력한 존재로서의 면모를 거의 씻어버렸다. 아저씨는 적당한 거리에 마주 서자 그동안 어떻게 지냈는가? 라며 반존대로 물었다.

마주 서서 보니 장씨 아저씨는 형진과 키가 비슷했고 어깨뼈며 팔뚝이며 아직 짱짱해 보였다. 말소리에도 힘이 서려 있었다. 말소리뿐만 아니라 눈빛, 그리고 손짓 역시 무언가를 전하려는 의도를 담고 있었다. 형진은 뭔지 모를 저항감이 치밀어올라 아, 예, 잘 지냈습니다, 라고 짧게 대답했다. 빨리 자리를 뜨고 싶을 뿐이었다. 그러나 아저씨는 쉽게 놓아줄 생각이 없어 보였다.

"집에 세를 들였다면서? 뭐 필요한 것 없나? 사람 여럿 들어와 있으면 찾는 것도 많을 텐데."

"별로 없습니다. 밥만 해주면 되는 건데요, 뭐. 다 알아서 살아갑니다."

"잘 해나가는 모양이구나. 그런데 어머님이 말이야."

어머님? 형진은 가슴이 덜컥 내려앉았다. 당혹스러워 고개를 돌려 땅을 쳐다보았다.

"자네를 잘 부탁한다고 했는데 내가 통 들여다보지를 못 해서
말이야, 걱정도 되고, 할 얘기도 있고."

말속에 뼈가 느껴졌다. 당당한 모습도 터무니없게 느껴졌다.
이 영감님이 나에게 뭘 원하는 거지? 그동안 속내를 감추고 살
아오다가 부모님이 안 계시는 지금 비열한 본색을 드러내서 뭘
어쩌자는 거지? 그것이 무엇이든 궁금함보다 경계심이 먼저 들
었고 본능적으로 저항감이 솟구쳤다.

"저기 말야. 어머니 돌아가시기 전에 뭐라 안 하시던가?"

마침내! 영감이 수작을 부리려 하는구나. 형진은 자기도 모르
게 눈썹을 곤두세웠다. 형진과 아저씨의 눈이 부딪쳤다. 형진이
먼저 눈길을 피했다. 아저씨는 틈을 주지 않고 말을 이었다.

"길에서 얘기할 게 아닌데, 언제 우리 집에 좀 올 수 있겠나?
아니면 내가 적당한 때 집으로 갈까?"

영감이 무슨 말을 하든, 그것을 맞다고도 아니라고도 증명해
줄 사람이 없다. 곧, 영감의 말을 믿을 수가 있겠느냐는 말이다.
그러니 내 부모가 살아 있을 때 했던 것처럼 입을 다물고 있어야
하는 거란 말이다. 제발 아무 일도 꾀하지 말아주기를. 내가, 내
비밀을 찾아 나설 때까지.

"저 요즘 하는 일이 너무 많아서 바쁘거든요. 다음에 시간 날
때 가 뵙겠습니다."

그러고는 얼른 고개 숙여 인사하고 돌아서버렸다. 장씨 아저
씨가 다급하게 불렀다.

"형진아, 꼭 해야 할 이야기다. 조만간 누가 널 찾아갈 거다."

형진이 아무리 부정한다 해도 숨겨진 이야기가 있는 것은 사

실이다. 장씨 아저씨는 형진의 과거를 둘둘 말아 작은 상자 속에 몰아넣고 형진에게 그것을 열라고 강요하고 있었다. 어느 운 나쁜 인간에게는 자기의 선택과 전혀 상관없이, 그래서 운이 나쁘다는 거겠지, 슈뢰딩거의 상자 같은 게 주어졌나 보다. 힘들게 살다가 가까스로 운의 흐름이 상승세를 탄다 싶으니까 그것이 들썩거리는 거다.

형진의 손에 떠넘겨진 상자는 겉보기에도 위협적이다. 상자는 자신을 여는 순간 무언가가 튀어나와 한 대 갈길 것이라고 으르대고 있었다. 형진은 '해야 할 이야기가 있다'는 장씨 아저씨가 몸서리 쳐지게 싫었다. 그가 말하고자 하는 게 진실일지라도, 어쩌면 그래서, 더욱더 몸서리가 쳐지고 도망칠 수 있을 때까지 도망치고 싶은지 모르겠다.

게다가 그는 지금 재빨리 그 자리를 떠야 할 이유가 있었다. 그녀가 퇴근하기 전에 밥을 해놔야 하고, 지금 그에겐 그녀가 가장 중요하니까.

저 추레한 수의사는 왜 평범한 고양이들에게 그따위 이름을 지어주었는가 말이다. 망할 놈의 '망가' 같은 일이 아닐 수 없다. 집에 가면 수의사 선생에게 물어봐야지. 고양이들에게 왜 그렇게 고상하고 어려운 이름을 지어준 거냐고. 자기나 좀 고상하게 다듬고 다닐 일이지.

이래저래 한 이십 분 지체했다. 그녀의 집에 들어가자마자 도마와 식칼을 조리대에 올려놓고 볼과 소쿠리를 꺼내 우엉과 당근, 표고버섯을 씻어 도마 옆에 순서대로 놓았다. 오늘의 메뉴는 일본식 도미조림과 새우튀김, 미소된장국이다. 사과파이는 후식이 될 것이니 맨 마지막에 오븐에 넣으면 된다.

요리를 하는 중에도 장씨 아저씨의 말이 걸렸다. 누가 나를 찾아온다는 말일까. 내 존재를 둘러싸고 세 사람 말고 또 있다는 말인가. 단호하게 거절할 것이다. "나는 아무도 만나고 싶지 않습니다. 나를 찾아오지 마세요." 내일이나 모레쯤 장씨 아저씨에게 전화를 걸어 그렇게 분명하게 말하리라.

의젓하게 보이고 싶었다. 남자는 그렇다. 좋아하는 여자가 생기면 그 누구보다 의젓해 보이고 싶은 거다. 의젓하다는 것은 그 어떤 곤혹스러움을 겪어도 눈동자 따위 흔들리지 않고 혼잣소리를 중얼거리지도 않으며 더구나 허둥대지 않는, 의연함이 겉으로 자연스럽게 배어 나오는 것을 말하는 거다. 그런 태도가 하루아침에 생겨날 리가 없다. 그는 의젓함이라는 것을 생전 처음으로 의식하고 있었다. 무우를 필러로 벗기면서 자꾸 헛손질을 할수록 의젓함을 의식했다.

그녀에게 오는 날만이라도 아무 일 없기를 바랐다. 감정의 동요 없이 차분하게 저녁상을 차리고 싶었다. 급기야 필러가 미끄러져서 손톱이 조금 잘렸다. 무우를 깔고 도미를 얹었다. 청주. 설탕. 간장. 맛술을 넣고 보글보글 국물이 졸아드는 것을 지켜보았다. 보글거리는 국물을 보자니 다시 마음이 조급해졌다.

마음이 조급할수록 칼질을 늦추었다. 하지만 결국 새우에 칼집을 넣다가 어이없이 검지를 베었다. 손가락을 얼른 입으로 가져가 피를 빨았다. 밴드를 항상 갖고 다니는 것도 아니고 그녀의 집을 뒤질 수도 없어 티슈를 돌돌 말아 손가락에 묶었다. 피가 계속 배어 나왔다. 난감했다.

그녀가 들어왔다. 그녀는 인사를 하는 둥 마는 둥하고 소파에 가방을 던지더니 푹 주저앉았다. 형진도 인사하면서 등 뒤로 고개를 길게 빼고 거실을 훔쳐보았다. 그녀는 크게 한숨을 쉬더니 소파 위로 무릎을 세우고 두 팔로 끌어안았다. 무릎에 뺨을 얹고 저쪽으로 돌렸다. 얼굴이 보이지 않았다. 얼굴이 보였으면 좋겠는데.

그는 자꾸 뒤를 돌아보았다. 무표정하고 쿨하고 씩씩했던 그녀도 의기소침해지는구나. 자꾸 뒤를 돌아보았다.

사과에 메이플 시럽과 시나몬을 넣어 졸이자 달콤한 향에 배가 고파왔다. 사과 파이 한 조각 먹고 집에 갔으면 좋을 것 같았지만 그럴 수야 있겠나. 파이 반죽을 오븐에 넣고 밥상을 차렸다. 손가락의 피가 멎었다. 슬픈 그녀에게 얼른 밥을 먹여주고 싶었다.

화장지를 갈아 묶고 그녀를 불렀다. 그녀가 고개를 들었다가 다시 무릎에 얼굴을 묻었다. 형진은 가까이 가서 어깨를 다독거려 일으키고 싶었다. 그렇지만 참았다. 다시 한번 불렀다.

"도미 조림은 따뜻할 때 먹어야 해요."

그녀가 일어났다. 두 눈이 축 처져 있었다. 열이 오른 건지 평소보다 이마며 뺨이며 입술이 붉었다. 울었을까? 울음을 참느라 붉어졌을까?

"도미 조림 먹으면 체했던 것도 가라앉는대요."

물론 없는 얘기다. 금방 날조해낸 것이다. 그렇지만 영 거짓은 아니다. 도미 조림이 어찌나 맛있는지 기분이 좋아지지 않을 수가 없을 테니까. 그녀가 의자에 앉으며 말했다.

"같이 밥 먹어요."

네? 네? 정말요? 정말 나랑 같이 밥 먹자고 했어요? 하고 물었지만 말이 되어 나오지는 않았다. 그 대신 점잖게 의자를 잡아당기고는 차분하게 앉았다. 여자를 위로해주고 싶을 때는 저절로 의젓해지는 모양이다.

"도미 조림에 얽힌 이야기 하나 해줄까요?"

그녀가 억지로 미소를 지어 보이며 젓가락으로 도미를 한 점 떼어먹었다. 그러고는 고개를 주억거렸다.

"진짜 맛있어요."

형진은 비열하게 수십 년이 지난 일로 자기 뒤통수를 치려고 모의를 하고 있는 누군지 모르는 인간 따위 까맣게 잊어버렸다. 그는 도미 살점을 한 젓가락 떼어먹으며 부리나케 이야기를 만들어냈다. 글쎄, 도미 조림을 혼자 배워가면서 뒤졌던 책이나 인터넷 사이트 어디선가 봤던 이야기일 수도 있고, 수많은 전설들이 뒤죽박죽 섞여서 누에 꽁무니에서 빠져나오듯 나오는 한 줄기 비단실 같은 것일 수도 있겠지.

"옛날에요, 도미라는 여자가 살았대요."

"도미가 여자예요?"

"아, 그런가 봐요."

"도미는 남자일 줄 알았는데."

이런 실없는 대화는 매우 중요하다. 경계심을 누그러뜨리고, 끝을 알 수 없는 이야기로 빠져드는 관문을 열어주는 것이기 때문이다.

"도미라는 여자는 무척 아름다웠지만 냉정했대요. 어떤 왕이 어린 시절에 한 동네에 살던 도미를 사랑했는데 자라면서 헤어지게 되어 다시 만날 수 없었다나 봐요. 왕이 된 후에 온 방방곡곡을 뒤져 도미를 찾았는데 찾고 보니 세상에 그렇게 아름답게 자랐을 수가 없었대요. 그런데 도미는 어린 시절의 일을 잊었는지 왕에게 마음을 주지 않더래요. 아주 차갑게 몸을 사리고 말이죠."

그녀는 도미 조림 한쪽 면을 벌써 다 먹었다. 형진은 뼈를 발라주며 국물이랑 천천히 먹으라고 했다. 새우튀김도 그녀 앞으로 밀어주었다. 그녀의 얼굴이 점점 풀어졌다.

"왕은 매일매일 초조해하며 온갖 선물을 갖다 바쳤대요. 어릴 때 그렇게 사이좋게 놀았는데 왜 그녀의 마음이 돌아오지 않는지 알 수가 없었죠. 그런데 도미는 너무 슬펐대요. 왕이 바로 자기 부모님을 죽인 장본인이기 때문이었죠. (에헤… 너무 진부한데?) 밤마다 선물을 가져오는 왕의 눈을 보지 않으려 했지만 어쩔 수 없이 보게 되었죠. 그 눈을 보니 어릴 때 왕의 얼굴이 너무나 또렷하게 기억나는 거예요. 그래도 사랑을 해서는 안 되는 거죠. 부모님 원수를 갚아야 했으니까요. (에헤… 진짜 진부해지네. 왕에게 대시 받는 여자가 어떻게 왕을 죽이겠다는 거야. 독약을 써야 하나?)"

"먹으면서 이야기하세요. 그래서요?"

"왕을 죽일 방법을 생각하며 차일피일 그날을 미루고 있는데 (그랬겠어? 죽이고 싶은 마음이 없어졌겠지) 도사님이 가르쳐주신 필살기가 떠오른 거죠. (웬 필살기? 에라, 모르겠다) 빨강 구슬 세 개를 주면서 도사님이 말했어요. 첫 번째 구슬을 던지면 매캐한 최루탄 같은 게 터지는데, 컴컴해지면 왕에게 칼을 찔러야 하느니라, 두 번째 구슬을 던지면 퇴로가 생길 것이다, 얼른 빠져나오거라. (어어? 이게 아닌데? 아, 왜 해피 엔딩이 안 되지? 에이, 하는 수 없다) 세 번 째 구슬을 던지면 (아아, 생각이 안 난다. 어쩌지)…"

"금방 지어낸 거죠? 도미 이야기?"

"어, 어떻게 알았어요?"

"도미부인 설화가 있잖아요."

"아!"

아는 것처럼 감탄사를 던졌지만 기억나지 않았다. 난감한 표정이었을까? 그녀가 키득키득 웃었다. 의젓하고 싶었다. 표정을 감추려고 고개를 숙이고 도미를 떼어 한입 먹었다.

"도미 조림 진짜 맛있어요. 기분이 좋아졌어요. 오늘 있었던 일 같은 건 다 잊어버릴 수 있을 거 같아요."

도미 이야기에는 감동을 받지 않았나 보지? 나는 역시 이야기에는 소질이 없나.

"무슨 일이 있었는데요?"

"사업하다 보면 별별 일 다 있죠. 더구나 건축업이잖아요. 제가 여자라고 만만히 보는 사람들 많아요."

"아, 그렇죠. 어디 가나 나쁜 놈들 있죠. 제가 가서 손 좀 봐줄까요?"

그녀가 웃었다. 웃는데 눈에 물기가 어렸다.

"손을 봐줘요? 어떻게요?"

"뭐, 가서 한두 대 패주죠. 아, 저 운동 좀 해서 제법 날랩니다."

형진은 젓가락 든 손으로 잽을 날리는 시늉을 했다.

"가서 때려준다고 하니까 꼭 오빠 같네요."

그렇다, 그녀는 형진보다 세 살이 많았다. 그런데 오빠 같다니, 이렇게 기분이 좋을 데가 있나. 어느새 그는 의젓해져 있었다. 아니, 의젓함을 넘어 의기양양으로 치닫고 있었다. 그는 의기양양의 기운을 누르지 못하고 오븐에서 땡 소리가 나자마자 사과 파이를 꺼내러 갔다. 오븐을 열자 뜨끈한 열기가 얼굴로 확 끼얹혔다. 조심성 없이 오븐 입구에 얼굴을 바짝 들이댄 까닭이다.

열기와 함께 쏟아진 시나몬 향이 식탁으로 번졌다. 형진은 사과 파이를 꺼내 민톤 접시에 올리고 여섯 조각으로 잘랐다. 술한 잔 한 것처럼 불콰한 얼굴로 활짝 웃으며 그녀 앞에 파이 접시를 놓았다. 시나몬과 사과, 버터의 향이 가혹했던 낮 동안의, 무례한 인간들에게 공격당한 뇌를 녹작지근하게 풀어줄 것이다.

"디저트예요. 우리 집 사과나무 기억나죠? 사과가 열렸어요. 이거 잘라놓을 테니 오늘 먹고 남은 거 놔뒀다 간식으로 먹어요."

그녀는 밥을 이렇게 잘 먹은 적이 지금까지 한 번도 없었다고 했다. 그럴 리가, 특별히 기억나는 식사가 없었던 거겠지.

"그럴 리가요. 솔직히 말해서 저는 요리 전문가도 아닌데요."

"나를 위해 차린 밥상을 받아본 적이 없는 거죠."

형진은 파이를 자르던 손을 멈추었다. 이젠 매일 당신을 위해 차린 밥을 먹어요, 라고 말해주고 싶었다. 강지우, 그녀는 기분이 한결 나아졌다며 모두 형진씨 덕분이라고 했다. 그러면서 현관까지 따라나와 잘 가시라고 인사를 했다.

생각지도 않았던 일로 삽시간에 기분이 뒤집힌 것이 믿기지가 않았다. 그녀가 암담한 얼굴로 들어왔을 때 얼마나 난감했는가 말이다. 웬만해서는 이야기를 섞어보기도 어려울 거라 생각했는데 어쩌다 예상치 못 했던 일로 친밀해져 관계가 절반쯤 훅 진행된 느낌이었다.

형진은 매우 흡족한 나머지 콧노래를 부르며 그녀의 집을 나섰다. 슈뢰딩거의 상자가 들썩거리며 위협적으로 군다 한들 젊은 남자에게 '코앞에 닥친 일'이란 언제 비밀을 들고 나타날지 알 수 없는 사람이 아니라 한 여자와의 급박하게 진행되어가는 예측 불가능한 에피소드일 수밖에 없는 것이다.

오늘의 일이 선명하게 말해주지 않는가. 세상일은 예상대로 되는 일이 하나도 없어, 그러니 예측이란 건 할 필요도 없고 안달복달할 일도 아니라고 말이다. 우주의 기운 서너 가지가 한 곳으로 모이게 되면 그 기운이 응축되어 우연을 운명으로 만들어버린다는데, 그렇다면 그 서너 가지 사건이 응집되지 못하도록 그중 하나의 기운만 흩뜨려놓으면 되는 것 아닌가. 나는 끊임없이 움직이리라, 나를 중심으로 무언가 모이지 않도록. 그러려면 우선 가벼워져야 하고, 가벼워지려면 소변부터 좀 버리자.

피코크 그린의 실버폭스 문을 열고 성큼성큼 들어가 안쪽 문도 활짝 열었다. 그런데 그 안에서 화들짝 놀라는 남녀는 또 누구란 말인가.

피코크 그린의 쿨 하우스는 은밀히 만나야 하는 사람들이 애용하는 밀회의 장소가 되어버린 것 같았다. 본채는 언제라도 모든 사람들의 눈에 띌 염려가 있지만 이곳은 본채에서 불과 십 미터 남짓 떨어졌다는 이유로 모두의 시야에서 벗어날 거라고 여겨지는 것일까.

형진은 이러지도 저러지도 못하겠는 심정이었다. 자기를 위해 지은 욕실인데 정작 자기는 은밀한 일을 벌이기 위해 사용하기는커녕, 맘대로 소변조차 볼 수 없는 상황이 되어버린 것이다.

이거, 이러다가 아예 은밀한 만남의 장소로 변질되어버리는 게 아닐까. 돈 들여 공사해놓고 연애질하는 애들에게 자진납부한 꼴이 되는 거 아니냔 말이다. 세상의 모든 어나더 하우스에서 피어오르는 연애에 패배한 기분이라니. 출입문에 온/오프 불이 들어오게 하던가 해야지 원.

정우가 무거운 얼굴로 이쪽을 보았다. 난감한 표정이 스쳤다. 정우 앞에 선 수진이 고개를 들어 이쪽을 보았다. 눈자위가 붉었고 눈물이 송글송글 솟는 중이었다. 눈을 감는가 했더니 코끝이 빨개지고 눈물이 주루룩 흘렀다. 형진은 손잡이를 잡은 손을 놓지 못했다. 어떻게 하지, 하고 망설이는 사이 정우가 수진에게 미안해, 나 먼저 들어간다, 하면서 형진 앞을 지나쳐 밖으로 나갔다.

대강 어떻게 된 상황인지 짐작이 갔다. 하지만 같은 남자도 아니고 여자인 수진에게 뭐라고 아는 척을 해야 하는지, 아무 것도 못 본 척하고 도로 돌아나가야 하는지 도무지 판단이 서지를 않았다. 수진이 고개를 숙인 채 훌쩍이며 눈물을 닦았다. 형진은 그제서야 자리를 비켜줘야 한다는 것을 알았다. 수진은 집으로 들어갈 수도 집 밖으로 나갈 수도 없을 것이다. 이곳에서 한참 울게 내버려 둬야 하는 것이다.

쿨 하우스를 잘 지었다는 생각을 하며 형진은 아무 말없이 문을 닫아주었다.

이층 화장실에 갔더니 정우가 기다리고 있었다는 듯이 말했다.

"형, 이해해주세요. 수진이 싫어서가 아니라 나는 지금 어떤 여자도 만날 수가 없어요."

"어, 어… 내가 뭐라고 했나…."

"수진이를 그냥 동생처럼 생각하고 싶어요. 저는 데뷔할 때까지 아무도 사귀지 않겠다고 결심했거든요. 공연 준비도 해야 하고요."

"어, 어… 그렇게까지 할 필요가 있나…. 그렇게 단칼에 자를 필요는…."

"저는 희망고문이 더 나쁘다고 생각해요. 남의 사랑을 거저 받을 수는 없습니다. 그건 너무 비열해요."

"아니, 뭘 또 그렇게까지…."

"제발 수진이가 잘 추슬렀으면 좋겠어요. 죄송합니다, 형."

"나한테 죄송할 게 있나. 근데, 넌 너무 강직해, 이 친구야… 그렇게까지 안 해도 될 텐데…."

정우가 고개를 숙이고 제 방으로 들어가고 형진은 급한 용무를 보러 화장실로 들어갔다. 참았던 소변이 폭포처럼 쏟아졌다. 소변 소리에 묻힐 만큼 작은 소리로 정우를 욕했다.

"정우 저 녀석은 너무 예의 바르고 너무 철저하단 말야. 어디 하나 허술한 데가 있어야 말이지. 무슨 일에도 예외가 없어. 사람이 말이야, 아무리 굳게 결심했어도 무너지고 그래야 사람다운 거지. 에이….. 수진이, 저 어린애를 말야, 에이, 나쁜 놈."

형진은 시원하게 소변을 보면서 한바탕 욕을 하고는 화장실을 나왔다. 정우의 방에서 조그맣게 노랫소리가 들렸다. 살며시 다가가 귀를 기울였다. 정우는 다른 사람에게 방해가 되지 않도록 키보드 소리를 줄여놓고 치곤했는데 건반 두드리는 소리와 나지막이 부르는 노랫소리가 들렸다. 억누른 울음이 섞여 있고,

가까스로 끌어올린 높은음에서는 부서질 듯 가늘게 떨리는, 그 가운데 단호함이 서려 있는 노래였다.

형진은 터덜터덜 계단을 내려왔다. 나는 절대 알 수 없는 세계인지도 몰라, 저 어린 것이 얼마나 많은 즐거움을 외면하고 살아야 하는지, 왜 저런 죄책감을 부여안고 살아야 하는지.

수진은 지금쯤 울음을 그쳤을까. 아직 그 자리에 그대로 주저앉은 채 왜 거절당해야 하는지 어리둥절해하고 있는 건 아닐까. 첫사랑을 거부당한 공간은 기억 속에 어떤 색채로 새겨지게 될까.

형진은 아버지를 기억할 때면 아버지가 변비 때문에 고통을 겪으며 이용했던 공간이 아버지와 완벽히 함께 움직이는 것을 알 수 있었다. 피코크 그린은 수진의 기억 속에서 어두운 연두색으로 남을지도 모른다. 실버 폭스 벽체는 균열을 일으키고, 주저앉아 한참을 울었던 나무 벤치는 기억할 때마다 엉덩이에 냉기를 불러일으킬지도 모른다. 그래서 먼 훗날 오늘을 떠올리면 남자의 얼굴은 어둑신한 실루엣으로, 두 사람을 둘러싼 공간은 마치 겨울로 접어드는 쓸쓸함이 가득 밴 황량함으로, 기억될지도 모르겠다.

실제로 가을이 깊어지고 있었고.

5

어나더 하우스 2

세상의 모든 아침은 어김없이 제시간에 밝아오고 형진의 대장도 어김없이 제시간에 힘차게 연동운동을 시작한다. 대장의 움직임이 직장에 이르면 직장은 다급히 한 방향 운동으로 밤의 끝을 마무리 짓고자 한다. 밤새 부풀어 오른 방광은 아랫배를 두드리면 맑고 경쾌한 울림이 들릴 듯했다.

부쩍 추워져서 가끔 후드득 몸서리를 치게 하는 늦가을의 이른 아침이었다. 형진은 겉옷을 입지 않고 후다닥 튀어나와 쿨 하우스로 뛰어 들어갔다.

어떤 녀석이 벌써 변기를 차지하고 앉아 느긋하게 스마트 폰을 보고 있었다. 민규였다. 주인의 영역을 이렇게 마구 침해하다니. 그것도 아침의 변기라는 가장 프라이빗한 영역을.

"뭐야! 왜 내 변기에 앉아 있어!

"아, 정우가 화장실에서 안 나와서요. 걔 배탈 났나 봐요."

"나도 급한데 어쩌라는 거야!"

"아, 형 이렇게 일찍 일어날 줄 알았나. 알았어요, 알았어. 다 봤어요."

녀석이 여유 있게 콧노래를 부르며 나간 뒤 형진이 변기에 앉았다가 벌떡 일어났다. 누군가의 온기가 남아 있는 변기 받침이란, 그 얼마나 꺼림칙한가. 차라리 엉덩이가 꽁꽁 얼지언정 다른 사람의 벌거벗은 엉덩이의 훈기를 아무렇지 않게 받아들이기엔 우리는 너무 문명화되어 있는 것이다. 형진은 보기와는 다르게 결벽적일 만큼 까다롭고 깔끔하며 단정한 자신을 아무도 알아주지 않는 것이 속상했다.

제발 내 변기를 쓰지 말라고! 나 이래 봬도 결벽증 있는 남자라고! 아침에 밥 주나 봐라. 저녁에 밥 맛있게 해주나 봐라. 저녁 차려주면서 다시는 내 변기 쓰지 마, 라고 한 마디 해야지. 아차, 그러면 저 녀석들도 그럼 형님도 저희 변기 쓰지 마세요, 라고 할까? 나쁜 녀석들, 싸가지 없는 녀석들, 못된 녀석들.

장을 비우고 나면 형진은 창밖을 내다보며 스쿼트를 시작했다. 꼬리뼈 끝에 지구 저 깊은 곳으로 늘어뜨린 추가 매달려 있다는 듯이, 묵직하고도 힘찬 엉덩이를 쭉 빼서 주저앉았다가 항문에 힘을 실어 벌떡 일어나는 거다. 상체는 흔들림 없이 반듯하게 내려가야 하며 머리에서 이어지는 척추의 무게 중심은 뒤꿈치에 실려야 한다. 두 손에는 아령을 쥐고 팔을 쭉 뻗어서 뒤쪽으로 넘어가지 않게 균형을 이루어야 한다.

사과를 따러 사다리를 타고 올라갔던 정우의 엉덩이와 허벅지를 보고 약간의 자괴감이 들었던 형진은 최소한의 운동을 통해 신체를 단련하기로 마음먹었다. 스마트한 정보들은 요즘 유행하는 스쿼트가 허리와 엉덩이, 허벅지를 튼튼하게 하는 데 매우 유용하다고 앞다투어 전해주었다. 어려울 것도 없고 시간을 많이 필요로 하는 것도 아닌 데다 무엇보다 엉덩이와 허벅지에 최고라지 않는가.

젊은 남자가 셔츠를 들어 올려 복근을 보여주는 것은 정작 복근을 보여주려는 게 아니라 복근을 통해 엉덩이와 허벅지를 보여주려 함이다. 복근이 이러한데 허벅지는 어떻겠느뇨, 뭐 대충 이런 뜻이 숨겨져 있는 것이다. 여자들이 복근에 열광하는 것은 얼굴에 먼저 열광한 뒤에라야 가능한 것이며 복근을 미루어 허벅지, 즉 그의 애정의 강도를 은밀히 측정하기 위함이라고, 남자들은 해석하는 것이다.

그래서 형진은 아침의 대장운동에 이은 하체 운동에 열심을 내고 있었다. 그에게도 마음을 두는 여자가 생기지 않았겠는가. 시크하고 시큰둥한 여자의 얼굴이 점차 붉게 물들고 감동의 빛이 떠오르며 마침내 탄성을 내지를 것을 상상하면 아침의 운동을 하루라도 거를 수 없고말고.

대장과 방광을 비우고 하체 운동을 열심히 해서 온몸이 뜨끈뜨끈해진 형진이 들어서자마자 세 사람이 달려들었다. 출근했어야 할 민규와 혜진, 수진이 검은 고양이 딩거가 없어졌다는 것이다. 누가 문을 열어놓았는지 모르겠는데 혜진이 가로막이 앞에서 오락가락하던 딩거를 보고 주방에 들어가서 여행 다녀온 애기를 짧게 하고 출근하려고 나오면서 다시 보니 딩거가 보이지 않는다는 것이다. 행여나 싶어 셋이서 집안 곳곳을 뒤졌는데 전혀 찾을 수 없다고 울먹였다. 형진까지 합세해서 다시 문밖과 집안을 뒤졌다.

슈레는 호준의 방에 있었고 망가는 민규의 방에 있었다. 대회 준비하느라 밤을 새운 정우는 아직 자고 있을 것인데다 다른 고양이도 아니고 하필 딩거가 없어졌다는 것을 알면 충격이 클 테니 정우는 깨우지 말자고 합의했다. 혜진과 민규는 출근 때문에 발을 동동 구르다가 수진과 형진에게 뒤를 맡기고 집을 나섰다. 동네 골목을 잘 살피면서 가자는 대화를 나누며.

수진이 소파에 털썩 주저앉으며 울음을 터트렸다. 집안 공기가 왠지 답답하여 싸늘한 아침 공기를 들이겠다고 문을 열어놓았다고 했다. 그런데 하필 딩거가 집을 나갈 줄은 꿈에도 생각지 못했다고. 그동안 고양이들이 가로막이 앞에서 서성거리다 돌아서곤 해서 너나 할 것 없이 방심했던 거다.

고양이 주인인 호준이 걱정되는 게 아니라 정우가 걱정되었다. 딩거는 어느새 정우의 고양이가 되어 있었기 때문이다. 그래도 호준에게 먼저 알렸다. 호준은 퇴근하는 중이라고 달려가겠다고 했다. 호준은 집에 오자마자 딩거가 먹던 육포와 사료를 들고 나갔다. 현관 앞과 대문간에 사료 그릇을 놓아두고 육포를 들고 골목을 뒤졌다. 형진과 수진이 호준의 뒤를 따르며 딩거를 불렀다. 딩거는 어디에서도 보이지 않았다.

집으로 돌아와 호준과 형진이 아침을 먹는 사이 정우가 내려왔고 수진은 정우를 보자마자 두 손으로 얼굴을 가리고는 방으로 들어가 버렸다. 정우는 수진이 표나게 행동하는 게 언짢았다. 그래서 미간을 찌푸리고 식탁에 앉았다. 형진과 호준은 서로 눈치만 볼 뿐 여간해서 말을 꺼내지 못했다. 정우는 분위기가 이상하게 돌아가네, 싶었지만 모르는 척하기도 뭣하고 해서 최대한 무표정하게 무슨 일 있냐고 물었다. 형진과 호준이 눈짓을 나누다가 형진이 고개를 흔들며 고개를 숙여버리자 호준이 얘기했다.

"딩거가 집을 나갔어. 아침 내내 찾아다니고 있는데 아직 못 찾았어. 수진이가 속상해서 그런가 봐."

"딩거가요? 어쩌다 나갔어요?"

"어, 사람들 들락거리느라 문이 열려 있었나 봐."

정우는 국을 뜨다 말고 고개를 숙이고 가만히 있었다. 그러더니 수저를 놓고 일어섰다.

"형님, 창고에 있는 자전거 좀 쓸게요."

아, 나는 왜 자전거를 쓸 생각을 못했을까. 훨씬 넓은 영역을 빨리 돌 수 있는데. 일어서 나가는 정우 뒤통수에 대고 호준이 서둘러 주의사항을 전했다.

"내가 딩거를 유인하는 사료 놔뒀어. 나가려면 육포 갖고 나가. 딩거 만나면 큰소리로 부르지 말고 평소처럼 부르면서 가만히 그 자리에 앉아서 육포를 줘. 불러도 오지 않을 수도 있고 가서 잡으려 하면 도망갈 수도 있어. 저도 놀랬을 거거든. 들어올 때 대문 열어놓고 들어와."

형진이 호준에게 물었다.

"그런데 왜 고양이들 이름을 슈레, 딩거, 망가라고 지은 겁니까? 사람한테도 너무 귀한 이름 지어주면 운이 나빠진다는데."

"아, 이름요? 저 고양이 두 마리가 상자에 담겨서 버려졌거든요. 라면 상자가 청테이프로 꽁꽁 감겨 있었어요. 겨울이었는데 어린 고양이 두 마리가 밖에서 얼마나 추웠겠어요. 조금만 더 밖에 있었다면 죽었을지도 몰라요. 그 겨울은 저한테 개인적으로 힘든 일이 있었는데, 저 녀석들 때문에 조금은 견딜 수 있었던 것 같아요. 음, 너무너무 추운 겨울이었거든요."

"아, 그렇구나. 망가는요?"

"망가는 뭐, 얼굴이 까만색하고 붉은색하고 반쪽씩이라 만화에 나오는 고양이 같잖아요? 아수라 백작 같기도 하고. 망가도 동물병원 앞에 버려진 고양이였어요."

별 이유도 없구만, 그렇게 거창한 이름을 지을 게 뭐람. 괜히 찜찜하게시리. 호준은 정우와 형진에게 딩거를 찾는 일을 맡기고 잠자러 들어갔다. 형진은 고양이를 찾는 법을 검색해보았다. 사이트마다 집 나간 고양이를 찾는 사람들의 울부짖음이 가득할 뿐 뾰족한 수가 없었다.

고양이 찾는 전단지를 붙여야 하나, 생각하다가 수진이의 방을 노크했다. 수진이 누군가와 통화를 하던 중이었는지 전화를 귀에 댄 채 울먹이며 문을 열어주었다. 형진은 수진이 어떤지 보려고 했던 거라 됐다고 손을 젓고는 밖으로 나갔다.

정우는 자전거를 타고 다니면서 집과 집 사이 같은 좁은 틈이 보이면 내려서 딩거를 불렀다. 정우의 자전거가 골목 밖으로 획 달려나갔다. 형진은 옆집 대문 밑을 들여다보며 몇 번 부르다가 집으로 들어왔다. 티비를 켜고 남자들 넷이 해외여행을 떠나 벌이는 프로그램을 보며 아침나절을 보냈다. 정우는 점심 때가 되어도 들어오지 않았다. 작업실에 갔나, 어디 다른 데를 갔나, 하고 있는데 점심이 훨씬 지나서 돌아온 정우는 얼마나 돌아다녔는지 지칠 대로 지쳐있었다. 정우는 벌떡 일어나는 호준과 형진을 보고도 아무 말없이 지나쳐 방으로 올라갔다.

잠시 뒤, 고양이를 찾는다는 전단지를 프린트해서 갖고 내려온 정우는 호준이 같이 가겠다는 걸 거절하고 전단지를 붙이러 나갔다. 정작 딩거의 주인인 호준은 멍하니 뒷모습만 바라볼 수밖에 없었다.

어수선한 집안을 뒤로하고 형진은 그녀의 식사를 위해 집을 나섰다. 오직 한 사람만을 위해 메뉴를 고르고 요리 과정을 머릿속에 그려보는 시간은 모르긴 몰라도 무언가 창작하는 기분과도 흡사하리라. 정우가 곡의 착상을 얻었을 때도 이런 기분이겠지? 지나치게 흥분한 나머지 제 귀를 잘라 요리를 하지만 않는다면 이렇게 들뜬 기분이 나쁠 리는 없을 게다.

쌀쌀한 늦은 가을, 실외에서 일하는 시간이 많아 감기에 걸리기 쉬운 그녀를 위한 오늘의 식단은 전복이 주재료인 전복 버터구이와 전복 아스파라거스 볶음밥, 따끈한 매생이 굴국이다. 통마늘과 꼬지에 꽂은 대파를 버터로 볶고 칼집을 낸 전복을 노릿노릿하게 구우면 버터구이는 완성.

마늘과 생강을 편으로 썰고 아스파라거스는 어슷어슷 썰어 먼저 볶고, 전복 내장을 다지고 전복은 편으로 썰어 고슬고슬한 밥과 함께 볶으면 볶음밥도 손쉽게 완성.

매생이를 잘 씻어 건지고 굴도 소금을 넣어 살살 씻어 놓은 후, 먼저 굴을 다진 마늘과 참기름으로 볶은 뒤 매생이를 넣고 다시마 육수를 부은 뒤 팔팔 끓이다가 국간장으로 간을 하면 그것도 손쉽게 완성!

오늘의 요리는 비교적 간단하고 맛을 내는 데에도 특별한 솜씨가 필요하지 않은 것들이다. 그러나 쌀쌀한 대기에 장시간 노출되어 지친 심신을 풀어주기에는 그만인 저녁식사가 될 것이다. 식사 준비가 거의 끝나갈 즈음 그녀가 퇴근했다. 가볍게 미소 지으며 들어서는 그녀를 맞이하는데 순간적으로 야릇한 느낌이 들었고 그 느낌이 온몸으로 번졌다.

마치 먼저 퇴근하여 고된 직장생활을 마치고 퇴근한 아내를 맞이하는 지아비가 된 기분이 들었던 거다. 지난번 도미 이야기로 위로를 받아서겠지만 둘 사이가 한결 가까워진 건 확실했다.

시크하기 이를 데 없던 강지우는 버터 향기에 코를 씰룩이더니 미간이 풀어지고 뺨이 살풋 올라가며 온 얼굴에 미소가 감돌았다.

그녀는 넓적한 가방을 소파에 던지고 손을 씻자마자 식탁에 앉으며 기대를 감추지 않았다. 벌써 식사 준비를 다 끝냈냐, 당신이 오는 날이 얼마나 기다려지는지 모른다, 고 스스럼없이 건네는 말에 형진은 그만 정신이 아득해질 만큼 놀랐다. 곧이어 두 눈이 벌게지고 가슴이 두근거리는 게 너무 좋아 미칠 것 같았다. 좋아하는 모습을 잘 숨겨야 할 텐데, 하는 의식이 간신히 그를 정신차리게 했다.

"오늘 저녁에 약속이 하나 잡힐 뻔했는데 간신히 내일로 미뤘어요. 집에서 밥 먹는 날만은 양보할 수 없거든요."

밥 때문이라 해도 이런 말은 형진의 가슴을 버터 녹이듯 녹일 만하지 않겠는가.

"어려서부터 엄마가 직장생활을 했기 때문에 엄마의 정성 담긴 밥을 별로 먹은 적이 없어요. 생일이라거나 무슨 기념할 만한 날이라 하면 나가서 외식을 했지, 특별히 가족끼리 집에서 맛있는 음식을 해 먹지 않았어요. 아빠 역시 출장도 잦고 거의 밖에서 밥을 먹고 늦게 들어오는 편이어서 집에서 밥이 끓는지 죽이 끓는지 신경을 안 썼고요. 나와 남동생은 둘이서 저녁을 시켜 먹는 경우가 많았어요. 집에서 밥을 이렇게 맛있게 먹을 수 있다는 건 상상도 안 해봤어요."

오늘 무슨 날인가? 강지우가 이렇게 자신의 가정사를 아무렇지도 않게 노출하리라곤 생각지도 않았다. 그만큼 친해진 건 아니라고 생각했거니와 언제나 쿨하고 시크해 보이는 여자에게 힘들었던 과거의 기억이란 가당치도 않다는 선입견이 은연중에 작용했기 때문이기도 할 것이다.

그런데 말이다, 이야기를 듣는 도중에 은근히 자부심이 들기 시작했다. 당당한 여자가 내밀한 사정을 이야기하는 건 아무에게나 하는 일은 아닐 테니, 나는 특별한 사람이라는 뜻이 아닐까? 괜히 으쓱해지는 기분이었다.

"간섭도 별로 받지 않아서 스스로 선택하고 스스로 책임져야 했어요. 덕분에 누구한테든 지시를 받거나 통제 당하는 것을 못 견뎌요. K 기업 들어갔다가 일 년 만에 나와서 조그맣게 사무실을 차렸어요."

이런 이야기쯤이야 얼마든지 맞장구쳐줄 수도 있었다.

"남 밑에서 일할 사람이 아닌 것 같아요."

"하하, 잘 보셨네요. 나는 다른 사람 지시를 받으면서 일하지도 못하고 조직 사회에 잘 섞여 들어가지도 못해요. 불합리한 관계를 받아들일 수가 없거든요. 못 견뎌요, 나는."

역시 딱 부러지는 사람이다. 곧 죽어도 인정할 수 없는 위계에 당당하게 저항하며 사표를 집어던지는 그녀가 자연스럽게 그려졌다. 그런가 하면, 한편으로는 뒤도 돌아보지 않을 강한 성격의 그녀에게 슬그머니 위축이 되기도 했다. 이런 여자한테도 사랑이 가능할까? 자부심으로 들떴던 형진은 다시 뱃심이 약해지고 있었다.

"나는 혼자 일하는 게 좋아요. 내가 기획하고 내가 발로 뛰고 내가 완성하고, 그게 나한테 잘 맞아요."

"건축 쪽은 혼자서는 어려울 텐데."

"쉽진 않았죠. 작은 주문부터 받았어요. 인테리어도 받고 형진씨가 주문했던 것처럼 작은 옥외화장실 건축 주문도 받고. 낡은 주택 리모델링도 받고. 그렇게 한 달에 한 두건씩 했어요. 혼자 사무실 일은 다 하고 현장일은 인력시장을 이용하거나 다른 사람의 인맥을 이용해서 했죠."

가정사에 이어 직업에 관한 이야기가 나오자 형진은 약간 초조해지기 시작했다. 자기 경험의 일천함이 노출될까 봐 조금 부끄럽기도 했다. 뭘 알아야 아는 척을 하지. 자기가 무지하다는 자각이 들었던 거다. 남자는 자기가 모르는 분야에 관한 이야기가 나오는 것을 매우 꺼려한다. 여자 앞에서 잘난 척을 해야 하는데 도무지 잘난 척을 할 수가 있어야 말이지.

부모님의 울타리 안에서 세상 물정 모르고 이날 이때까지 살아온 것이 원망스럽기도 했다. 아니, 우리 부모님은 나를 험한 세상에 내보낼 생각을 안 하고 집에다가 매어두다니, 이 덩치를 말야. 이런 연약한 여자도 세상 풍파를 겪고 있는데 나는 집에서 밥이나 하고 있었구나.

그녀는 건축업계에서 자리를 잡기까지의 시간에 대해 간략하게 이야기했다. 그는 어떤 대답도 준비되어 있지 않았고 어떤 제스처도 억지로 만들 수가 없었다. 그래서 솔직하게 반응했다.

"대단하시네요. 정말 대단하셔요."

진심으로 감탄했다. 스물대여섯 살에 그렇게 현장에 뛰어들다니, 그것도 여자 혼자서.

"그동안 아쉬운 것도 모자란 것도 그닥 없었어요. 근데, 이제 와서 보니, 내게 뭐가 부족했었는지 알겠네요."

"그, 그게 뭡니까."

"따뜻한 밥이요. 하하, 한 번도 내 입맛에 맞춘 밥을 먹어본 적이 없었다는 것을 깨달았어요. 어느 날엔가, 나는 왜 내 입을, 내 감각을 소홀히 했나, 생전 처음으로 그런 후회를 하고 있더라구요."

지우가 말씀하시기를, 당신은 나도 모르고 있던 내 감각을 온전히 채워주고 있다오, 라는 거 아닌가.

형진은 지우와 마주 앉아 밥을 먹으며 대화를 나누는 동안 기분이 오르락내리락하는 걸 느꼈고, 점점 그 격차를 감당하기 어려워졌다. 정말 이상한 일이었다. 어째서 강지우가 멋있어 보일수록 그녀에 대한 호감도가 높아짐과 동시에 자신은 작아지는 것일까. 아니, 어째서 자신이 작아지는 기분과 동시에 이런 대단한 여자를 감동시키고 있는 자신에 대해 은근한 자부심이 드는 것일까.

이렇게 미묘한 감정이 소용돌이치느라 정작 적절한 반응을 보이지 못하는 것이 또 낭패스럽기도 했다.

이래저래 갈피를 잡을 수 없었고 스스로도 자신의 혼란을 이해할 수 없는 상태로 그녀의 집을 나왔다. 집을 나오면서 들었던 단 하나의 확신, 지우가 자신을 신뢰할 수 있는 사람의 영역으로 끌어들였다는 것이었다. 이것은 말로 표현하기 참, 어려운 일이지만, 장본인만은 알 수 있는 어떤 것이다.

이를테면 반쯤 촉촉하게 젖은 입술, 뺨의 편안한 움직임, 눈에서 흐르는 따스한 기운, 그런 것들이 나는 당신을 신뢰하기 시작했어요, 라고 말해주고 있는 것이다. 시크하고 쿨한 여자가 이 정도로 자기 속내를 털어놓았다는 건, 가볍지 않은 거겠지? 한마디로 한다면 당신은 특별한 사람이에요, 라는 것이겠지? 분명해, 그녀는 나를 특별한 존재로 생각하기 시작한 거야.

형진은 들뜬 걸음으로 집으로 돌아왔다. 김칫국이든 뭐든 그는 마다하지 않고 마셨을 거다. 나중에 어떻게 되든지 간에 말이지.

고양이를 잃어버린 뒤 하루아침에 노숙자 꼴로 변해 지친 몸을 눕히는 정우는 형진으로서는 잘 알 수 없는 인간이었다. 호준은 뭘 좀 아는지 정우 먹이겠다고 점심을 쟁반에 담아서 가지고 올라갔다. 방문을 빼꼼 열고 상황을 살피던 수진이 머뭇머뭇 나와서 옆에 앉았다.

"못 찾은 거죠?"

말없이 고개만 끄덕였다.

"저 어떡해요? 정우씨가 저 미워하면 어떡해요?"

"일부러 그런 것도 아닌데, 그런 일로 미워하기야 하겠어."

"내일 엄마 오신대요."

엄마라니?

"엥? 엄마? 누구 엄마?"

"우리 엄마요. 언니가 꼰질렀나 봐요. 제가 걱정돼서 한숨도 못 주무시겠대요. 아, 저 어떻게 해요."

형진은 매번, 세상을 처음 사는 것만 같았다. 엄마라는 존재를 이 집에서 다시 만날 거라고는 상상도 하지 못했다. 형진으로서는 자기 엄마가 세상을 뜨면서 세상의 모든 엄마들은 지상에서 사라진 거였다. 그런데 이렇게 세상의 막을 찢고 난데없이 엄마들이 출몰했다. 나를 이해해달라고 애처로이 울던 정우의 엄마가 기억에서 가뭇가뭇 잊혀질 즈음 또 하나의 엄마가 나타날거라니. 마치 피터 팬의 네버랜드처럼 아이들만 있는 세상에는반드시 웬디 같은 엄마가 필요하듯, 네버랜드를 리얼랜드로 만들기 위해서는 반드시 걱정 기계인 엄마가 불시에 침입해야만하는 모양이다.

"정우 오빠에게 미안해서 아무 생각도 못하겠는데 엄마까지나를 괴롭히려고 하다니. 도망가 버리고 싶어요. 나, 도망가버릴까요?"

"그러지 마. 딩거는 곧 찾을 수 있을 거야. 딩거는 정우와 호준 형에게 맡겨두고 수진씨는 일단 엄마를 잘 달래라구. 엄마들이란 자식 걱정하라고 있는 존재잖아. 잘 달래서 빨리 내려보내는 게 수야."

연륜이란 것은 때로 이렇게 얍삽한 술책을 가르쳐줄 수 있는것이기도 하다. 형진이 엄마에게 혼날 때마다 써먹던 방법이다.애교와 앙탈과 얼렁뚱땅 눈가림으로 엄마를 달래는 것이야말로세상에서 가장 무리 없는 방법이 아니던가. 그러다가 속았다는것을 알면 엄마들은 또다시 '하늘이 너에게만 무너져 내릴' 수많은 이유들을 대면서 자식을 쪼여오겠지. 엄마들은 여전히 걱정기계들이고, 걱정 기계인 엄마에게 낙관 기계인 자식은 내놓은자식인 모양이다.

수진은 울먹이다가 엄마가 와서 방안을 보면 질겁을 할 것이라며 방을 치우러 들어갔다. 빨래감을 내와서 세탁기에 넣고 걸레를 물에 적셔서 방을 닦기 시작했다. 혜진이 청소를 하는 건 본 적이 없지만 수진은 착실하게 방을 치우곤 했다. 형진은 수진을 도와 걸레를 빨아주고 쓰레기를 손수 버려주었다. 수진을 위로하겠다며 얼쩡대는 건 형진만이 아니었다.

민규는 수진을 위해 퇴근길에 특별한 케익을 사 왔다. '프로 마주 블랑'이라는 아주 우아하고 세련된 케익을 수진의 방에 들여보내고 자잘한 빵들을 식탁에 올려놓았다. 그러고는 큰 선심을 쓰듯 소리쳤다. 밤에 출출할 때들 드세요! 수진은 케익을 받고는 난감해하더니 반사적으로 위층을 올려다보았다. 마침 정우의 발끝이 계단에 나타나자마자 문을 닫고 들어가 버렸다. 정우는 힐긋 한번 쳐다보고는 작업실 갑니다, 하고 나갔다. 맛있는 케익이나 나눠먹으면 오죽 좋아. 이런 빵은 많이 먹어봤다구!

민규가 뭘 눈치챈 것일까? 호랑이 떠난 굴에 여우가 주인이라더니 정우가 수진과 사귀지 않겠다고 말한 것을 느낀 모양이다. 이별의 기미가 보인다 싶으면 바로 그때, 귀신같이 달려들어서 달콤한 케익을 선물하고 어깨동무를 해주는 척하며 케익을 떠 먹여주고 세상에서 제일 이쁘다고 추어주며 말도 안 되는 농담을 늘어놓아 급기야 웃게 만드는 사람이 있는 것이다. 관심 있는 이성의 미묘한 변화를 감지해내는 날렵하고도 섬세한 감각은 누가 알려주지 않아도 두 사람 사이가 변화하는 바로 그 순간을 놓치지 않고 포착하는 모양이다.

틈새를 노리는 것은 적병만이 아니다. 한 여자를 사로잡기 위한 공략법은 결코 병법에 뒤지지 않는다. 연애의 세계 또한 수많은 전략가들이 있고 그들에 의해 생겨난 수많은 비법이 전수되고 있지만, 다 필요 없다. 행동이 빠른 사람이 언제나 성공하는 법이다. 수많은 경우의 수를 다 알고 고려하는 사람보다 한 가지 강력한 슈팅 노하우를 가진 사람이 결국 골대를 흔들 수 있는 것이다.

부처께서는 달리 말씀하시겠지. 어허, 그 모든 것이 다 허망하니라. 내 일찍이 색즉시공이라 하지 않았느냐. 네 여자의 해골이 보이지 않느냐? 네가 안고자 하는 것은 한낱 해골에 지나지 않느니라. 아휴… 부처님, 그래서야 별을 한번 따보기나 하겠습니까요.

민규는 프로마주 블랑이라는 이름도 생소한 케익을 사다 주고서는 수진이 방밖으로 나오자 맛이 어땠냐고 물었다. 수진이 걱정 가득한 얼굴로 조그맣게 맛있어요, 잘 먹었습니다, 라고 인사했다. 침울한 수진을 보고 민규는 생색을 내려던 태도를 얼른 바꿨다. 누울 자리 보고 다리 뻗는 게 민규다웠다. 제가 자전거 타고 나가서 딩거 찾아볼게요, 너무 걱정하지 말아요, 라고 부드럽고도 따뜻하게 위로의 말을 건넸다. 그러나 찾으러 나가겠다고 하고서는 나갈 생각이 없는지 소파에 앉아 슈레만 쓰다듬고 있었다. 그러더니 문득 좋은 아이디어가 떠올랐다며 소리를 질렀다.

"슈레를 데리고 나가서 딩거를 찾도록 하는 거예요. 어때요? 수의사님?"

수의사 호준은 잠시 생각을 더듬었다.

"그, 그래도 되지. 근데 밖에 나가면 슈레가 겁을 먹고 아무데로나 튈지도 몰라, 슈레까지 잃어버릴 수 있어."

"에헤, 잘 묶어가지고 나가면 되죠. 이렇게 집 안에서만 걱정하고 있을 게 아니라 적극적으로 찾아봐야 되는 거 아니겠어요?"

민규 이 녀석 점수 좀 따겠다고 큰소리는. 민규는 수진과 함께 슈레에게 가슴줄을 매고 끈이 잘 조여졌는지 확인하고는 도란도란 이야기를 나누면서 밤거리로 나갔다. 호준은 아, 슈레까지 잃어버리면 안 되는데, 라더니 그리 크게 상심하지도 걱정하지도 않는, 언제나처럼 지저분한 몰골 그대로 저녁 출근을 했다.

딩거가 없어지자 민규는 슈레도 행여 집을 나갈까 봐서 애지중지했었다. 누가 현관문이라도 열라치면 거기, 거, 문 잘 닫고 나가요, 하고 소리쳤다. 그랬는데 슈레를 기꺼이 딩거 찾는 데 바치겠다니 민규가 어지간히 마음이 달았나 보다. 그러나 다른 무엇보다 단둘이 밤거리를 오가며 시간을 보낼 수 있다는 것을 계산했는지도 모른다.

날이 제법 싸늘한 데다 수진이 심리적으로 압박을 받고 있으니 위로가 되는 사람과 같이 있으면 편해질 테고 나란히 걷다 보면 점점 거리가 가까워져서 아마도 집에 들어올 즈음이면 어깨가 닿아 있을지도 모르는 거다. 물리적인 조건이 심리적 조건을 좌우하는 법, 어깨가 스친 횟수만큼 둘 사이도 부쩍 가까워져 있을지 누가 알겠는가. 이것이 민규의 속셈이 아닐까. 형진은 나름대로 이런저런 생각을 흘려보내며 두 사람이 돌아오기를 기다렸다.

무슨 얘기를 나누고 무슨 짓을 했는지 슈레를 안고 민규와 함께 집에 돌아온 수진은 낯빛이 한결 나아 보였다. 그래도 딩거를 찾지 못했기 때문에 면목이 없는지 집으로 들어오자마자 방으로 쏙 들어갔다. 민규는 슈레가 도움이 좀 되더냐고 묻는 형진에게 슈레를 데리고 골목을 뒤진 상황을 이야기했다.

"슈레가 땅바닥에 달라붙어 꼼짝도 안 하는 통에 힘들었어요. 아, 고양이는 데리고 다니기 너무 어렵네."

"길에 버려진 적이 있어서 그런 거 아닐까?"

"아, 맞다. 그래서 그런가? 어찌나 오들오들 떠는지 안고 다녔어요. 슈레한테 아무리 야옹, 야옹 해보라고 해도 녀석이 입도 안 떼더라구요. 냄새라도 좀 남기려고 가로등 같은 데다 슈레를 문지르고 그랬어요."

"열심히 했네!"

"아, 그럼요. 제가 누굽니까."

허세에다 생색은 민규가 갑이지. 그렇다 해도 미운 녀석은 아니다. 저렇게 허세를 떨다가도 금방 기가 죽어서 빌빌거릴 때는 어깨를 다독이고 싶게 불쌍한 녀석이기도 하다.

"딩거는 밥은 잘 찾아먹고 있나. 밖에 나가면 먹을 게 없을 텐데. 그나저나 딩거 못 찾으면 어쩐다죠. 수진이랑 정우가 너무 마음 아파할 거 같은데. 나도 마찬가지지만."

"아 참, 사료가 좀 줄어들었던데. 딩거가 먹은 거 아닐까?"

"그랬으면 오죽 좋겠어요. 다른 길고양이가 먹었을 수도 있어요."

"그렇겠네. 우리들이 머릿수가 많으니까 궁리를 해보면 뭔가 좋은 수가 떠오를지도 몰라."

"딩거가 집을 찾아오는 게 제일 좋은 건데. 걔가 수컷이다 보니 발정 난 암컷 찾아갔나."

"아냐, 전에 수의사 양반이 다들 수술시켜줬다고 했어. 안 그랬음 세 녀석이 벌써 난리 났지."

"그렇구나. 정우는 요새 무지 바쁜가 봐요?"

"응, 대회가 며칠 안 남았대. 지금 밤 새서 연습해도 모자랄 판에 고양이까지 잃어버려서 잠도 못 자고…."

딩거 걱정에, 정우 걱정에, 수진이 걱정을 하며 두 사람은 각자의 방으로 들어갔다.

수진의 엄마는 일찍 찾아왔다. 혜진이 출근하고 한두 시간 차로 집에 도착했다. 수진은 아침부터 덜컥 집을 찾아온 엄마를 보고 귀신을 본 듯 놀랐다. 저렇게 겁이 많은 사람이 어떻게 그렇게 노상 하늘에서 살 겠다는 것인지 알다가도 모를 일이었다. 수진의 엄마는 형진과 인사를 나눈 뒤 물 한 모금 대접도 받지 않고 다짜고짜 수진을 끌고 방으로 들어갔다. 딸자식 걱정에 얼마나 속을 태웠으면 저러겠는가, 싶었다.

방 안에서 엄마가 고함을 지르고 수진이 울고불고 하면서 대답하는 소리가 다 들렸다. 한참을 그렇게 싸우더니 엄마가 나왔다. 형진이 어정쩡하게 일어나서 자기가 죄송하다는 듯이 어깨를 웅송그리는데 수진의 엄마가 시원한 물을 한 컵 달라고 했다. 그러더니 소파에 털썩 주저앉아 넋두리를 하기 시작했다.

"주인아저씨 말예요. 우리 수진이 좀 특별히 신경 써 주세요."

"아, 제가 뭘…해줄 수 있는 게…."

"쟤가 비행 학곤지 뭔지 못 가게 좀 막아주세요."

"아니, 제가 그런 능력이 있을 리가…."

"안 되면 수진이 쟤가 어딜 나갈 때마다 저한테 전화 좀 해주시던가요."

정말 기가 막힐 노릇이었다. 형진은 속으로 여기 앉아서 다 듣고 있었던 제 불찰을 탓하고 또 탓했다. 누군가 싸우는 것 같으면 어쨌거나 그 자리를 피하고 봐야 하는 건데. 사람들은 자기들끼리 싸우다가도 꼭 구경하던 사람을 끌고 들어가지 않던가 말이다. 그건 그렇고 부모의 걱정이라는 건 자식이 오직 자기 뜻대로 하지 않는다는 것일까. 형진은 당혹스럽기도 하고 난감하기도 해서 입이 댓발은 나온 채 마치 혼나는 사람처럼 두 다리를 꼭 붙이고 두 손을 무릎 위에 얹고 앉아 있었다.

"아이고, 내가 너무 흥분해서, 이해해주세요. 사실은 아이고, 참… 이런 말까지 해야 하나."

형진은 두 손을 내저었다.

"아니, 아니, 아니고요."

제발 저를 끌어들이지 마세요. 저는 더 이상 듣고 싶지 않아요. 그런 의미였지만 여사님은 형진의 말더듬는 뜻을 읽을 생각이 없는 모양이었다.

"사실은 수진이 아버지가, 허이고, 수진이 아버지가 공군 중령이었어요. 훈련 중에 비행기가 추락해서, 아이고… 저세상으로 갔어요. 내가 아주 비행기라면 치가 떨려요. 해외여행도 나는 못 간다니까요."

형진은 숨을 헉, 하고 들이마셨다. 말리게도 생겼네. 아니, 나였어도 필사적으로 말렸을 터이지. 형진은 진땀을 한번 쭉 빼고서는 수진의 방에 귀를 기울이며 대답했다.

"아, 아, 네…. 그런 일이…."

수진이 울어대는 소리가 들렸다. 조그맣게 훌쩍이는 게 아니라 누르려고 하지만 눌러지지 않는 억울함과 절망에 찬 울음소리였다.

"자식은 부모 닮게 마련이지만, 하필 비행기 타겠다는 걸, 그것도 위험한 경비행기라면서요, 그걸 말리지 않을 부모가 어디 있겠어요."

"그렇…지요……"

"수진이 잘 못 되면 나는 정말 못 살아요. 죽어서 즈이 아버지 만날 면목도 없고, 내 마음 아시겠죠?"

형진은 호응을 해줄 수도 안 해줄 수도 없었다. 부모가 자식의 뜻을 꺾는다는 것도 부당하지만 그렇다고 위험할 게 뻔한 일에, 더구나 그런 사연을 지니고 있다면 제 맘대로 하게 놔두라고 할 수는 없지 않은가.

"수진이 아버지 돌아가신 때가 내 나이 마흔이었어요. 쟤네들 갓 열 살쯤 됐을 때였다구요. 혼자서 두 딸을 키우느라고 내가…."

형진은 바로 반응을 보였다.

"고생 많으셨겠어요."

고생담은 줄줄이 늘어놓지 않아도 되는데, 아, 이런 자리는 정말 불편한데. 형진은 졸지에 엄마들의 하소연을 듣는 처지에 놓이게 되어 기분이 매우 언짢아졌다.

자신도 아직 철이 없다고 느끼는 판국에 어른의 입장에서 동조해주기를 바라니 말이다. 따지고 보면 부모가 없다 뿐이지 이들과 큰 차이도 없지 않은가 말이다. 그렇다고 해도, 수진 엄마의 결사반대가 이해가 안 가는 것은 아니었다. 양쪽의 입장이 이렇게도 첨예하게 다르니 수진도 엄마도 힘겨운 싸움을 해왔

겠구나.

수진의 엄마는 자기가 살아온 인생역정을 양장구절 늘어놓고 있었고 수진은 방 안에서 오래도록 울었다. 흐느끼다가 울컥 울음을 토하고 또 흐느끼다가 울음을 토했다. 오랜 꿈이 좌절되는 순간인가 보다. 정우한테는 거절당했지, 딩거는 잃어버렸지, 엄마는 하늘을 날겠다는 것을 주저앉히려 하고 있지, 지금 수진은 아마 죽고 싶을 거다. 이럴 때 정우가 수진의 애정을 받아주고 곁에서 위로해주면 힘든 시기를 그럭저럭 넘길 수 있을지도 모르는데, 결벽하기 짝이 없는 녀석이 원망스러웠다.

친여동생이 저렇게 울어대면 오빠들은 어떻게 하는 걸까. 방문 열고 들어가 위로를 해줄까, 위로를 해준다면 도대체 무슨 말로 위로를 해주는 걸까. 위로를 해주지 않는 무관심한 오빠라면 어떤 생각으로 이런 순간을 지나갈까.

형진은 여사님이 그쯤 해뒀으면 좋겠다는 판단이 들었다. 겉으로는 듣고 있는 척하면서 어떻게 하면 여사님의 넋두리를 빨리 끝내게 할까 그 궁리를 했다. 대답을 적당한 간격으로 맞춰주면 말하는 사람은 계속해서 더 말을 해야 할 것처럼 느낀다. 그런데 대답을 빨리하고 짧게 끊듯이 하면, 잘 알았으니 그만하라는 신호로 알아듣는 게 보통 사람이다. 그래서 형진도 그 방법을 썼다.

"네, 그렇군요. 네, 네, 그렇군요."

수진의 엄마에게 무례하게 대하고 싶지는 않지만, 하는 수 없었다. 마치 엄마가 아들을 잡아 앉히고 아빠 험담을 하는 것처럼 불편했던 것이다. 수진의 엄마는 정우의 엄마하고는 전혀 다른 류의 사람이었다. 혜진은 엄마를 닮은 모양이다. 단도직입적이며 상대를 몰아세우는 데에도 어려움이 없고, 아무에게나 자기 처지를 소상히 얘기할 수 있는 사람이었다.

엄마들은 저마다 다른 성격으로 저마다 다른 자식에게 저마다 다른 방식으로 걱정하고 압박하고 애걸하는 것이었다. 형진의 엄마라면, 원하는 것이 특별히 없기도 했지만 만약 그런 게 있었다면, 발가벗겨서 내쫓았을 거라는 생각을 했다.

수진의 엄마는 생의 절절함을 개운하게 털어놓지도 못하고 적절한 호응을 얻어내지도 못한 것을 못내 서운해하며 일어났다. 형진은 부리나케 방으로 피신했다. 아, 살았다, 하며 침대 위로 몸을 던진 순간, 튕기듯 일어났다.

고약한 지린내가 확 끼쳤다. 이불 뒤에 숨어있던 슈레가 침대에서 팔짝 뛰어내려 달아났다. 이불이 슈레의 오줌으로 범벅이 되어 있었다. 형진은 반사적으로 슈레를 뒤쫓았다.

야, 거기 서! 안 서? 야! 슈레는 이층으로 날 듯이 올라갔고 형진은 우당탕쿵탕거리며 쫓아갔다. 슈레는 호준의 방으로 쏙 들어가려고 했겠지만, 아뿔싸, 문이 닫혀 있었다. 막다른 복도에서 슈레가 확 돌아서며 눈에 불을 켰다. 형진이 움찔, 놀라 멈췄다. 네 개의 눈이 마주쳤다.

흔들린 것은 형진이었다. 저걸 덮칠 필요가 있을까. 어차피 저 녀석은 지가 뭘 잘못했는지도 모를 텐데. 저 흰 고양이 녀석은 처음부터 나를 놀래킨 녀석이잖아. 나하곤 성격이 안 맞나 보네, 내가 물러난다, 내가 물러나, 형님이 고양이 따위와 싸우면 뭐하겠냐.

내려가면서 돌아보니 녀석은 아직 두 눈을 형진에게 고정시킨 채 다리를 모으고 꼬리로 엉덩이를 감으며 도사리고 앉는 참이었다. 파란 눈의 슈레 주위로 공기가 싸아하게 식어가는 것 같았다. 형진은 신세를 한탄하며 계단을 내려갔다.

"저깟 고양이 한 마리, 내가 내 집에서 저깟 고양이 한 마리 때문에 발길을 돌리다니, 아, 이게 무슨 일이냐, 그래. 이불 빨래를 어떻게 하냐. 그러게 고양이는 키워서 좋을 게 하나도 없다니까. 아이고, 내 팔자야."

수진의 엄마는 형진에게 당부를 남기고 올 때처럼 황망스럽게 길을 떠났다. 난 데 없이 수진을 책임진 처지가 되어버린 것이 못내 찜찜해서 배웅하고 쉽게 돌아서지도 못하는데 집에서는 난리가 났다. 슈레가 이불에다가 오줌을 쌌다는 말을 듣고 마치 치매 부모가 똥오줌이라도 싼 것처럼 분위기가 침울해진 것이다. 혜진이 슈레를 안고 쓰다듬고 또 쓰다듬으며 쯔쯔 혀를 찼다.

"딩거가 없어져서 심리적으로 불안한가 봐."

호준이 망가를 가슴에 품고서 도닥거렸다.

"버려진 적이 있는 애들이라 환경이 바뀌는 걸 굉장히 예민하게 받아들여요."

"슈레가 상처를 입었구나."

"얼씨구!"

형진이 기가 막혀서 훼방꾼처럼 내뱉은 얼씨구, 에는 아무도 반응하지 않았다. 되려 수진과 혜진은 더욱 안쓰러운 표정을 지었다.

"어떻게 해야 안정을 되찾을까요."

민규가 슈레에게 육포를 찢어 입 가까이에 대주면서 대답했다.

"딩거를 빨리 찾아야겠어요… 이러다가 망가까지 오줌 싸대면 어떡해요."

형진은 어안이 벙벙했다.

"아니, 이불빨래는 내가 했는데 뭐, 뭐, 왜 그렇게 슈레를 불쌍해하는 건데, 왜!"

형진이 마침내 그렇게 외치자 모두들 뜬금없다는 얼굴로 쳐다보았다. 아니, 왜 화를 내는 거지? 우리가 뭘 어쨌다고? 그런 표정들이었다. 그 얼굴들을 보니 기가 막혔다. 형진은 '그들'의 대화를 이해하지 못하겠고 그러니 끼어들 수도 없었으며 더더구나 슈레에 대한 안타까움에는 공감할 수가 없었다. 정우가 슬퍼하는 것은 알 것도 같았지만 니들은 뭘 그렇게 애틋한 사연이 있다고 잘 가리던 오줌을 못 가리는 슈레를 싸고도는 거냐구? 형진과 '그들' 사이에 정적이 흘렀다.

혜진이 벌떡 일어나 슈레를 데리고 방으로 들어갔다. 민규는 멍하니 불 꺼진 티비를 바라보았고 호준은 망가를 데리고 슬쩍 일어났다. 수진마저 조용히 일어나 방으로 들어가자 마침내 민규도 자기 방으로 올라갔다.

내가 뭘 잘못한 거지? 형진은 혼자 남아 어이없고 황당하며 씁쓸한 기분을 맛보고 있었다. 이 무자비한 녀석들아, 나도 상처 입는다고! 이 모든 짐을 짊어진 나는 누가 위로해주는 거지? 주인과 세입자들 사이에는 결코 건널 수 없는 강이 있는 것인가. 혼자 남겨지는 기분이란. 차라리 게임에 다 함께 참여하여 다들 과일주스를 마실 때 혼자 겨자 주스를 마시는 게 낫지, 이렇게 싸늘하게 혼자 남겨지는 건, 아무리 해도 적응할 수가 없단 말이다.

혼자 소파에 멍하니 앉아 일분을 지나 보내고, 이분을 지나 보내고 삼분을 지나 보냈다. 시간이 갈수록 점점 기분이 나빠졌다. 평소 잘 지낼 때는 형처럼 오빠처럼 하다가도 무슨 일만 있으면 소외를 시키네. 아, 이거 더러워서 해 먹겠나. 형진도 보란 듯이 방문을 꽝 닫고 들어갔지만 그 소리를 들어줄 사람은 아무도 없었다. 저들이 일어날 때 나도 발딱 일어났어야 했어. 나는 왜 거기 그대로 앉아 있었던 걸까. 왜 남겨지는 기분을 고스란히 느끼고 있었던 것일까. 자기 편이 없다는 것이 얼마나 서러운 것인지, 분리되지 않은 단둘의 세계에서 오랜 세월을 살아온 중늙은 청년으로서는 울 수도 말 수도 없는 노릇임을 깨달았다.

그래서 결심했다. 영원한 내 편을 만들고야 말리라.

정작 집안 분위기를 다운시킨 장본인인 정우는 밤늦게 들어와서는 식구들을 다 불러놓고, 너희들은 몰랐겠지만 본인은 티비 오디션 대회에 출전했으며, 예상치도 않았는데 일차 오디션에서 합격했다며 당분간 합숙훈련 들어간다고 엄숙하게 통보했다. 정우는 축하 파티를 하자는 식구들에게 내일 아침 일찍 가야해서 파티는 할 수 없고 아마 인사도 못하고 갈 것이라 미리 말씀드리는 것이라고 정중하게 양해를 구하고 일어났다.

잠자다 깨서 불려 나온 식구들은 입이 댓발이 나와서 에이, 그럴 거면 조용히 갈 것이지, 불러낼 건 또 뭐야, 그러게 주인형에게만 얘기하고 가면 되지, 라며 투덜거렸다. 그중에 호준도 있었다. 누군가 그걸 알아챘다.

"그런데 왜 형님은 출근 안 하셨어요?"

"아, 그러고 보니 제가 말씀 안 드렸군요. 저 이제 낮에 근무합니다. 밤 근무 당번 새로 들어왔어요."

"와! 그거 축하합시다."

"와! 축하해요!"

"제가 나가서 맥주 사 올게요. 돈 걷읍시다."

"안주는 치킨 시킬까요?"

"주인 형님이 골뱅이무침 해주시면 안돼요? 그거 너무 맛있던데."

"뭬, 뭬야? 이 밤중에 나더러 요리를 하라고?"

"에헤, 형님. 요리는요. 복잡하게 하지 마시고 간단하게 양념장에 골뱅이랑 사리 비벼주세요."

이럴 때는 자리를 박차고 일어나야 맞는 거지? 자기들이 필요할 때만 주인 형님 찾는 이 천하에 배은망덕한 놈들아. 형진이 벌떡 일어났다.

"와, 맛있는 골뱅이무침 먹겠다."

"바람같이 달려가서 맥주 사 올게요."

인간이란 얼마나 사소한 일에 목숨을 거는가. 그러면서도 사소한 사람으로 보이지 않으려고 얼마나 무게를 잡는가. 찌질한 인간이 되지 않기 위해, 아니 찌질한 인간처럼 보이지 않기 위해 짧은 순간에 면밀한 계산을 해내야 하다니 이 얼마나 비루한가. 여자만 없었다면 뿌리치고 가버렸을 텐데. 수진과 혜진이 눈망울을 초롱초롱 빛내며 접시를 꺼내고 맥주 잔을 씻는 데야, 기대를 저버릴 수 없었다.

그래서 오늘도 형진은 자정을 넘겨 국수를 삶아야 했다. 다행한 것 하나는 가르쳐준다는 핑계로 수진에게 파를 가늘게 채치는 방법을 가르쳐준 것이다. 그렇게라도 시켜 먹지 않으면 자존심이 회복될 거 같지 않았다.

호준은 아닌 밤중에 벌어진 축하파티를 마음껏 즐겼다. 내일 아침 첫 출근은, 아마도 깨끗하게 잊었지 싶었다. '그들'은 주인 형님의 참기름은 다 똑같은 오뚜기 참기름인데 어째 시골에서 직접 짠 참기름처럼 고소한지 모르겠다며 소면을 두 번이나 삶게 만들었다. 왠지 고단위 수법에 말려들어간 기분이었지만, 형진은 내가 관대한 인간이라 당해준다는 마음으로 자신 역시 오랜만의 야참을 실컷 즐겼다.

야간 생활자의 주간 활동으로의 전환을 매우 축하해주자, 라며 맥주잔을 부딪치다 보니 어느덧 민규는 편의점을 세 번 오가야 했으며 수진을 과음하게 만들었고 자연스럽게 민규가 부축하고 화장실을 다녀오게 되었으며 혜진은 취한 눈으로 야, 야, 니네 어디 가, 라고 부르짖다가 그만 잠에 곯아떨어지게 만들었다. 다음 날에 기억들이나 하게 될까, 어쩌다가 골뱅이무침을 세 접시나 먹고도 비빔국수를 또 비벼 먹게 되었는지.

형진은 아침의 대장운동을 시작했다. 전날 밤의 과음은 아침의 대장에 매우 해롭다는 것을 새삼 깨우치고 배를 살살 문지르며 변기에 앉기 전에 습관처럼 창문 밖에 시선을 던졌다. 대문 밑으로 웬 검은 그림자가 보이더니 점점 커져 검은 뭉치가 되어가는 것이었다. 잠이 덜 깨고 대장도 덜 깨서 그것이 무엇인지 보면서도 아무 생각이 없었다.

검은 뭉치는 대문 밑으로 들어오더니 뽕 하고 커져서 고양이의 모양새가 되었다. 고양이 모양새가 된 검은 뭉치는 도둑처럼 두리번거리더니 현관으로 가서 오뚝 올라앉았다.

저것은, 저것은, 아! 딩거구나. 형진은 얼른 바지를 올리고 쿨

하우스를 뛰어나갔다. 형진의 대장은 쿨하려다 말아서 화가 날 지경이었으나 지금 그런 걸 따질 때가 아니었다.

형진은 딩거야, 라고 소리치며 달려들었다. 딩거가 놀랐는지 끼야옹하며 형진을 할퀴었다. 형진은 순간적으로 딩거를 냅다 내던지려고 했으나 가까스로 냉정한 이성이 정신을 차렸다. 딩거의 가슴을 두 손으로 꽉 움켜쥐고 소리쳤다.

"수진씨, 딩거 왔어요!"

내가 집 나갔다가 들어와도 이렇게 반가워해줄까. 맨발로 달려 나온 식구들은 딩거를 번갈아가며 안아들고 뽀뽀를 하랴, 쓰다듬어주랴, 호들갑들을 떠느라 고양이를 찾은 형진은 안중에도 없었다. 고양이만도 못한 대접을 받으며 이 인간들을 사랑해줘야 하는 걸까.

"어머! 딩거가 다쳤나 봐요."

역시 섬세한 수진이 딩거의 귀가 찢어져 있는 것을 발견했다. 콧잔등도 딱지가 앉아 있었다. 혜진이 호준에게 딩거 다쳤다고 일러바치고 호준은 영역싸움에서 텃세를 겪었나 보다고 설명하는데 슈레가 빨리 딩거를 만나게 해달라고 호준의 다리를 빙빙 감아돌며 길게 울어댔다. 망가는 어느새 소파 팔걸이에 오똑 올라앉아 목을 길게 빼고 쳐다보고 있었다. 친숙한 냄새와 낯선 냄새가 뒤섞여 있는지 망가의 코가 쉬지 않고 씰룩거렸다.

딩거는 슈레와 망가를 만나 콧수염을 부벼대기 전에 캐리어에 넣어졌다. 가방 안에서 어찌나 서럽게 울어대는지 누가 들으면 고양이 잡는 줄 알겠다. 병원 가서 소독하고 전염병 안 걸렸는지 검사해보려는 것이다. 그 뒤에나 슈레와 망가를 만날 수 있을 것이다.

호준이 고양이를 데리고 출근하고 수진은 정우에게 전화를 걸었다. 한참이나 전화를 걸어도 정우가 안 받는 모양이었다. 수진은 어두운 얼굴로 핸드폰을 뚫어지게 내려다보며 자기 방으로 들어갔고 민규와 혜진은 모르는 척하며 출근했다.

수진이 점심때쯤 형진을 찾았다. 정우의 전화기가 아예 꺼져 있다는 것이다. 합숙 들어간다고 했으니 아마 개인용품을 사용하지 못할 거라며 문자를 남겨 놓으라고, 언제든 정우가 볼 수 있을 때 보면 되지 않겠냐고 했으나 수진은 마음을 놓지 않았다.

"딩거가 돌아온 것을 되도록 빨리 알려주고 싶어서요. 딩거 걱정하느라 합숙훈련 잘 못하면 어떡해요."

괜한 걱정을 사서 하네, 싶었지만 그것이 또 수진의 마음인 걸 어쩌랴. 결국 정우와 전화연결이 되지 않고 이틀이 넘어가자 수진은 마지못해 문자를 남겼다. 직접 통화하면서 정우의 기분을 살피려던 수진의 노력은 수포로 돌아갔다.

정우는 최종회에서 탈락하고 집으로 돌아왔다. 딩거는 정우를 만나자마자 마치 6.25 때 헤어졌다가 만난 형제처럼 애절하게 울며 온몸을 비벼댔다. 마치 자기가 집을 나간 게 아니라 내쫓겼다가 재회한 것처럼 말이지. 정우는 말없이 딩거를 안고 자기 방으로 올라갔다. 둘이서만 재회의 기쁨을 누리려는가 보다. 참으로 매정하기도 하고 참으로 지극하기도 한 녀석이다.

녀석은 누구도 섣불리 가까이 오지 못하게 하면서도 지속적으로 관심을 기울이게 만든다. 얄미우면서도 애틋하고 정을 쏟다가도 움찔, 놀라 멈추게 한다. 친동생 같기도 하고 전혀 모르는 낯선 종족 같기도 하다. 형진은 알다가도 모를 정우를 생각하며 어나더 하우스의 그녀를 위한 요리를 생각했다.

6

침입자 VS 틈입자

정우는 집에 돌아온 뒤로 자기 방에서 나오지 않았다. 작업실에 간 것도 아니고 알바를 뛰러 간 것도 아닌데 식사 시간에 내려오지를 않는 거다. 도대체 끼니를 어떻게 해결하는 건지 의심스러웠다. 가끔 늦은 밤 추리닝 바지 주머니에 손을 찔러 넣고 머리는 떡이 진 채로 집을 나갔다 들어오곤 하는데 편의점에 가서 라면이나 도시락 따위로 때우는지 알 수가 없었다.

형진이 현관문을 열고 들어오는 정우를 불러 세웠다.

"이리 와봐. 무슨 일 있는 거야? 왜 그렇게 축 처져 있어."

정우가 주머니에서 손을 빼지 않은 채 마지못한 듯 느릿느릿 식탁으로 왔다.

"거기 앉아. 이 친구야. 밥 안 먹고 떼 쓰듯하면 무슨 일이 해결이 되나?"

"그런 게 아니라요. 입맛이 없어서요."

"뱃가죽이 등허리에 붙어가지고는 무슨 곡이 나오겠어? 밥을 안 넣어주는데도 뇌가 신이 나서 팍팍 돌아가냐?"

"밥을 먹으면 뭐 해요. 대회에서 떨어지고. 되는 일도 없는데."

"허허, 이 친구 보게나. 밥을 안 먹으면 안 되던 일이 막 되나?"

"밥 먹을 가치도 없는 놈이에요, 저는."

"대회 한번 떨어졌다고 되게 유세하네."

"아니, 제가 무슨 유세를 했다고 그래요."

"그게 유세지, 너 엄청나게 잘 난 줄 알았냐? 한 번에 턱 붙게?"

"기분 나쁘단 말예요. 내 곡을 팔라고 하잖아요."

"어? 당신 곡을 팔라고 했다고? 우와, 근데 왜 안 팔아?"

"그 노래는 우리가 불러야 한다고요. 아무도 그 느낌 못 내요."

"아이고, 아이고, 잘 나셨어."

"어, 그러지 마세요. 저는 정말 절망적이란 말예요."

"곡은 인정받는데 노래는 인정받지 못했다는 게 그렇게도 절망적이라고?"

"다른 곡도 더 있냐고 물어보더라고요. 있다고 했죠. 보내달라는데 그렇게 함부로 보내주고 그러는 거 아니거든요. 바로 카피해서 자기네가 띄우고 입 씻어버릴 거예요."

"그래, 그건 잘했는데, 대회에 출품했던 곡은 왜 안 팔아. 이 사람아. 어서 팔아. 값나갈 때. 그리고 새 곡 가지고 연습하면 되지."

"아, 그렇게 간단한 게 아니예요. 모르면서 아는 척 좀 하지 마세요."

"뭐야? 몰라? 아니, 이렇게 간단한 이치를 몰라? 그래! 잘났다. 잘 알아서 해보셔. 뭐 얼마나 대단한 아티스튼지 모르지만, 그 곡은 분명히 그냥 묻힌다, 안 그러면 내가 손에 장을 지진다, 지져!"

형진은 밥 차려주려고 했다가 화가 나서 방으로 들어와 문을 쾅 닫아버렸다. 아, 뭐 저렇게 데데한 녀석이 다 있지. 내가 왜 저런 녀석에게 마음을 썼지. 너한테 밥해주는 내 손은 뭐 싸구련 줄 아냐? 고약한 놈 같으니라구. 다시는 밥 먹여주나 봐라. 어디 실컷 배를 곯아봐라. 누가 너를 위해 밥 한 끼, 곡 하나 그냥 사줄 줄 아냐.

시끈벌떡 화가 나서 잠이 안 왔다. 쪼만한 녀석에게 상처 입은 마음을 진정시키기 위해 잠을 청했지만 얼마나 화가 났는지 잠은 꼬랑지도 잡히지 않았다. 냉장고에서 찬물을 꺼내 벌컥벌컥 마시고는 다시 잠을 청했다. 강아지를 한 마리 안고 다독거리며 눈을 감기는 상상을 했다. 강아지는 형진의 품에서 쌔근쌔근 잠이 들었다. 잠이 몰려오다가도 정우의 건방진 태도가 되살아나면서 눈꺼풀이 벌떡 뜨여지곤 했다. 이번에는 양을 품에 안고 복슬복슬한 털을 다독이며 눈을 감겼다. 한 서른 번쯤 다독이니 양도 잠이 들었다.

그러나 형진은 잠이 들지 않았다. 또 무슨 소리가 들려오는 것이었다. 달그락, 달그락. 이것은 낯익은 소리였다. 주방에서 식기를 꺼내거나 어딘가에 내려놓을 때 나는 소리였다. 흥, 정우 녀석, 결국 밥을 차려먹나 보구나. 자존심이고 뭐고 배고프면 먹게 되어 있다니까. 배가 불러야 자존심도 지키는 거지. 그런데 괜히 심통이 났다. 나를 그렇게 몰아붙이고 이제 와서 내 밥을 먹겠다고? 그것도 싱싱한 갈치조림을, 한 마리에 만 팔천 원이나 하는걸, 먹겠다고? 어떤 얼굴로 내 밥을 먹는지 한번 낯짝이라도 봐줘야 하는 거 아냐? 치사하지만 나를 모욕한 만큼 너 역시 모욕을 당해도 싼 거야. 그건 알겠지.

형진은 몰래 방문을 열고 주방으로 갔다. 가스 불이 파랗게 올라와 있었고, 당연하게도 냄비가 얹혀 있었다. 그런데 뒷모습이, 낯설다. 정우는 삐쩍 말랐지만 키가 크다. 민규도 아니다. 민규는 딱 보기 좋은 적당한 몸인데 이 녀석은 형진만큼 덩치가 크다. 넌 누구냐고, 대체? 이 집에 나도 모르는 존재가 또 서식하고 있단 말인가?

"누구, 십니까?"

낯선 서식자가 화들짝 놀라 뒤를 돌아봤다. 모르는 얼굴이다. 모르는 얼굴이란, 무슨 뜻인 거지?

"아, 안녕하십니까."

낯선 자는 라면을 끓이느라 들고 있던 젓가락을 든 채 두 손 모아 꾸벅 인사를 하였다.

"누구신데 여기서 뭐 하는 겁니까?"

그는 젓가락 든 손으로 머리를 긁적였다. 아, 더러워.

"저… 민규 친구인데요."

"민규 친구요?"

형진은 고개를 빼서 이층에 대고 소리쳤다. 민규씨!

문이 벌컥 열리고 민규가 우당탕 튀어 내려왔다. 시차를 두고 다른 방문이 열리며 한밤중에 왜 이렇게 시끄러워요, 잠 좀 잡시다, 하는 소리가 들렸다. 아침에 출근해야 하는 호준이었다. 호준까지 데데하게 구네. 이제 명실상부한 정규직 수의사라 이거지.

민규가 친구와 형진 사이에 끼어들었다. 아무리 제 몸을 부풀린다 한들 그 큰 덩치가 가려질까 보냐.

"형님, 형님, 진작 말씀드렸어야 하는데, 정말 죄송해요."

"이번에는 또 무슨 일이야. 왜 저 사람이 여기서 라면을 끓여 먹는 건데."

"아, 이 친구가요, 갈 데가 없어서요."

"여긴 다른 사람 데려오면 안 되는 거 몰라? 갈 데 없다고 우리 집에 데려와?"

"아, 정말 죄송해요… 이 친구가 사정이 딱하게 돼서."

"허 참. 민규씨 개인적인 사정 다 봐줄 수 없는 거 알잖아?"

"네, 알아요, 알지요. 며칠만 참아주시면 그동안 갈 곳을 찾도록 하겠습니다."

친구라는 덩치도 굽신거렸다.

"며칠을 참아주다니. 바로 내일 해결하도록 해줘요. 규칙을 어기기 시작하면 한도 끝도 없어. 그렇잖아도 고양이 땜에 내가 얼마나…"

아, 그 얘기는 더하지 말자. 역시 고양이를 봐준 게 큰 실책이었어. 사람이 한발 물러서면 열 발짝을 물러나게 될 수도 있는 거야. 그는 단호함이란 이런 때 필요한 자세라는 걸 알고 있었다. 단호하게 돌아섰고 문을 소리 나게 닫았다.

아차. 저 자가 라면을 끓이고 있었지. 라면은 진작 끓었을 테고 그걸 먹고 방으로 가겠지? 그러니까 라면 정도는 봐줘도 되겠지? 그것도 못 먹게 하는 건 사람이 할 짓이 아니겠지? 저 녀석은 또 얼마나 사정이 안 좋기에 여기 빌붙었냐 그래. 에이, 젊은 놈들이 정말 한심하네.

부모님의 울타리라는 것은 이렇게 최후의 안전판이 되어주기도 하고, 세상물정 모르는 놈으로 키우기도 하는 뜨거운 감자구나. 형진은 새삼, 정우와 자신을 비교해보고 저 낯모르는 덩치와 자신을 비교해보기도 하면서 비로소 안락하게 잠이 들었다. 내 출생의 비밀이 무엇이든, 나를 위협하지는 못할 거야, 나는 최소한의 안전판이 있으니까.

형진은 다음 날 아침 민규가 온몸으로 죄송해죽겠다는 듯 밥도 안 먹고 출근한 뒤에 몰래 민규의 이층으로 올라갔다. 차마 문을 벌컥 열 수는 없어서 귀를 대고 안에서 들리는 소리를 염탐했다. 방문에 귀를 철썩 가져다 댈 필요도 없었다. 코 고는 소리가 우렁차게 들렸으니까. 얇은 방문이 착실하게 드르렁 드르렁, 그의 코 고는 소리를 전해주었으니까.

천하태평이군. 저 덩치를 억지로 끌어낼 수는 없을 것이고, 어떻게 저 녀석을 제 발로 나가게 하지? 무전취식은 범법행위라면 범법행위인데 이렇게 봐준다면 앞으로 더한 일도 생길지 모르잖은가. 민규에게 친구를 끌어내지 않으려면 너도 나가라, 라고 최후통첩 같은 걸 해야 하나. 그래도 주인형이라고 제일 잘 챙기고 대접하는 게 민규인데, 그 녀석한테 내가 잔인하게 할 수 있을까. 형진은 스스로도 못할 짓이라고 생각했다. 그러나 그냥 말 수는 없어서 민규에게 문자 메시지를 넣었다.

"친구에게 못할 짓인지는 모르겠지만, 수진의 엄마도 하룻밤도 안 머물고 떠났는데 하물며 친구를 묵게 할 수는 없지 않겠니, 찜질방에라도 가라고 해라."

민규는 곧장 답장을 보내왔다.

"친구에게 그렇게 얘기하겠습다, 그러니 조금만 기다려주십시오, 주인 형님, 죄송합다."

퇴근하자마자 민규는 허겁지겁 달려왔다. 이층을 흘깃흘깃 훔쳐보며 형진을 끌고 쿨하우스로 갔다. 형진은 무슨 일인데, 하면서 주춤주춤 끌려들어 갔다. 민규는 불도 켜지 못하고 창으로 새어들어오는 빛에 의지해 형진의 팔을 부여잡았다.

"형님, 저도 곤란해죽겠어요. 어쩌면 좋죠."

"왜, 무슨 일인데 그래."

"사실은요, 저 친구가요, 사고를 쳤대요."

"사고를 쳐?"

"저 녀석이 친구 결혼식에서 술을 먹고 신혼여행 가는 차를 운전했대요. 근데 사고를 낸 거예요. 차선을 넘어가서 앞차 운전석을 들이받았나 봐요. 그 차 운전자 다리가 부러진 것 같대요. 음주운전했지, 차 사고 냈지, 다치게 했지, 남의 차를 운전했는데 보험은 안 들어있지, 덜컥 겁이 나니까 사고 내자마자 차를 버리고 도망을 쳤대요. 신혼여행 가던 친구를 버리고 말이죠. 그 친구들은 그날 출국도 못 했을 거라고 하더라구요. 그리고는 냅다 저한테 온 거예요. 혼자 자취하고 있는데 자기 집으로는 못 들어가고요. 나는 그 친구들과는 모르는 사이거든요. 사실 저는 저 녀석과 그렇게 친한 사이는 아니예요."

"아이고, 그런 녀석을 왜 받아줬어."

"다짜고짜 살려달라고 저를 붙잡고 늘어지는 걸 어떡해요. 제가 삼일 전에 늦게 들어온 날 있잖아요. 저 녀석한테 붙잡혀서 빼도 박도 못하고 술 마시다가 하는 수 없이 함께 들어온 거예요. 저한테 온 것도 다른 친구들이 저를 모르니까 숨어있기 좋을 거 같아서 그런 거 같아요."

"경찰이 수배 내린 건가?"

"수배 중이래요. 아우, 무서워죽겠어요."

"친구들한테 완전히 찍혔겠는데."

"그렇게 됐겠죠. 어쩌려고 저러는지 모르겠어요."

"친구 사이에서 죽일 놈 되는 것보다 경찰한테 가는 게 나을 텐데."

"제 말이요. 제발 저 녀석 좀 쫓아내주세요. 저도 저런 놈인지 몰랐어요. 저도 무서워죽겠어요."

엷은 빛 때문에 민규의 얼굴이 마치 마피아한테 무릎꿇고 목숨을 애원하는 사람 같았다.

"햐, 친구를 배신하고, 배신한 그놈을 또 배신하고. 막장드라마 같은데, 저놈 쫓아내고 너 무사할 거 같냐? 난 자신 없는데."

"그럼 어떡해요? 나도 자신 없어요. 차라리 제가 나가 있을까요?"

"여자애들도 있는 집인데, 혜진씨, 수진씨에게 해코지하면 어떡해. 어떤 수를 써서라도 내보내야지, 어쩌면 좋지. 누구 이런 일 잘 아는 사람 없을까."

"조폭 형님들 알면 이럴 때 도움 좀 받을 수 있을까요?

"이제 와서 조폭을 사귈 수도 없고. 우리 집 남자들이 다 몰려가서 얘기하면 기가 죽지 않을까?"

"아니에요, 형님. 우리가 작당해서 쫓아낸다는 걸 눈치채면 안 좋을 거 같아요. 저한테 보복하면 어떡해요. 이 집은 자취방도 아니고 하숙집인데, 하숙집에는 원칙적으로 친구를 데려올 수 없다. 사정이 어려운 것 같지만, 그렇다 해도 원칙을 지킬 수밖에 없다고 얘기하는 게 가장 좋을 거 같아요."

"내 말이 먹히겠느냐는 거지. 어젯밤에 이미 내 권위는 무너진 거 같은데."

"형님, 부모님 진짜 아무도 안 계세요? 어른이 나서면 될 거 같은데. 나이 지긋한 분이 말하면 아무리 배짱이 좋아도 말을 듣게 되어 있으니까요."

"나, 고아야. 아무도 없어."

고아, 라고 말하고 보니 문득 목이 메었다. 나는 서른두 살에 고아가 된 것일까, 아니 그 이전에, 아주 어린 나이에 이미 고아였던 것은 아닐까. 집에 사람들을 들이기로 했던 것은 어쩌면 혼자 살아가는 것에 자신이 없어서, 그래서 차라리 다른 사람들로 인한 짐을 지는 편을 택했는지도 모른다.

"친척도 없어요? 친척 어른은 있을 거 아니에요."

민규의 재촉 아닌 재촉을 듣자 친척이 없는 것도 아닌데 장씨 아저씨를 떠올릴 수밖에 없었다. 장씨 아저씨는 좀 마르긴 했어도 나이가 지긋하고 말수도 적은 편이어서 어딘가 모르게 묵직한 데가 있어 부모님이 의지했던 게 사실이니 말이다. 그렇다고 아직까지는 큰 문제가 있는 것도 아니라서 선뜻 장씨 아저씨의 힘을 빌릴 생각은 없었다. 기껏 하숙집을 운영할 뿐인데 예상치 못한 난관이 이다지도 많을 줄이야. 타인을 상대로 사업을 한다는 건 보통 배짱이 아니고선 어려운 것이로구나.

새삼 강지우, 그녀가 대단하게 생각되었다. 그 험한 건축업계에서 온갖 노무자들을 여자 혼자 힘으로 부리다니, 얼마나 힘든 일이 많았을까. 그녀가 말했지, 맨 처음 현장에 가기 전에 내가 뭘 한지 아세요? 머리를 아주 짧게 잘랐어요. 그리고 진한 검정으로 염색했죠. 야상을 입고, 검정 스키니 진을 입었어요. 그리고 마지막으로 귀에 커다란 링을 달았어요. 여전사 이미지로 만들었던 거예요. 내 짐작대로 아무도 건드리지 못하더라구요. 그 말을 들으며 형진은 영화 〈매드 맥스〉의 퓨리오사를 떠올렸다. 아름답지만 결코 아무나 함부로 말을 붙일 수 없는 여자가 분명하지. 아, 그때 만났더라면 나는 그녀를 결코 내 밥상에 앉히지 않았을 거야. 심장 떨려서 원.

형진은 민규에게 정 안 되면 친척을 찾아 도움을 받겠다고 했다. 그러니 일단 우리 힘으로 그 친구를 내보내도록 해보자고 했다. 거기까지 얘기한 뒤에 저녁을 먹으러 주방으로 갔다. 싱싱한 병어찜과 달래 우렁 된장국이 오늘의 메뉴였다. 병어찜을 한 입씩 먹어본 녀석들이 입을 모아 물었다. 이건 어떻게 한 거예요? 너무 맛있어요. 맛있는 요리를 맛보면 꼭 어떻게 하는 거냐고 묻는 건 뭐 때문이냐고. 직접 조리할 것도 아니면서.

"혜진씨, 가르쳐 주면 한번 해볼 거야?"

"아이 참, 농담도."

"결혼하려면 반찬 몇 가지는 해봐야잖아."

"왜 제가 해요. 남자보고 배우라 하면 되죠."

민규가 맞장구쳤다.

"혜진 누님 데려가려면 밥 정도는 남자가 해야죠."

녀석, 비위 하나는 참 잘 맞춘단 말이야.

"맛있는 생선조림의 뽀인트는 물이 빠지지 않은 싱싱한 생선이 첫째 조건이고, 무를 넣을 생선과 감자를 넣을 생선을 구분할 줄 알아야 하고, 양념을 듬뿍 올리되 생선살이 완전히 익은, 그러나 생선에서 물이 빠지지 않을 딱 좋은 시점에 불을 꺼야 한다는 것이지."

혜진이 대답했다.

"듣기엔 별로 어렵지 않을 거 같아요."

"원래 요리법은 들을 때 어렵게 들리는 게 있고, 쉽게 들리는 게 있어. 포인트를 잘 짚어주더라도 듣는 사람이 요리를 한 번이라도 해본 사람이냐, 아니냐에 달려있지."

민규가 냄비에서 병어를 새로 떠오면서 말했다.

"아, 그렇구나. 형님은 우리 엄마보다 요리 솜씨가 좋은 거 같아요. 우리 엄마는 밥도 잘 안 해주고 맨날 나가서 친구들과 놀았거든요. 술을 마시고 들어오는 날이 많아서 아버지랑 자주 싸웠어요."

민규의 가정사를 듣는 건 처음이었다. 잠시 분위기가 숙지근해졌다. 호준은 말없이 밥을 먹고 혜진이 웬일로 분위기를 돋우었다.

"원래 엄마가 살림을 잘 하지 않은 집의 아들은 살림을 잘 하는 게 뭔지 몰라서 아내에게 너그럽다고 하던데요. 민규 씨도 여자에게 까다롭게 굴지 않을지도 몰라요."

아니, 이게 웬 변화지? 혜진이 민규에 대해서 긍정적인 평가를 내리다니? 혜진은 쿠바에 다녀온 뒤로 약간의 변화가 생겼다. 쿠바의 가난한 삶 속의 느슨함, 태평함, 그런 가운데 아직도 마을 공동체가 살아있는 것을 보더니 신세계를 만났다는 듯, 그래서 이 복음을 전하지 않을 수 없다는 듯 이야기를 멈추지 않았었다.

가난한 가운데의 느슨함과 태평함은 특별해 보이기까지 했는데 그건 쿠바 국민들이 자신들에 대한 뿌리 깊은 자부심이 있어서 왠지 저열하지 않았기 때문이더라는 것이다. 그러니까 관광객이 돈을 뿌리고 다닐 수도 없거니와 관광객에 대한 태도 자체가 달랐으며 관광객 역시 현지인들에게 매우 조심스러웠다는 게 요점이었다. 그게 무언지는 모르지만, 크게 깨닫는 바가 있었다나 어쨌다나. 아무튼 혜진이 민규에 대해 어딘가 달라진 것은 분명했다.

"아, 저 까다로운 놈 아닙니다. 헤헤."

민규는 이층으로 올라가고 싶지 않은 눈치였다. 저녁을 먹고 설거지도 자진해서 했으며 커피까지 내리며 식구들을 붙잡아두려고 했다. 마침내 각자 방으로 흩어지자 민규가 울상을 지었다.

"저 어떻게 해요. 올라가면 그놈이 저보고 먹을 걸 좀 가져다 달라고 할 거예요."

"일단 오늘은 어떻게 좀 참아봐. 아무렇지도 않은 척 잘해야 해. 먹을 거 가져다 달라고 하면 몰래 가져다주는 척해."

"저놈이랑 같이 자기 싫어요. 어제도 거의 뜬 눈으로 샜단 말예요. 저 잠자려고 해보다가 도저히 안 되면 형 방에서 잘게요."

"저 녀석이 눈치채면 어떡하려고."

"아우. 그렇잖아도 코를 어찌나 고는지 잘 수도 없어요. 코 골아서 그랬다고 핑계 댈 거예요."

"그래, 그럼. 어서 올라가 봐."

민규가 하도 겁을 내서 어떤 수를 쓰더라도 써야 할 것 같았다. 민규 등을 떠밀며 덧붙였다.

"내가 그 친구 나가게 하라고 민규씨를 혼냈다고 해. 민규씨가 압박 받는다고 생각하도록 말야."

형진은 민규를 올려보내고 방문을 살짝 열어놓았다. 신경을 온통 거실과 주방으로 집중하고 있는데 아니나 다를까, 최소 두 놈 이상이 계단을 내려오는 소리가 들렸다. 앞선 걸음은 조심스러웠지만 뒤이은 발소리는 상당한 무게를 싣고도 조심성이 없었다.

아, 저 도둑놈이 이제 제멋대로 주방에 들어가는구나. 한껏 소리를 죽인 민규가 뭐라 뭐라 하는 소리가 들렸다. 하지만 도둑놈이 하는 소리는 다 알아들을 수 있을 만큼 컸다.

"있는 것 다 꺼내. 배고파 죽겠단 말야."

지금 나가야 할까, 조금 있다 나가야 할까. 밥은 먹을 시간을 주어야겠지. 성질 급한 놈들은 배가 고프면 화를 참지 못할 우려가 있다. 저런 놈들은 배를 좀 채워놔야 성을 덜 낼 테니 조금만 더 기다렸다 나가자. 드디어 고픈 배는 채웠는지 두런두런 이야기가 오가는 소리가 들렸다. 형진은 문을 열고 성큼성큼 주방으로 갔다. 기선을 제압해야 하는데, 하는 조바심을 감추려 애를 쓰면서.

형진을 보자 덩치가 숟가락을 내려놓으며 일어났다. 꾸벅, 인사랍시고 하려는 거 같은데 그게 어찌나 형식적인지 녀석이 형진을 어떻게 여기는지 알 만 했다. 그 모습을 보자 형진도 욱, 하고 성질이 치밀어 올랐다. 이 녀석이! 한번 해보자는 거야? 형진은 두 다리에 힘을 짱짱하게 주고 딱 버티고 서서 묵직한 톤으로 말했다. 스스로 생각하기에 이쯤이면 상대방이 오금이 저리겠지, 였을 만큼.

"아직 안 떠나셨습니까? 어제 정확히 말씀드린 것 같은데."

그런데 이게 웬일이냐.

"아, 예. 제가 당장 갈 데가 없어서요. 며칠만 더 신세를 져야겠습니다."

어라? 이 녀석 말투 보게나? 신세를 져야겠다고? 아주 선전포고를 하는구만.

"며칠이라니요. 여기 규칙상 계약자 본인 외에는 아무도 더부살이를 할 수 없습니다."

"죄송합다."

덩치가 단호하게 대답했다. 아, 이거 안 먹히는데. 큰일 났네.

"음식 남은 것만 좀 먹겠슴다. 이해해주십쇼."

덩치가 도로 주저앉으며 수저를 들었다. 덩치의 배짱을 보니 되려 형진이 남몰래 오금이 저려왔다. 막장까지 온 놈이구나. 될 대로 되라, 라는 놈보다 무서운 놈은 없다. 그렇다고 여기서 기가 꺾이면 누가 이 집을 지킬 것인가. 형진은 다시 한 번 뱃속 깊은 데서 숨을 끌어올렸다. 그리고 숨을 길게 내보내며 목소리를 더욱 낮게 깔았다.

"이러시면 곤란합니다. 여기는 다른 사람들도 함께 사는 곳이고, 누구인지도 모르는 사람을 들일 만한 곳이 아닙니다."

우렁우렁한 남자들 목소리가 늦은 저녁 집안을 울리니 호준이 무슨 일인가 하고 내려왔고 정우도 내려왔다. 무슨 일이예요? 하면서 하나둘 모여든 남자들에 포위 당한 덩치가 조금은 당황한 듯 눈동자가 불안하게 떨렸다.

　형진은 잘 됐다, 싶으면서도 혜진이나 수진도 나올까 봐 조마조마한 마음이었는데 아니나 다를까 혜진의 방문이 살며시 열렸다. 혜진이 얼굴을 빠꼼히 내밀길래 형진은 다급한 마음에 고개를 가로저어 얼른 들어가라고 신호를 보냈다. 녀석이 보지 않도록 몸으로 가린다고 가렸는데 봤는지 어쩐지 잘 모르겠다.

　형진은 정우에게 눈짓을 해서 혜진의 방으로 가보라고 했다. 눈치가 있는 놈이라면 방으로 들어가서 두 자매를 안심시켜 놓겠지. 정우가 뭔가 알아들은 듯 혜진의 방으로 가서 문을 두드리더니 혜진이 좁장하게 열어주는 문으로 쏙 들어갔다. 정우는 눈치 빠르게 자매를 다독여놓고 금방 방을 나와서 합세했다.

　호준이 덩치에게 물었다.

　"누구신데 이 밤중에 여기서 목소리 높이시는 겁니까?"

　정우도 한마디 보탰다.

　"누구시랍니까?"

　덩치는 자리에 앉은 채 숟가락을 놓기는 했지만 일어서지는 않았다. 민규는 덩치 편에 서기는 싫지만 형진의 편에 섰다가는 나중에 해코지 당할지도 몰라 애매한 위치에 서서 안절부절못했다. 호준은 인상을 잔뜩 쓰고 짝다리를 한 채 삐딱하게 서서는 가끔씩 덩치 쪽으로 못 마땅하다는 듯 눈을 치떴다. 삐쩍 마른 정우도 제법 성깔 있는 얼굴이어서 성큼성큼 다가오니 기세가 한결 강해지는 기분이었다. 민규가 얼른 나섰다.

　"예, 예, 형님, 제가 해결하겠습니다. 다들 어서 들어가세요. 어서들 주무세요."

　이쯤해서 접어줘야지 서로 다치지 않겠다, 싶어 형진은 호준과 정우의 등에 양손을 얹어 어깨동무를 했다. 다독이듯 두어 번 툭툭 치며 신호를 보냈다.

"그럽시다. 민규씨가 해결하게 두고, 우린 그만 들어갑시다."

호준과 정우는 아직 들어가고 싶지 않은데 마지못해 들어간다는 듯이 느릿느릿 몸을 돌렸다. 게다가 몇 발짝 걷다가 다시 한번 뒤돌아봐주는 감각이라니. 좋게 말할 때 말 들으셔, 우리도 성질 좀 있으니까. 뭐 이런 바디랭귀지 아니겠는가.

민규는 덩치가 남은 밥을 다 먹을 때까지 기다렸다가 함께 올라가는 것 같았다. 순한 사람 같으면 모르는 척 눈감아줄 수도 있으련만 숫제 민규가 더 무섭다고 하니 형진도 어쩔 수가 없다. 두 녀석이 이층으로 올라간 것이 확실해지자 형진은 땅이 꺼지게 한숨을 쉬었다. 어디서 굴러먹다 온 놈이기에 친구 신혼여행차를 운전하기로 약속된 처지에 피로연에서 취하도록 술을 먹으며, 사고를 내고 신혼부부를 버려둔 채 도망을 치느냐 말이다.

게다가 남의 집에서 하는 행동거지로 보아 단정하게 살아온 놈은 아닌 게 분명하다. 단정은커녕 자칫하면 공포 분위기를 조성할 놈이다. 저 녀석이 내일도 나가지 않으면 어쩐다지. 경찰에 밀고를 하는 건, 후환을 불러올 테고, 순리대로 하자, 순리대로. 그렇다면 누구의 도움을 받아서 쫓아낸단 말인가. 결국 장씨 아저씨에게 도움을 요청해야 하는가. 셰어하우스로 변신을 했더니 이 작은 집에 매일매일 참신한 역사가 쓰여지는구나.

아침이 되자 밥 먹으러 내려온 민규가 발을 동동 구르며 오늘 퇴근하기 전까지 꼭 좀 내보내달라고 졸랐다. 친구인지 도둑놈인지 내보내고 나서 문자 좀 넣어달라는 거다. 만약 오늘도 나가

지 않는다면 자기가 나갈 마음의 준비를 해야 한다면서. 어젯밤
에 자는 척하다가 일어나서 방을 나가려고 하니 그 도둑놈이 자
다 깨서 못 가게 잡았다는 것이다. 코를 너무 골아서 잘 수가 없
다고 해도 소용없었다며 아예 자기를 인질 삼으려는가 보다고
울먹였다.

살다 살다 이런 참신한 요구를 들어주게 되리라고 어찌 알았
겠는가. 형진은 난감한 마음에 마지못해 고개를 끄덕였다. 정
우도 호준도 힘을 보태주겠다고 했으나 출근들 하고 나면 정우
와 형진만 남는데 삐쩍 마른 정우는 큰 힘이 되어줄 것 같지도
않았다.

아무래도 장씨 아저씨에게 가는 수밖에 없었다. 형진은 수진
에게 자기가 집을 비우는 동안 방문 꼭 걸어 잠그고 있으라고 당
부했다. 정우가 있으니 별일은 없겠지. 무슨 일 있으면 당장 전
화를 하라고 하고 출근하는 사람들과 함께 집을 나섰다. 수진이
걱정스러운 얼굴로 정우를 바라보자 정우가 수진에게 뭐라고 속
닥거리는 것 같았다.

골목길 백여 미터를 걸으며 형진은 생각이 많았다. 결국 내
발로 찾아가게 되는구나. 언젠가, 꼭 부모님 일이 아니더라도,
무슨 일로든 찾아가야 한다는 생각은 했지만 전혀 생각지도 않
았던 일로 도움을 요청하러 가게 될 줄이야.

새로운 사람들 사이에서 벌어지는 일을 옛 친구의 도움으로
해결하는 경우가 종종 있지 않던가. 개인의 역사가 끊이지 않는
것은 알게 모르게 바로 이렇게 종적으로 자기 역사를 거슬러 가
서 과거 어느 때인가에 밧줄을 걸고 거기서부터 다시 매듭을 만

들기 때문인 것이다.

왜, 장씨 아저씨 밖에 도움을 받을 사람이 없느냐고, 누군가는 물을 수도 있겠지. 왜 너는 그다지도 거부하던 장씨에게 제 발로 가고 있느냐고. 이런 것을 마피아 오퍼와 같다고 하면 너무 심한 비유인 걸까. 어쩔 수 없이 승낙해야 하는 거래. 이런 처지에 놓이면 상대방이 제시한 방법 외에는 다른 아무것도 떠오르지 않는다. 자기의 가장 약한 부분이 걸려 있게 되면 마치 이건 운명이라도 되는 듯, 아니, 운명까지 안 가더라도 이 방법이 현재 선택할 수 있는 최선이라는 생각이 지배하게 되는 거다.

사람들은 쉽게도 말하지. 한 발짝만 떨어져서 사태를 바라보라고. 그 말을 들으면 마치 누구나 높다란 전망대에 올라 시가지를 내려다보는 것처럼 될 수 있다는 듯이.

그런데 내가 두려워하고 있는 게 정작 무엇이지? 저 철물점에서 나를 기다리고 있는 것이 진실, 용서, 화해, 이런 것들일까? 그렇다면 내가 대면하기를 거부하는 것이 진실, 용서, 화해인 것일까? 아니, 그런데 진실이란 것은 언제나 모종의 용서를 기대하는 걸까. 왜 우리들은 비밀에 관한 이야기를 들으면 무의식중에 이런 단어들을 연상하게 되는 것일까.

그가 아는 한 가지는 비밀을 가진 사람이면 누구나 인디아나 존스처럼 단박에 이집트의 피라미드로 달려가는 건 아니라는 사실이었다. 진실이 현재를 비틀 거 같다면 진실 따위 가능한 한 멀리 차버리는 게 더욱 진실에 가깝다는 것이다.

형진은 골목 끝에서 걸음을 멈췄다. 장씨 아저씨가 가게 문을 열고 있었다. 하루에 하나도 안 팔릴 것 같은 철물 몇 개를 내놓던 장씨 아저씨가 곁에 와서 선 형진을 뒤늦게 알아차렸다. 깊은 우물이 새겨져 있던 미간이 스르르 펴지면서 눈웃음이 지어졌다. 그리고 보니 장씨 아저씨는 눈웃음을 치는 사람이었다. 그걸 깨닫자 가슴이 쿵 내려앉았다.

아, 나도 눈웃음을 치잖아, 한때 훤칠하고 서글서글한 눈매 덕에 어딜 가나 탤런트냐는 소리를 들었지. 여자들이 줄을 이었었는데, 그녀들은 말하곤 했어. 눈웃음치는 걸 보니 바람 깨나 피우겠어요. 아, 그녀들은 내 눈웃음이 바람둥이의 결정적 근거인 것처럼 나를 두려워했었지. 내가 바람을 피울 거라니. 미리 겁을 집어먹고 맘을 주지 않는 여자들 때문에 정작 제대로 사귀어보지도 못했는데 말이야. 바람둥이를 두려워하지 않고 마지막 관문을 넘었던 몇 안 되는 여자들조차 기억이 가물가물해서 더 이상 회고를 할 수도 없었다. 물론 눈웃음치며 아는 체를 해오는 장씨 아저씨와 '대화'를 나눠야 해서였지만.

형진은 마주 웃어주지 않기 위해 눈을 부릅뜨다시피 눈자위에 힘을 주었다. 자기가 가진 자랑스러움 중 하나였던 눈웃음이 급작스럽게 가치를 잃었다.

"형진이 왔냐?"

"안녕히 주무셨어요?"

"뭐 그렇게 급하다고 이렇게 일찍 왔냐? 천천히 오지 않고."

마치 자기가 오라고 해서 온 것처럼 흐뭇한 표정이었다. 형진은 더 이상의 추측을 막기 위해 불량한 포즈를 취했다. 추리닝 바지에 손을 넣고 목을 움츠리며 후드득 떠는 시늉을 하고서는 부러 먼 데를 바라보며 말했다.

"별일은 아닌데요, 부탁이 좀 있어서요."

"들어가자. 날도 쌀쌀한데."

아저씨는 형진의 등을 감싸 안고 가게 안으로 들어갔다. 마지못해 걸음을 옮기면서 중얼거렸다.

"저, 간단히 말씀드려도 되는데."

"커피 한잔해야지. 아침 커피 안 먹었쟈?"

"저, 아침에 커피 안 먹는데요."

"그럼 떡이라도 한 조각 먹어봐라. 금방 쪄놓은 거다. 내가 아침으로 먹으려고."

"아침부터 웬 떡이에요."

"왜, 니 어머니도 아침에 무랑 호박 넣은 메떡 먹지 않았냐. 내가 자주 갖다 줬는데. 기억 안 나냐?"

"전 아침마다 죽을 해드려서 떡은 기억이 안 나는데요."

"그래, 니 어머니 아프기 전이라 잘 모를 수도 있다."

"저, 아저씨. 제가 온 것은 다름이 아니라요."

"그래, 떡 한 조각 먹으면서 천천히 얘기해라."

나를 오래오래 붙잡아둘 심산인가 보지.

"아저씨, 지금 우리 집에 웬 사기꾼이, 아니, 웬 도둑놈이, 아니, 정체를 알 수 없는 나쁜 놈이 들어와 죽치고 있는데요. 그 사람 좀 내보내주세요."

아저씨의 눈이 점점 커졌다.

"뭐라는 거냐? 누가 왜, 네 집에 와 있는데?"

"하, 이게 참. 제가 하숙 치잖아요. 하숙생 중의 한 사람한테 친구라는 사람이 따라와 있는데요. 이 사람이 사고를 치고 도망 와서 숨어 있는 건가 봐요. 이런 사람이 저희 집에 있으면 뭐가 좋겠어요. 하숙생들 모두 무서워하고, 더구나 여자들도

있는데, 무슨 사고가 날지 모르잖아요. 그런데 제가 나가라고
해도 끄떡을 안 해요. 아저씨가 가셔서 그놈을 좀 내쫓아주세
요."

장씨 아저씨에게 말려들지 않으려고 재빨리 저간의 사정을
늘어놓았다.

"아, 참. 그런 일이 있었구나. 그런데 내가 어떻게 그놈을 내
쫓냐?"

"그 녀석이 생긴 건 험하게 생겼어도 나이는 어리니까, 어른
이 가서 엄하게 한 마디 하면 듣지 않을까요?"

"요즘 애들이 어른 말 듣나."

아니, 조카처럼 여기던 사람이 부탁을 하면 당장 빗자루라도
들고 쫓아가서 혼내줄 생각은 안 하고, 뭐 이래 핑계가 많지. 이
런 형진의 속내가 얼굴에 그대로 쓰여 있는지 장씨 아저씨가 그
의 눈치를 보면서 떡을 삼켰다. 이어서 달착지근한 향기를 풍기
는 커피를 한 잔 길게 마시더니 마치 큰 결심했다는 듯이 주먹을
쥐어 무릎에 얹었다.

"그래 가보자. 가서 어떤 놈인지나 좀 보자."

아저씨는 보라는 듯 기운차게 앞서 나갔고 형진은 뒤를 졸래
졸래 따라갔다. 골목을 걷는 동안 한 마디도 더는 주고받지 않았
다. 아저씨가 뭔가 골똘히 생각하는 거 같아서 형진은 아무 말도
걸지 않는 편이 좋겠다고 생각했다.

아주 오랫동안 해왔던 습관 그대로 아저씨는 형진의 집으로
불쑥 들어갔고 어디에 있냐고 물었다. 형진은 이층을 가리켰고
아저씨는 성큼성큼 이층으로 올라갔다. 이층 방들 앞에서 형진
은 민규의 방을 여러 번 손가락질했다. 아저씨는 망설이지 않고

문을 벌컥 열었다. 누군가 안에서 화들짝 놀라 일어나는 소리가 들렸다.

"이보시오."

"아, 예, 예."

"여기 돈 내고 사는 사람 아니지요?"

아저씨는 적당히 예를 갖췄지만 위엄 또한 갖추고 있었다. 눈매가 크고 서글서글해서 보통 순해 보이지만 부릅뜨면 또 강해 보이는 게 큰 눈의 장점이다.

"우리 아들이 번거롭게 하는 사람 있다고 해서 내 와봤소. 어서 짐 싸들고 일어나시오."

"아, 제가 신세를 좀 지겠다고 말씀드렸는데."

"신세를 지겠다고 말하면 다 신세를 져도 되는 게 아니잖소. 어서 일어나요. 왜 남의 집에 허락도 없이 들어와 있어요."

"아, 예."

"내 와본 김에 다른 방도 다 검사를 해야겠네. 별일들 없제?"

아저씨는 다른 방에도 들리도록 휘둘러보면서 큰 소리로 말했다. 형진이 대신 대답했다.

"다들 출근하고 없어요."

"그럼 다른 방들도 좀 검사해보자. 자네는 어서 가방 들고 따라 나오시오."

도둑놈 같이 생긴 민규 친구가 머리며 허리며 여기저기를 긁적이며, (아, 더러워) 바지를 주섬주섬 주워 입고 티셔츠 위에 점퍼를 걸치고 백팩 하나를 메고 따라나왔다. 아저씨는 보라는 듯이 앞 방 두 개를 열어보았다. 정우는 수진의 방에 있는지 보이지 않았다. 방들은 텅 비어 있었다.

"환기들 좀 시키고 그래라. 이게 뭐냐. 홀애비 냄새가 풀풀 나고."

어라, 진짜 아버지처럼 잔소리를 하시네.

"청소도 좀 시키고 해야지, 안 시키면 안 한다. 남자들 방은 금세 돼지우리가 되어버려."

어, 잔소리 안 그치시네.

아저씨는 그 도둑놈을 돼지 몰 듯이 등을 떠밀며 계단을 내려갔다. 형진은 뒤에서 주춤주춤 따라 내려갔다. 아저씨 생각보다 수단이 좋으시네. 아저씨는 일층으로 내려가서도 도둑놈을 위해 문을 열어주고 따라 나가서 대문도 열어줬다. 잘 가시게. 남자를 떠밀어 내보내고 대문을 닫고 빗장까지 질렀다.

드디어, 도둑놈인지 사기꾼인지 폭력배인지 모를 놈이 집을 나갔다.

그런데 아저씨도 따라나갈 줄 알았더니 집으로 들어왔다. 예전처럼 자기 집 드나들 듯. 아저씨는 거실로 들어와 소파에 자리를 잡았다.

"집을 좀 고쳤구나. 좋네. 훤하고."

정우랑 수진은 어딜 갔지, 수진의 방을 힐끔거리며 일인용 소파에 앉았다. 애들이 와서 날 좀 구해줬으면 좋겠는데 어딜 갔지.

"애들끼리 사는 집이라고 깔보고 저런 놈들 눌러붙을 수 있다."

이런 간섭은 정말 싫은데. 아버지 행세를 해보니 하기에 매우 좋았더라, 인가.

"하숙 치기 괜찮으냐? 모르는 사람 들이는 거 조심해야 한다.

예전에 너의 어머니도 하숙 좀 쳤잖냐. 속이 좀 썩었겠냐. 맨
날 나한테 이 부탁 저 부탁했었다."

"아니, 저는 뭐 괜찮습니다. 지금 사람들 서로 잘 지내고 아무
런 문제없어요."

"항상 일이 있으면 못하게. 종종 생각지도 않았던 일이 터지
니까 그렇지. 앞으로도 일 생기면 나에게 얘기해라. 편하게."

"아, 예. 오늘 도움 주셔서 고마웠습니다."

이쯤하면 일어날 줄 알았는데 안 일어나시는 거다. 왜 사람들
은 적당한 때에 산뜻하게 돌아서지 못하는 것일까.

"그래, 생각해봤느냐."

"무슨 생각요."

"너의 어머니가 나에게 남긴 말씀이 있다. 너에게 전해야 하
는 것이 있어."

형진은 대답을 하지 못했다. 어머니가 돌아가시기 직전에 형
진에게도 남긴 말이 있었다. 아저씨에게 무엇인가를 전해주라
고 했지. 그러나 어머니의 서랍 맨 밑 칸에는 아무것도 없었다.
어머니의 오래된 속옷들 밖에는. 어머니가 오래도록 누워 있었
기 때문에 형진은 이 집안 곳곳 구석구석 어디에 뭐가 있는지 어
머니보다 더 잘 알았다. 어머니가 그 말씀을 남길 때에도 아무것
도 없다는 것을 알고 있었다. 아마도 어머니는 오래전 무언가를
거기에 숨겨뒀었지만 어딘가에 그것을 옮겼거나 없앴을 것이다.
그런데 마음에 남겨두었기 때문에 섬망상태에서는 그것이 여전
히 거기에 있다고 생각했었을 것이다.

어쩌면 무엇인지 모를 그것은 오래전에 벌써 장씨 아저씨에
게 건너간 것인지도 모른다. 그래서 거꾸로 장씨 아저씨가 형진

에게 전달해야 하는 것인지도. 형진은 뭐라 대답해야 하는지 몰랐기 때문에 아무 대답도 못했다.

"집에 가서 너에게 보여줄 것이 있다. 같이 가자."

형진은 대답을 할 수가 없었다. 마침 수진과 정우가 들어왔기 때문이다. 그렇지 않았다 한들 그냥 따라나설 수밖에 없었다. 정우와 수진이 엉거주춤 장씨 아저씨에게 인사를 했다.

"어, 어디 있었어?"

"저희 저기 쿨 하우스에 있었어요."

"거기서 지금까지 있었어?"

"할 얘기도 있었고요. 수진이가 거기 있으면 집에 있는 것보다 안전할 거 같다고 해서요. 그 사람 나가는 거 봤어요. 할아버지가 힘쓰셨나봐요."

정우가 추켜세우자 장씨 아저씨가 쑥스러운지 슬몃 미소 지으며 일어났다.

"당분간 문단속 잘하고. 가자, 형진아."

형진은 같이 갈 수밖에 없었다. 거래를 한 모양새가 되었다. 마피아 오퍼를 뒤집으려면 트리거 포인트를 제대로 잡아야 하는 건데, 그럴 틈을 주지 않고 목덜미를 틀어쥐다니 역시 연륜을 이길 수는 없는가 보다. 형진은 질질 끌려갔다. 장씨 아저씨의 가게, 철물들이 얹힌 선반 뒤 그 작은방까지.

장씨 아저씨는 방에 들어가 앉더니 형진에게 거기 앉아라, 했다. 형진이 마주 앉는 것을 보고 앉은 걸음으로 등 뒤에 있는 서랍장에서 봉투 하나를 꺼냈다. 그러고는 그것을 방바닥에 놓고 형진의 무릎 앞으로 밀었다. 어른들은 왜 꼭 손에 든 채로 건네지 않고 이런 방식을 쓰는 걸까. 형진은 무릎 앞에 놓인 봉투를 내려보며 생각에 잠겼다.

내가 저 봉투를 여는 순간, 누군가가 내 삶에 뛰어들 것이다. 내가 저 봉투를 연다는 것은 누군지 모를 그 사람에게 내 삶에 뛰어들어도 좋다는 허락을 해주는 것과 같은 걸까. 나는 봉투를 열고도 그를 여태까지처럼 나와 무관한 상태로 놓아둘 수 있는 선택권을 가질 수 있을까.

슈뢰딩거의 상자는 아마도 대혼란을 야기하는 무엇이 폭발하는 것이라기보다는 이렇게 팽팽한 힘으로 이러지도 저러지도 못하는 상황에 놓이게 하는 것인가 보다. 호기심과 두려움, 둘 중 하나를 선택해야만 하는 이것은 불공평한 게임이다. 그 어느 것을 택해도 이전의 평화는 다시없으리라.

형진은 결국 봉투를 열었다. 누구의 각본이라도 봉투가 등장하면 열게 되어 있는 것이니까.

봉투 안에서는 사진 몇 장과 편지 몇 장이 나왔다. 그게 아니라면 뭐가 나오겠는가. 세상의 모든 비밀은 사진과 편지 속에 담겨져 있다. 비밀을 증명하기에 그것보다 손쉬운 게 없으니까. 아주 오래된 사진과 그리 오래되지 않은 사진이 있었고, 오래된 사진에는 어떤 여자가 어떤 아이를 안고 있는 사진이 몇 장 있었고, 그리 오래되지 않은 사진에는 중년의 여자가 낯선 풍경을 배경으로 무표정하게 서 있었다. 이 여자는 누구일까. 누구이며, 장씨 아저씨와는 무슨 관계일까.

사진을 들었으니 물어야 마땅한 것이다. 그렇게 할 수밖에 없다. 지금 형진은 마치 누군가의 시나리오대로 움직이는 배우 같기만 했으니까.

"누굽니까?"

작고 가늘고 건조하게 떨리는 목소리였다. 형진은 자기 자신이 어디선가 이 장면을 내려다보고 있는 기분이었다. 자식, 배우해도 되겠는 걸.

"네 엄마다."

예상대로 대답은 이어졌다. 시나리오는 아직 몇 페이지 더 진행될 예정이다.

"저는 입양된 건가요?"

"여기 있는 이 여자는 내 여동생이다. 너의 아버지와 관계를 맺었지. 네 아버지와 네 어머니, 나와 내 여동생, 우리 모두는 아주 친한 사이였다. 내 여동생과 네 아버지가 어릴 때부터 사귄 사이였지. 나는 네 엄마와 좀 사귀었었다. 그런데 내 여동생이 느닷없이 다른 남자와 결혼을 했고, 그걸 안 네 아버지가 네 엄마에게 적극적으로 접근해서 둘이 깊이 사귀게 되었어. 나는 네 엄마를 몹시 사랑했지만 네 아버지에게 빼앗긴 꼴이었지. 네 아버지는 욕심이 굉장히 많은 사람이고 지기 싫어하는 사람이었다. 여자들을 탐하는 것도 심했지."

이런 얘기는 불쾌하다. 형진이 기침을 하며 책상다리를 풀었다가 다시 책상다리를 하자 아저씨가 잠시 주춤했다.

"듣기 싫어도 하는 수 없다. 부모님의 숨겨진 얘기가 왜 듣기 좋겠냐. 하지만 들어라. 네 아버지로 인해 벌어진 일이니까."

"제 아버지 일을 왜 제가 알아야 합니까. 그냥 이 분이 내 친어머니인지 아닌지만 알면 되는 거 아닙니까? 그리고 이제 와서 왜 제게 이런 이야기를 하는 겁니까?"

이 질문은 너무 늦은 것일까. 내 친어머니라면 또 어떻게 하겠다는 말인가?

"누가 제게 이 사실을 알도록 한 것이죠? 돌아가신 우리 엄마
가 그랬나요?"

"그래, 네 엄마가 내게 그랬다. 자기 죽거든 형진이 혈혈단신
고아로 살게 하지 말고 친엄마 찾게 하라고."

"저는 고아로 살아갈 생각입니다."

"들어봐라. 네 엄마와 아버지는 아이가 생기지 않았다. 그런
데 어느 날부턴가 네 아버지가 내 여동생을 또 만나고 있었
다. 내 여동생은 결혼 중이었는데 너를 낳게 된 거지. 어떻
게 그런 일이 있을 수 있는지 나도 잘 모르겠다. 내 여동생이
잘못해도 한참 잘 못 한 거다. 내 여동생은 아마도 결혼한 뒤
에 네 아버지를 잊지 못 했던 것 같았다. 그 애는 너를 낳아
서 네 아버지와 엄마에게 보내고 자신은 멀리 떠나버렸다. 내
여동생을 때려죽이고 싶었다. 내가 하도 무섭게 하니까 그 애
가 도망쳐버렸던 것 같다. 네 엄마가 너무 불쌍해서 나는 떠
날 수가 없었다. 지금까지 이런 연유로 네 엄마와 아버지 옆
에 남아 있게 된 것이다. 우리 남매는 어쩌면, 세상에서 가장
멍청하고 어리석고 못난 사람인지 모른다. 나는 평생을 후회
하며 살고 있지만 다른 삶을 살 수도 없다는 것을 알고 포기
했다."

사랑이라는 거다. 이 모든 어처구니없는 관계가 다 미친 사랑
때문에 일어났다는 거다. 사랑 때문이라고 하면 용서가 쉬운 건
가. 마치 남의 일 같았다. 장씨 아저씨가 연출가이고 아버지와
엄마는 사랑이라는 제목의, 그러나 잔인한 영화에 출연하기로
되어 있던 거다. 그런데 그 역할에 너무 깊이 빠져버린 탓에 영
화를 찍는 내내 서로에게 상처를 준 거다. 흔히 있는 일이지 않

은가. 배우들은 영화를 찍는 과정에서 때로 감정이입이 너무 심하게 되고 신경증이 도지기도 하며 심하게는 자기 삶을 철저하게 그르치기도 하지 않던가.

똑같은 시나리오를 가지고 두 사람의 연출가는 두 개의 다른 영화를 찍을 것이다. 그러니 지금 한 사람의 연출가가 그려 보이는 영화만이 진실일 리가 없다. 사악한 연출가는 두 사람의 주연과 한 사람의 조연에게 사랑이라는 이름으로 올가미를 던져 목을 졸랐다가 미친 기쁨을 주었다가 결국 모두를 파멸시켜버렸다. 미친 기쁨은 다른 이에게 투창이 되어 꽂히기 마련 아닌가. 치명상을 입은 주연들은 그 언저리에서 영화를 뚝 잘라버리고, 무책임하게 무대 밖으로 사라져버렸다.

영화는 속편으로 이어졌다. 속편은 대부분 전편만 못하다. 흔히 마무리용으로 쓰일 뿐이다. 형진은 마무리용으로 스카웃되었지만 일방적으로 사용되는 배우가 될 생각이 없었다. 차라리 정우만 따르는 새침한 딩거의 마음을 사기 위해 녀석의 사료를 챙겨주고 화장실 청소를 하며 심지어 남몰래 까까를 주기도 하는 바보형 역할을 맡는 편이 낫겠다.

형진은 봉투 속의 편지는 읽지 않았다. 사진을 다시 봉투 속에 넣어 아저씨가 했던 것처럼 방바닥에 놓고 봉투를 밀었다. 아저씨는 봉투를 그대로 둔 채 형진을 지그시 바라보고 있었다.

"저는 아무도 만나도 싶지 않습니다. 저는 지금 이대로가 좋아요. 저에게는 부족한 것이 없습니다."

"편안하다고 해서 핏줄을 몰라봐서야 쓰겠냐."

장씨 아저씨 말투가 원래 이랬던가. 완전히 새로운 사람처럼 느껴졌다. 뭐라 딱히 말할 수는 없지만 달라졌다고 느꼈고 그러자 저항감이 밀려왔다. 핏줄은 무슨, 이라고 내뱉고 싶었지만 꾹 참았다. 뭐 그렇게 대단하다고 핏줄, 핏줄 하는 겁니까, 그러고도 싶었으나 여기는 한국이고 어른 앞이었다. 꼭 싸워야 할 필요가 있지 않고서는 하고 싶은 말도 참아야 하는 것이다. 이럴 때는 뒤도 안 돌아보고 가는 게 가장 좋은 방법이다.

"그만 가볼게요. 할 일도 있고 해서요."

형진아, 장씨 아저씨가 불렀지만 형진은 단호하게 일어나 가게를 나왔다.

성큼성큼 걸었다. 맵짠 바람이 뺨을 스쳤다. 부실하게 입은 추리닝 바지 속으로 겨울바람이 파고들었다. 티셔츠 가슴팍을 펄럭이며 바람이 들락거렸다. 그래서 더욱 성큼성큼 걸었다. 모질다는 것은 때로 꼭 필요한 삶의 태도이다. 한편으로는 숙제 하나를 끝낸 기분도 들었다. 어차피 넘어야 할 관문이었다면 질질 끌 필요 없었고, 자신의 의지를 단호하게 보여준 것만도 마음에 들었다. 마치 수동 런닝 머신에 올라서서 힘차게 발판을 밀어내며 달리는 것 같았다. 자신의 힘으로 발판을 밀어내듯 과거를 밀어내는 심정이었다.

누구에게나 들이대면 꼼짝 못하고 아랫도리에서 힘을 뽑는 것, 핏줄이라는 것. 부모의 애정사 때문에 자신이 태어났다 해도 그것에 관여하고 싶은 마음은 손톱만큼도 없었다. 그들의 일인 것이다. 태어나게 하고, 자라는 것에 영향을 미쳤던 것으로 충분하다. 지금까지의 나, 그것만으로 충분하다.

형진은 피코크 그린의 쿨 하우스로 들어갔다. 뜨끈한 물을 받으며 옷을 훌훌 벗었다. 온도를 높였다. 태중은 따뜻하다 했다.

양수는 따뜻하고 찝찔하다 했다. 누군가 놓아둔 목욕용 소금을 풀었다. 유황 냄새가 났다. 창밖에 눈이 내리기 시작했다. 따뜻한 물속에서 후드득 몸을 떨었다. 욕조에 들어앉아 첫눈을 본다. 사과나무에 매달린 몇 개의 잎이 엷은 바람에 흔들렸다. 엷은 바람을 타고 사과나무 가지를 비껴 눈이 내렸다. 내려오던 눈은 내리는 눈을 거슬러 다시 하늘로 올랐다. 눈이 내리고 있었다. 내리다가 다시 하늘로 올라가는 눈이, 펑펑 내리고 있었다. 뿌연 수증기 속으로 눈이 하염없이 내린다.

소금이 녹은 물은 태중처럼 미끌미끌했다. 그는 물속에서 창밖을 바라보며 발을 만졌다. 큼직하고 거친 발이다. 하염없이 발을 만지며 창밖의 눈을 바라보았다. 그는 자기 몸의 끝을 만지며 홀로 고독했다. 눈물이 흘렀다. 커다란 몸으로 그는 홀로 고독했다. 또다시 후드득 몸을 떨었다. 물이 욕조 밖으로 흘렀다.

부모를 선택할 수는 없는 것이라고, 그 누가 자신의 부모를 선택할 수 있겠느냐고 그렇게 알고 있었지. 그러나 나는 이제 알았어. 어떤 특수한 경우가 있다는 것을. 어처구니없게도 둘이나 되는 어머니를 놓고 한 사람을 택하도록 강요당하는 경우가 있다는 것을. 하지만 나는 어떤 부모를 선택해야 할지 그 누구로부터도 강요당하지 않겠어.

세상 모든 것과 싸울 것이라고 큰소리치던 사랑이 예견치 못했던, 오직 너만을 위해 살 것이라던 사랑이 결정하지 못했던, 죽음을 두려워하지 않노라던 사랑이 힘을 쓰지 못 했던, 한 어린아이의 태어남. 그 어린 생명은 허울 좋은 이름뿐인 사랑을 확인해야 했겠지. 온몸으로. 온 마음으로.

사랑은 위대하지도, 단단하지도 못했고 심지어 비열한 것이었어. 나는 그런 사랑 따위 모르는 일이야. 그건 당신들의 문제지. 나는 특수한 운명을 받아들었을 뿐이야. 그것은 내게 부모를 선택하라는 것이지. 나는 부모를 선택할 수 있게 되었어. 비로소. 이런 순간을 그 누구도 아닌 내가 겪는 거야.

매미는 보통 일주일을 산다고 해. 그러나 간혹 일주일 넘게 사는 매미가 있어. 팔일째의 매미*는 일주일 살고 죽은 매미와는 달라. 일주일 살고 죽은 매미가 보지 못한 것을 팔일째의 매미는 알지. 그것이 잔혹한 운명일지라도 그에게는 특별한 운명인 거야.

나는 살아있는 엄마가 아닌 이미 죽은 엄마를 택하겠어. 가족이 소중한 것은 함께 살았기 때문이지, 핏줄 따위 섞였기 때문이 아니야. 엄마가 소중한 것은 허술한 사랑에서 태어난 핏덩이를 키웠기 때문이지 열 달 동안 뱃속에 담고 있어서가 아니야.

첫눈을 바라보며 그는 또다시 뜨거운 물을 틀었다. 뜨거운 물로 온몸을 문지르고 또 문질렀다. 수증기가 가득 피어오르고 눈물이 어룽져서 이리저리 날리는 눈발이 형진을 빼곡하게 뒤덮는 것 같았다.

* 일본 소설 「팔일째의 매미」 카쿠타 미츠요, 2007.

7

낯선 여자는 낯선 여자

　수진은 엄마와의 약속을 지키는 것인지 패러글라이딩 장에도 안 나가고 비행학교에도 안 나갔다. 혜진이 항상 강요하는 영어학원에 나가는 것도 아니었다. 그렇다고 다른 아르바이트를 하는 것도 아니어서 집에서 낮이고 밤이고 어슬렁거리는 사람이 수진과 정우, 형진까지 해서 셋이나 되었다.

　집안이 북적거리는 느낌이어서 번잡함이 싫어진 형진은 드디어 요리학원에 정식으로 등록을 했다. 일식, 한식, 중식 학원 중에서 어느 것을 선택할까, 신중하게 고른 결과 그래도 활용도가 높은 한식을 선택했다. 학원에서 배운 것을 바로 집에서 실습해 볼 수 있어서 식구들도 좋아하고 형진 자신도 만족도가 높았다.

　검은 고양이 딩거는 정우의 수호천사처럼 존재감을 확실히 드러내며 정우를 졸졸 따라다녔다. 가끔가다 정우를 졸졸 따라

가던 딩거가 수진에게로 방향을 틀곤 했다. 수진은 딩거를 안아 올리며 환한 미소를 지었고 그걸 보는 정우는 쑥스러운 듯 수진과의 거리를 좁히곤 했다. 정우는 자기 목표에 도달하기 전까지는 여자를 사귀지 않겠다던 결심을 바꾼 것일까. 역시 젊음의 욕망에 지고 만 것일까. 둘 사이에 팽팽하던 긴장감이 사라지니 집 안에 평화로운 기색이 흘렀다.

강지우의 집에서 밥을 하는 날은 진정 천국이 형진의 것이었다. 천국은 아마도 아일랜드 식탁과 손만 갖다 대면 물이 쏟아지는 수전과 말만 해도 화력이 조절되는 전기레인지와 천국에서 생산되는 모든 식품을 갖춘 어마어마하게 큰 냉장고가 갖춰진 곳일 게다. 지우의 주방은 형진의 환상 속에서 천국으로 진화하는 중이었다. 마치 주방이 형진이고 형진이 주방인 듯 아무런 불편도 제약도 없었다. 주방용품은 이제 형진의 손에 딱 맞춘 듯 맞았으며 팬들은 불과 기름을 잘 먹어 최고의 맛을 내고 있었다.

왜 이렇게 되었느냐 하면, 강지우와 저녁을 함께 먹고 있기 때문이었다. 강지우는 이렇게 맛있는 밥을 혼자 먹고 싶지 않다며 형진을 앉히기 시작했는데 그러자 둘 사이는 부쩍 가까워져 버린 것이다. 그날 하루 있었던 일을 조근조근 늘어놓는가 하면, 오래전부터 그녀를 괴롭히던 문제들까지 이야기하곤 했다. 그녀는 모든 것을 혼자 결정하는 것은 자기 천성이니까 어쩔 수 없는데 그것을 관철시키는 데 외부 사람들과의 마찰이 잦다는 것이었다.

그녀는 감각이 뛰어나서 커피숍을 만들건, 집을 짓건, 작은 빌딩을 짓건 대체로 최신 트렌드를 적용하려고 하는데 업주들 중에는 고지식한 사람이 많아서 받아들이지 못하는 일이 있다고 했다. 그건 조율하면 되니까 그러려니 하겠는데 용역업자들이 그녀를 슬쩍슬쩍 속이거나 골탕을 먹이는 일이 많다는 것이다.

가장 힘든 일은 여름철이나 겨울철, 일하기 힘들 때, 또는 명절을 앞두고, 임금을 미리 달라면서 줄 때까지 안 나오겠다고 을러대는 일이 있다고 했다. 현장소장을 비롯해서 노무자들이 떼로 와서 떼를 쓰면 그걸 달래느라 임금을 미리 주기도 하는데 그러면 십중팔구는 다음날 일을 안 나온다는 것이다.

임금을 받으면 바로 술을 꼭지가 돌도록 마시고 술병이 나서 이삼일 일을 못 나오는 경우가 태반이라는데 공기에 맞춰 일을 해야 하는 이쪽에서는 꼭지가 돌지 않을 수 없는 것이다. 여자라고 우습게 보고 그런 일이 더욱 많은 편이라 지우는 그럴 때마다 때려치우고 싶고, 남자 사장 밑에 들어가거나 하다못해 결혼이라도 해야 이런 일이 없으려나 한다고 한탄했다.

형진은 그런 고충을 들어주면서 술을 한잔 나누기도 하고 벌떡 일어나 기분을 전환시키는 요리를 후다닥 만들어 올리기도 하면서 지우를 위로했다. 지우는 술을 한잔 마시고 촉촉이 젖은 눈으로 이렇게 말했다.

"남자친구가 있으면 힘이 많이 되겠죠?"

형진은 뭐라 대답할 수가 없어서 부끄러운 듯 미소만 지었다.

지우가 다시 물었다.

"이번 일요일에 뭐 해요?"

그는 곧바로 대답할 수가 없었다. 이런 질문은 대개 의도가 있다. 평소 일요일엔 뭐 해요, 라고 물은 것도 아니고 '이번' 일요일은 뭐 하느냐고 콕 집어서 물은 거다. 목이 뭔가로 콱 메이는 느낌이어서 숨을 크게 들이마신 뒤 천천히 내쉬고 나서야 대답했다. 물론 그 사이, 아싸, 하는 쾌재를 불렀고. 무슨 일이 있다면 당연히 없애버려야지. 입속에서는 뛰쳐나가려고 기다리는 수많은 말들이 있었다. 그러나 그는 초인적인 노력으로 아무 말이나 튀어나가지 않게 조심해야 했다. 이게 보통 기회인가 말이다.

"이번 일요일엔 별일 없습니다. 제가 뭐 도와드릴 일이라도 있으신가요?"

넘겨짚지 않아서 실수를 하지 않은 것을 다행으로 여기면서 내심 예의를 아는 남자의 자세를 견지한 것이 뿌듯하기도 했다. 이처럼 사소한 순간도 지극한 긴장으로 대비하며 절반의 성공은 거둔 것이라 스스로를 위로하는 작은 남자여, 그대가 한심하고 불쌍하다.

"별일 없으면 우리 소풍 가요."

기절할 만큼 놀랄 일이다. 소풍이라니. 피크닉 말인가? 도시락 싸서, 공원에 가서, 예쁜 체크무늬 담요 펴고 오순도순 도시락 까먹는 거? 순식간에 흥분상태가 되었다. 조심이고 뭐고 없다. 의도를 짐작할 수 있는 질문이었지만, 설마 소풍 가자는 제안을 받으리라고는 상상도 못했다.

"소, 소풍요?"

"네, 우리 도시락 싸서 호수 공원 놀러 가요. 나도 그런 거 해보고 싶었거든요."

나야 물론 해보고 싶었고말고, 나야 물론 소풍 좋고말고.

"아, 그러면 맛있는 도시락 준비해야겠네요."

형진의 눈앞에 한솥 도시락을 필두로 해서 김밥과 샐러드, 샌드위치와 과일을 골고루 세팅한 도시락들이 퐁퐁 떠올랐다. 최고의 도시락을 만들고야 말겠어. 그녀가 자꾸자꾸 소풍 가자고 졸라대게 말이야. 아니, 그런데 지금은 한겨울이 아닌가. 문득 정신이 들었다.

"그런데 생각해보니 겨울이네요. 자리 펴고 앉아서 도시락을 먹을 수가 있을까. 소풍 정말 가고 싶은데."

강지우가 아하하, 하며 웃음을 터트렸다. 그렇게 소리 높여 웃는 것 또한 처음 보는 거라 형진은 눈을 동그랗게 떴다. 이건 또 무슨 뜻이지? 한참 웃다가 가까스로 웃음을 그치면서 강지우 가 말했다.

"그러네요. 겨울이네. 그래도 도시락 싸서 호수 공원 가요. 도 시락은 차에서 먹고 공원 한 바퀴 돌아요."

"그런 방법도 있네요. 차에서 먹을 도시락 싸야겠어요."

이게 정녕 꿈은 아니겠지. 그녀가 소풍을 가자고 한 것도 놀 라운 일인데 자동차에서 함께 도시락을 까먹자니.

자동차 뒷좌석, 조금만 움직여도 다리가 부딪치는 그 작은 공 간에서 함께 도시락을 까먹고 따끈한 커피를 서로 따라주면, 점 점 훈김이 차오르고, 훈김은 유리창을 가득 메우고….

상상은 도시락을 타고 거침없이 커져갔다. 아아, 자동차에서 먹는 도시락이 훨씬 맛있겠어. 파란 잔디에 앉아 먹는 도시락은 아무래도 도시락을 까먹고 난 뒤 졸음에 겨워 둘이 나란히 누워 한숨 자기 위한 것인 게야. 파란 하늘 아래에서 일지라도, 확 트 인 공원 잔디밭 위일지라도 함께 한숨 잔다는 것은, 보통 사이가 아니라는 거지. 암, 그렇고말고.

차에서 먹을 도시락을 생각하며 집으로 오는 중에 엄마가 부 침개를 뒤집으면서 하던 말이 다시 떠올랐다. 남자와 여자는 말야, 뭔가 먹여주고 싶을 때까지만 함께 살면 되는 거야. 먹여주기도 싫고 살림하기도 싫고 돈 벌어다 주기도 싫은 사람끼리는 무슨 이유에서든 함께 살아서는 안 되는 거야. 그때 엄마는 밥을 하기 싫었던 걸까, 여전히 밥을 해주는 게 좋았던 걸까. 무심코 보아 넘겨 그때의 엄마 얼굴이 기억나지 않는다.

엄마, 나는 지금 그녀에게 밥해주는 게 너무너무 좋아. 나는 그녀를 사귈 자격이 있는 거지?

강지우와 부쩍 가까워진 형진은 자기도 모르게 일상생활의 모든 것에서 강지우를 의식하기 시작했다. 거실에 장 스탠드를 하나 들여도 강지우의 눈으로 바라보았다. 가까이 보고 멀리 보고 양손으로 사각의 앵글을 만들어 여기 들이대고 저기 들이대며 스탠드가 놓여야 할 '바로 그 자리'를 찾았다. 강지우가 보기에 부끄럽지 않기를 바란 거다. 그렇게 했더니 스탠드는 을지로 폐업 가게에서 산 싸구려에서 급격히 레벨업 되어 돈 좀 주고 산 빈티지 제품처럼 보였다.

그렇게 소품을 하나씩 들일 때마다 식구들은 감탄을 금치 못했다. 와우! 옴마야! 투 썸 업! 우왕! 이런 최고의 찬사를 들으며 형진의 기분은 고공을 달렸다. 그녀에게 보여주지도 못할 거면서 사진을 찍어 핸드폰 폴더에 차곡차곡 쌓아두었다.

빨강 갓 아래로 커다란 LED 알전구가 툭 튀어나온 스탠드를 거실 소파와 소파 사이에 놓은 날, 다들 멋지네, 잘 어울리네 한마디씩 하는 와중에 정우가 지나가는 말처럼 던졌다.

"형, 나 곡 팔았어요."

곡을 팔아야 하느냐 팔지 말아야 하느냐는 문제로 형진과 입

씨름을 벌인 뒤로 아무 말 없더니 결국 팔기로 했던 모양이다. 멤버들 사이에서도 이야기들이 있었겠지. 언제 데뷔할지 장담할 수 없는 상황에 트렌드 바뀌기 전에 팔아먹는 게 좋다는 결론을 얻었을 게다. 정우의 말에 반응을 보인 건, 물론 형진이 아니라 나머지 수다스러운 식구들이었다.

"와, 작곡가 됐어요?"

"와우! 멋지다. 이제 정우 씨 노래가 방송 타는 거예요?"

"내가 그럴 줄 알았어. 아티스트 끼가 넘치더라니깐."

"아티스트 뭐요? 하하하. 호준 형님 재밌으시다."

"정우씨, 곡 잘 만드나 보다."

기타 등등. 결국 한 곡에 얼마냐는 질문이 나오더니 곧이어 돈 벌었으니 한 턱 내라는 말이 나왔다. 그러자 너도 나도 한 턱 내라며 정우를 부추겼다.

왁자지껄 소란스러운 가운데 오늘의 식사 당번이 누군지 서로서로 순서를 짚어보더니 혜진과 수진이라고 당첨 분위기를 만들었다. 그래서 또 파티가 벌어졌다. 혜진과 수진이 테이블 세팅과 치우는 것을 맡기로 하고 호준이 중국요리집에 전화를 하고 민규는 정우에게 돈을 받아서 술을 사러 나갔다.

요리와 술을 반쯤 먹는 도중에 중국요리는 역시 느끼하다며 주인 형님이 뭐 하나 하셨으면 진짜, 더 바랄 게 없겠다고 바람을 넣은 건 의외로 정우였다. 이런 바람 넣기는 민규가 도맡았었는데. 당연히 민규가 곧장 말을 받았다.

"형님의 존재감은 뭐니 뭐니 해도 요리할 때가 최고죠."

"맞아요, 저도 그렇게 생각해요. 오빠의 요리가 있어야 뭔가 결핍감이 채워질 거 같아요."

그렇게 맞장구친 것도 역시 의외의 인물 수진이었다. 혜진이 이런 건 잘하는데. 정우가 바람을 넣고 수진이 맞장구를 치다니, 이거, 뭐지? 정우와 수진 사이에 훈풍이 불고 있는 게 확실한가? 지난번에 둘이 쿨 하우스에서 오래 시간을 보내더니, 남매로 지내기로 한 것 도로 무른 건가? 그 작은방에서 둘이 무얼 하고 있었을까? 이것들이 좀 수상한데.

그러나 나머지 인간들은 남의 애정사 따위에는 아무 관심이 없는지 오직 먹는 것에만 집착을 보이며 형진을 몰아붙였다.

"뭐 해줄 거예요? 난 샐러드 먹고 싶은데."

역시 혜진답다. 형진은 마지못해 엉덩이를 일으켰다.

"간단하게 카프레제 해야겠다. 생 모짜렐라는 지금 구할 수 없으니 어제 만들어놓은 리코타 치즈 써야지."

"와우! 역시. 역시 주인 형님이야."

"어떻게 주문만 하면 쑥쑥 나오지? 정말 대단하잖아?"

냉장고에서 토마토와 생크림으로 만든 리코타 치즈를 꺼내면서 형진은 이 인간들은 단수가 너무 높아, 내가 칭찬 좋아하는 걸 귀신같이 안단 말야, 라고 궁시렁거렸다. 민규를 조수로 쓰는 게 가장 좋다. 엉덩이가 가볍고 눈치가 빨라 시키는 것을 재빨리 완수하니까.

"민규씨, 저기 화분에서 바질 이파리 몇 개 뜯어와."

"옙!"

"그리고 내가 드레싱 만들 테니까 민규씨는 토마토를 썰어."

"옙? 저 토마토 예쁘게 못 써는데요? 망치면 어떡해요?"

"최대한 자알 썰어봐."

"옙!"

새빨간 토마토 위에 달콤한 리코타 치즈를 얹고 향긋한 바질 잎을 토핑하고 올리브오일과 발사믹 식초, 소금과 설탕, 레몬즙을 섞은 드레싱을 두른 뒤 테이블에 내놨다.

"참, 희한한 건 말이지."

호준이 몹시 흐뭇한 얼굴로 커다랗게 입을 벌려 제일 큰 카프레제를 밀어 넣기 직전에 알쏭달쏭한 말을 했다. 식구들은 희한한 사건의 폭로를 기대하며 카프레제를 꿀꺽 삼키는 호준의 입을 주시했다.

"네?"

"주인 형님은, 뭘 모르는 거 같다가도 뭘 너무 잘 아는 것 같단 말야. 정체를 모르겠어."

호준의 말이 끝나자마자 다들 맞장구를 쳤다.

"맞아요, 맞아요. 진짜 생각이 없는 것 같은데 생각이 깊어요."

형진은 이럴 때 여유 있게 웃어넘겨야 한다는 걸 알고 있었다. 그러나 아는 것은 아무짝에도 쓸모가 없나니, 그가 어찌해볼 새도 없이 웃는 것도 우는 것도 아닌 일그러진 얼굴이 되어버렸다. 형진은 사실 저들이 어떻게 생각하든 말든 크게 개의치 않았다. 그에게 중요한 것은 강지우 뿐이었다. 그는 얼굴이 일그러진 그 순간에 강지우의 눈으로 자신을 보았던 거다. 멍청하게 있다가 뒤늦게 표정을 수습하는 자신을 거울에서 보는 듯했다.

사랑이 날로 자가증식하는 것과 비례해서 매사에 강지우를 의식하는 부끄러움도 증식했다. 일일이 지우의 반응을 의식하고, 지우가 조금 더 자신에게 기대오도록 술수를 쓰고도, 집으로 돌아올 때면 언제나 다음번에는 더욱더 전략적으로 행동해야지,

오늘은 너무 헤벌쭉 웃고 있었어, 하고 반성하는 것이다.

사랑하는 여자가 생기면 다들 이렇게 자신이 부족하게 느껴질까? 남자의 왼쪽 가슴에는 허세가 살고 오른쪽 가슴에는 여자가 산다는데, 남자에게 허세란 목숨과도 같다는 걸 그녀도 알고 있을까? 그래서 젠 척하고 센 척하는 거 다 알아차리고도 모르는 척한 건 아닐까. 그녀 같이 똑똑한 여자는 남자가 허세를 부리는지 아닌지 단박에 알겠지? 그렇게 생각하자 바닥까지 털린 기분은 아닐지라도 몹시 부끄러웠다.

도대체 남자답게 당당하려면 어느 정도 선에서 멈춰야 하는 것이며, 찌질하지 않으려면 어느 선까지 밀어부쳐야 하는 것이냐고. 그러나 말이야 바른 말이지, 남자가 여자에게 대시하는 데 적정선이 어디 있겠으며 있다 한들 지킬 수나 있겠느냐고.

그녀와의 첫 외출을 위해 아침부터 부산하게 움직였다. 도시락은 하나하나의 양은 적지만 갖춰야 할 품목이 많다. 달달한 불고기볶음을 넣으면 매콤 상큼한 오이소박이가 몇 쪽은 들어가야 하고, 파란 나물 한 가지에 호박전과 동태전 등 세 가지, 그리고 실팍한 살이 톡톡 터질 새우튀김을 만들고 있는데 정우가 형, 형, 누가 찾아오셨어요, 나와보세요, 한다. 누가 찾아와, 들어오라고 해, 하고는 마음이 급해 시계를 쳐다보니 벌써 열시다. 열두 시까지 강지우의 집으로 가기로 해서 시간 없는데, 하며 앞치마에 손을 닦고 주방에서 나왔다.

웬 중년의 여자가 마루 끝에 서 있었다. 정우는 여자를 안내하고는 아침 먹으러 주방으로 들어갔다. 형진은 앞치마에서 손을 떼고 중년의 여인을 건너다보았다. 심장이 덜컹 내려앉았다.

그를 찾아와 어색한 표정으로 말없이 서 있을 아주머니가 누구 겠는가. 키가 훌쩍 크고 날씬했다.

내가 만나길 원치 않는다고 했는데, 이렇게 집으로 불쑥 찾아 오는 게 어딨나, 참 무례한 사람이네. 그게 처음 든 생각이었다. 분위기가 이상했는지 정우는 쟁반에 아침밥을 챙겨서 발끝을 들 고 조용조용히 이층으로 올라갔다.

어떻게 해야 하는 거지? 어서 오시라고 해야 하나, 오지 말라 고 했는데 왜 오셨냐고 물어야 하나. 이런 일은 성격상 여러 번 겪을 수는 없는 거고, 운이 나쁜 사람이나 어쩌다 한번 겪는 것 일 텐데 다른 사람은 이럴 때 어떻게 하는 거지. 머릿속으로는 오만가지 생각이 오고 갔다. 왜 하필 지금이야? 이 사람들이 나 의 첫 데이트를 망치려고 작정을 했나?

어쩌면 이게 장씨 아저씨와 그 여동생의 성격인지도 모르겠 다. 장씨 아저씨는 자신들의 삶의 방식을 은연중 형진의 부모에 게 유도한 것일지도 모른다는 의심이 들었다. 약한 척, 착한 척하 면서 자기들에게 붙잡아두는. 그런 사람들 많지 않은가. 이제 두 팀을 비교해보니 약한 사람들은 형진 부모님 쪽이었고 장씨 아 저씨 쪽은 교묘하게 이쪽을 손안에 틀어쥐고 있었을 것 같았다.

그러자 문득 이런 의문이 들었다. 저 여인과 나, 둘 중 누가 주도권을 쥐고 있는 걸까. 적어도 형식상 형진이 만나든 안 만나 든 결정하는 입장인데 이렇게 대놓고 찾아온 걸 보면 평소에도 막무가내로 행동하는 사람인지도 모른다. 그런 의심이 얼마간 타당해 보이기도 했다. 먼저 옷차림새가 눈에 확 들어왔다. 키도 큰데 그 화려한 옷차림새라니.

남의 눈 따위 애당초 신경 쓰는 사람이 아닌 듯 무슨 댄스대

회라도 나가는 사람 같았다. 빨강 코트 아래로 치렁치렁한 검정 레이스 치마가 보였다. 레이스 밑으로 삐쭉삐쭉한 망사 커튼 같은 것이 덧대어져 있어서 금방 중부 유럽의 집시 영화에서 튀어나온 것만 같았다. 빨강 코트 위, 목덜미에는 검정 레이스 목도리가 꼬불꼬불 감겨 있었다. 얼굴은, 얼굴은.

형진은 아래에서부터 죽 훑어올라가 얼굴에 멈췄다. 얼굴을, 특히 눈을 똑바로 볼 수 없었다. 그러나 봐야지 어쩌겠나. 그래서 눈을 마주 봤다. 이목구비가 크고 강렬했다. 장씨 아저씨를 많이 닮았는데 장씨는 조촐하게 늙어서 맑은 느낌도 있으나 이 여인은 매우 화려하다는 느낌이 먼저 들었다.

"어떻게 오셨습니까."

여인의 뺨이 빳빳하게 굳었다. 어떻게 오셨냐니, 몰라서 묻는 거니? 그렇게 되묻는 얼굴이었다. 형진은 지금 결정해야 한다는 걸 안다. 이 여인과 무슨 대화이든 대화를 나눌 건지, 그렇잖음 돌려보낼 건지. 돌려보내려면 지금 돌려보내야 하고 돌려보내지 못한다면 강지우와의 첫 데이트를 포기해야 한다. 강수를 둘 수밖에 없는 상황이다.

그런데, 그가 망설이는 사이 여인이 한발 나서며 말했다.

"좀 앉아도 되겠죠?"

강공에는 강하게 맞대응하겠다는 건가. 형진은 인상을 찌푸렸다. 아, 정말 운 나쁜 사람은 운명에게 이런 식으로 골탕을 먹는구나. 마음 같아서는 뒤돌아서서 주방으로 돌아가 싸던 도시락을 마저 싸고 싶은데, 아무리 매정하게 굴고 싶어도, 원치 않아도, 생모가 아닌가.

여인은 그 긴 다리로 성큼성큼 걸어 일인용 소파에 앉았다. 더 이상 팽팽히 맞서있는 게 정세를 유리하게 만들 것 같지 않았다. 형진은 가장 먼 자리에 앉았다. 삼인용 소파의 맨 끝자리.

"내가 왜 왔는지 오빠한테 얘기 들어서 알지요?"

"모르겠습니다. 저는 안 만나겠다고 했는데."

중년의 여인이 움찔, 했다. 그러더니 곧 풀어졌다.

"피는 못 속인다더니, 직설적인 게 꼭 나를 닮았네."

이렇게 치고 들어오는 걸 보니 눈물 콧물 짤 타입은 아닌 걸로 보였다. 오히려 뻣뻣했던 눈가가 풀어지며 웃음이 번졌다. 눈물 콧물은커녕 보통 성격은 아니로구나.

"제가 지금 급하게 나가야 합니다. 제 입장은 전혀 고려하지 않고 오셨네요."

"나도 오늘 출국해야 하거든. 얼굴만 보고 가려고 왔어."

여인의 목소리가 하도 명랑해서 반사적으로 아, 어디에 계시는데요, 라고 물을 뻔했다. 이분은 세상 어디에 살아도 자기 식대로 살 분이로구나. 조금 사이를 두었다가 형진이 물었다.

"한국에 계신 게 아닙니까?"

"이탈리아에 있다가 스페인에 있다가 하고 있어."

"한국에는 자주 오십니까?"

아니, 우리가 도대체 무슨 말을 나누고 있는 거지?

"자주 오지는 못해. 그래도 이삼 년에 한두 번씩은 오지."

"몇 시 출국입니까?"

어떻게든 빨리 떠나게 하려고 형진은 시계를 흘끔거렸다. 순간 이런 생각이 들었다. 나는 지금 생모를 원망하고 있는 것인가, 그래서 내가 이렇게 뻣뻣하게 구는가. 원망은 왜 내가 하고 있지? 나는 원망할 이유가 전혀 없는데. 나는 저분을 원망할 이유도 없어, 나는 단지 선택해야 하는 입장에 놓였고 나는 지금까지의 부모를 선택했을 뿐이야. 내가 선택한 부모에 대해 전혀 후회하지 않아. 저 사람은 저 사람대로 자기 삶을 선택했고 그에 따른 대가를 치렀겠지.

"물어볼 게 그것 밖에 없어?"

"뭘 물어보겠어요."

"그렇구나, 궁금한 것도 없고? 그래, 처음 본 사이에 무슨 할 말이 많겠어. 이제 서로 얼굴은 봤으니 차차 얘기 나누면 되겠지."

형진은 욱, 하고 화가 치밀었지만 꾹 눌러 참았다. 지금이야말로 직설적으로 말해야 할 때다. 저는 가까워지고 싶지 않습니다, 저의 일상을 침범하지 말아주세요, 정중하게 부탁드립니다, 라고 말이다. 그러나 그놈의 장유유서라는 게 뭔지, 그놈의 생모라는 게 뭔지, 끝내 그렇게는 말하지 못 했다.

형진은 잔뜩 인상을 구겼다. 내가 얼마나 당신을 싫어하는지 잘 봐두십쇼, 라는 의미라는 것쯤 읽을 수 있겠지. 눈치는 빠르지만 자기 방식을 바꿀 리는 없는 그 여인은 역시나 까딱도 하지 않았다.

"그럼 인사는 했으니까 이만 가볼게요. 바쁜 일 있나 본데 일 잘 보고 다음에 봐요."

일 잘 보고 다음에 보자구? 이거 지금 다시 만난다는 게 기정사실인 것처럼 얘기한 거지? 이게 선포가 아니고 뭐란 말인가. 기가 막히고 코가 막혀서 형진은 아예 고개를 돌려버렸다. 하직 인사 따위 하고 싶지 않았다. 일생을 자기 방식대로 산 사람에게 무얼 바라랴. 내 인생마저 자기 맘대로 헝클어놓게 놔둘 수는 없다는 것뿐이지.

그분은 현관문을 열면서 여전히 명랑하게, 한 톤 더 높여서 아디오스, 라고 외치며 손을 흔들었다. 현관문이 닫히자마자 형진은 소파에 무너졌다. 저런 사람이 내 생모라니. 따뜻하고 다정하며 애절해야만 할 생모가, 저렇게 꿋꿋하고 억세고 제멋대로에 외국인이나 다름없다니. 소파에 얼굴을 묻고 엉엉 울었다. 일어나 방으로 들어가야겠다는 생각도 들지 않았다.

하필 오늘 같은 날, 하필. 난 왜 이렇게도 운이 없냐고! 도대체 강지우에게 뭐라고 하느냐고. 주먹으로 소파를 내리쳤다. 늦어버렸으니 어쩌면 좋냐고! 강지우와의 첫 데이트를 망친 것만으로도 절대 용서할 수 없어! 우리 엄마였다면 이렇게는 안 할 거야. 삼십 년 만에 자식을 찾아오는 사람이 자식의 입장을 똥같이 취급하다니. 그러고도 피는 물보다 진하다는 둥, 핏줄은 못 속인다는 둥, 그런 시답지 않은 생각이나 하고 있겠지.

형진이 만나본 엄마들 중에 모성 신화 속에 나올 법한 엄마는 하나도 없었다. 정우의 엄마나 혜진의 엄마, 민규의 엄마나 자신의 엄마, 그리고 생모. 그들 모두 자기만의 성격으로 자기만의 삶을 살아가던 사람이 엄마와 아빠가 되었을 뿐, 엄마 아빠가 되었다고 새로운 사람으로 거듭났던 건 아니었다. 자기들의 삶에 자식들의 삶이 복속되기를 원하는 것뿐, 자식이 욕망하는 것은 관심도 없지 않던가. 어찌나 화가 나는지 모성은 무슨 얼어죽을 모성! 이라고 소리치며 소파를 마구 내리쳤다. 수진과 정우가 빼꼼 내다보았다가 쑥 들어갔다.

형진은 가까스로 진정하고 강지우에게 전화를 했다. 눈물이 자꾸 나오고 울먹거리는 걸 참느라 말을 아주 느리게 해야 했다.

"도시락을 싸긴 했는데 무슨 일이 있어서 늦었어요. 소풍 가기에는 늦은 것 같아요. 도시락 갖다 주러 집으로 갈까요?"

강지우는 나른한 목소리로 대답했다.

"그냥 예정대로 해요. 어차피 겨울 소풍인데 좀 늦으면 어때요. 나도 어제 늦게까지 회식하느라 술 많이 먹어서 늦잠 잤어요."

형진은 그녀의 대답에 눈물이 왈칵 솟구쳤다. 그녀에게서 엄마의 체취가 느껴지는 것만 같았다. 결혼을 하고 아기를 낳고 나이를 먹어도 성숙하지 못한 어떤 사람을 만난 뒤여서 그런지 더욱 가슴이 뭉클했다. 이렇게 스스럼없이 한발 물러나줄 수 있는 여성이리라곤 생각지 못해서 놀랍기조차 했다. 강지우가 이런 반전의 기쁨을 안겨주는 여자였다니. 그녀에 대한 호기심이 더욱 깊어졌다.

형진은 도시락을 챙겨서 부리나케 달려갔다.

"미안해요. 그래도 소풍은 소풍인데… 제일 햇빛 좋을 때 가야 하는 건데."

"그렇게 맛있는 밥을 해주고 있는데 이 정도 갖고 뭘요. 그리고 도시락 먹고 싶었다구요."

그녀는 형진이 차에 올라타자 곧바로 속력을 올렸다. 형진은 그녀가 그렇게 멋져 보일 수가 없었다. 덩치가 커다란 남자가 예쁘장한 여자가 운전하는 차를 타고 곁눈질로 여자를 훔쳐보며 침을 꿀꺽 삼키는 장면을 본 적이 있는가. 그것이 바로 지금 이 장면이다.

쭉 뻗은 자유로 저 멀리 겨울 햇빛이 비치고 있었다. 마치 가슴을 옥죄던 터널을 벗어나 광명의 세계를 향해 달리는 기분이었다. 강지우가 곁에 있다면 어떤 어려움도 거뜬히 이겨낼 수 있을 것 같았다. 퓨리오사처럼 강인하고 판단력 정확하며 결단이 빠른 믿을 만한 여성. 그리고 그 무엇보다 너그러운 애정을 가진 여성.

형진은 부드럽고도 단호하게 기어를 넣는 멋진 팔과 매끄럽게 출발시키고 매끄럽게 정차시키는 그녀의 아름다운 오른발을 경이롭게 바라보았다. 자신이 지나치게 꿈을 부풀리고 있으며 이 꿈이 좌절될 수도 있을 거라는 점을 문득 의식했으나 차창을 열고 날려 보내버렸다.

꿈을 조그맣게 가져야 기대에 어긋나지 않는다는 가르침은 형진에게 먹힐 가르침이 아니다. 형진은 지금 누구도 못 말리는 고속도로에 올라탔으며 당분간은 어떻게도 거기에서 내려올 수 없을 것이다.

두 사람은 호수를 따라 천천히 거닐었다. 형진이 내려온 뜨거운 커피를 보온병 뚜껑에 따라 그녀에게 건네면 그녀는 잠시 걸음을 멈추고 커피를 마셨다. 그녀가 마시고 나면 형진은 그 뚜껑에 커피를 따라서 자기도 홀짝거렸다. 각자 커피잔을 하나씩 들고 마시는 것보다 부쩍 가까워진 기분이었다.

겨울이지만 공원에는 사람들이 제법 나와 있었다. 아이들은 인라인스케이트를 타고 강아지들은 신나게 뛰어다니고, 어른들은 그 곁에서 서성이며 수다를 떨었다. 연인들은 함께 자전거를 타거나 이들처럼 천천히 걸었다.

막 연인이 되어가는 사람들은 서로를 탐색하는 질문을 던지고 정보를 제공하는 대답을 주고받는 것에 결코 지치지 않는다. 두 사람도 마치 연인이 될 것처럼 이야기를 끊임없이 주고받았다. 그것은 곧 자신들의 정체성에 관한 이야기가 아닐 수 없어서 자신을 특징짓는 이야기의 끝은 결국 그날 아침에 있었던 일로 이어지게 되었다.

그러니까, 아버지의 무분별한 사랑과 어머니의 결핍된 사랑이 빚어낸 한 남자의 이야기가 나올 수밖에 없었고, 그가 새롭게 봉착한 사건이 바로 오늘 아침에 절정을 이루었다는 얘기를 할 수밖에 없었다. 간간이 고개를 끄덕이며 듣고 있던 강지우가 입을 열었다.

"그분은 친구처럼 지내면 되겠는데요. 생모라고 해서 무얼 특별히 바랄 성격이 아닐 거 같아요."

형진은 기절할 만큼 놀랐다. 입을 쩍 벌리고 그녀의 얼굴을 멍하니 바라보았다.

"친⋯구요?"

그녀는 평소와 다름없는 얼굴로 커피를 한 모금 마셨다.

"네, 친구요."

어떤 설명도 덧붙이지 않은 대답이었다. 친구라. 이런 선택도 가능하다니. 엄마냐 아니냐, 두 가지 선택지만 있었던 게 아니었던 거다. 친구가 되는 제 삼의 선택지가 있었다는 것을 알고 형진은 정신이 번쩍 들었다. 친구. 친구라는 것만큼 스펙트럼이 넓고 다양한 존재가 어디 있겠는가. 형진은 상상했다. 가족, 부모, 친척, 친구, 이웃 등등으로 나뉘어진 관계들이 있다. 형진은 친구라는 카테고리를 상위에 올리고 그 안에 생모를 넣는다. 서랍 열고 서랍 닫고. 어떤 관계는 서랍 속에 넣고 잊어버릴 수도 있고 어떤 관계는 수시로 서랍을 열고 보살펴줘야 한다.

어떤 핏줄은 두렵고 어떤 핏줄은 따스하다. 어떤 핏줄은 냉랭하고, 어떤 핏줄은 잔인하다. 어떤 핏줄은 기만적이고 어떤 핏줄은 정직하다. 친구는 무던할 수는 있으나 냉랭하거나 잔인할 수는 없다. 그런 친구는 친구라는 카테고리에서 삭제된다. 친구는 간혹 가족, 동료, 친척이라는 하위 카테고리로 내려가 서랍 속에서 잊혀질 수 있다. 무던한 친구는 서랍 속에 오래 들어가 있어 잊혀질 수 있으나 어떤 기회에 무던하게 다시 가까워질 수 있다. 자주 보살펴줘야 하는 친구는 당연히 이쪽도 자주 보살핌을 받는다. 그렇구나, 친구는 가족보다 나을 수 있구나.

지우가 편안하게 말했다.

"지금처럼 혼자 있는 것보다는 우군 한 명쯤 있는 게 좋잖겠어요?"

"그분이 우군이 되어줄지 적군이 될지 모르잖아요."

"적군이 될 것 같으면 그때 버려도 되죠. 혼자 살아간다는 것은 보통 에너지 갖고는 어려워요."

"저는 지금까지 혼자 있다는 생각을 별로 하지 않았어요. 맨날 밥을 해주다 보니 정도 많이 들어서 남 같다는 생각이 안 들거든요. 집이 항상 북적거리니까 어떤 때는 혼자 있고 싶다는 생각이 들 정돈데요."

"새로운 가족이 형성된 건가요? 하하하. 저보다는 낫네요. 나는 누구와도 가까워지기 어려운 성격인가 봐요."

형진은 말문이 막혔다. 이렇게 말한다는 것은 나도 가까워질 수 없을 것이니 그리 알라는 얘긴가. 다시 바짝 긴장이 되었다. 아, 이 여자는 사람을 수시로 사람을 조여놓는구나. 그래도 궁금한 건 물어야지.

"친구가 없어요?"

"친구라고 할 만한 사람이 없어요. 그냥 동료, 같이 일하는 사람, 그렇죠."

형진은 지우의 눈을 슬쩍 피하면서 속으로 중얼거렸다. 내가 정말 궁금한 건 그게 아니라는 걸 모르는 겁니까, 남자친구가 있느냐는 것이지요. 물론 지금까지 봐온 바로는 없는 것 같았지만, 혹시 아는가, 숨겨둔 애인이 있을지. 그러니까 이럴 땐 이렇게 묻는 거다. 딴전 피우듯 슬쩍 핵심을 찌르는 것.

"외롭지 않아요?"

"음, 외로워요. 하하, 그런데 요즘 형진씨 만나면서 외로운 게 없어졌어요."

형진은 얼굴이 확 붉어졌다. 아, 외롭구나. 애인은 없다는 게 확실하군, 음하하하, 그렇다면 내가 애인이 되어야지. 생각만 해도 좋았다. 그래서 부끄러운 듯 중얼거렸다.

"다행이네요. 제가 도움이 되어서."

걷다 보니 어느새 차를 세워둔 곳이었다.

"우리, 도시락 먹어요."

강지우가 제안했고 형진은 수줍게 고개를 끄덕였다. 두 사람은 도시락을 갖고 차 뒷좌석에 나란히 앉았다. 삼단 찬합의 커버를 벗기는데 손이 덜덜 떨렸다. 상상이 현실이 되면 당최 믿어지지 않는 법. 형진은 지나치게 들떴으나 표를 내지 않으려고 꾹 참은 나머지 말이 안 나오고 손은 떨리고 정신은 아득해져 작은 실수를 연발했다.

"저…저…그거, 그거요."

"뭐요?

삼단 찬합 커버를 벗겼는데 찬합을 어디에 놓아야 할지 모르겠기도 하고 뭔가를 펼쳐서 깔았으면 좋겠는데 두리번거리니 지우가 깔고 앉은 작은 담요가 보이는 거다. 그걸 가리키며 달라고 하려던 것인데 그게 하필 지우의 엉덩이 쪽이었던 거다. 말이 제대로 안 나올 법도 하지. 형진이 찬합을 내려놓지 못하고 손가락으로 여러 번 가리키자 지우가 알아듣고 무릎담요를 펼쳤다.

찬합을 그 위에 놓고 뚜껑을 열었다. 지우가 환성을 내질렀다.

"와, 너무 맛있겠어요. 이런 도시락 처음 받아봐요."

형진은 어서 지우의 입에 넣어주고 싶을 따름이었다. 흐뭇한 미소를 지으며 나무젓가락을 쪼개 지우에게 건넸다. 따끈한 국물로 입을 적시게 하고 싶어서 발밑에 둔 보온병을 달라고 하려는데 그 말도 제대로 안 나왔다. 거기, 그, 그거. 이렇게 벙어리처럼 손짓을 해야 했다.

지우는 웃으며 보온병을 건네줬다. 형진은 지우에게 보온병 뚜껑에 미소국물을 따라서 한입 마시게 했다.

새우살은 아직도 탱글탱글했고 소스는 달콤했다. 형진은 엉큼한 마음 간절하여 새우 하나 지우의 입에 넣어주고 싶은, 넣어주면서 실수인 척 입술에 손가락을 스치고 싶었으나 그런 짓 했다가는 행여 뺨이라도 맞을까 봐 애꿎은 반찬만 자꾸 지우 앞에 놓아주었다. 지우는 형진의 간절함을 아는지 모르는지 앞에 놓인 반찬을 집어먹으며 연신 맛있다고 칭찬을 했다.

"나 막 힘 세져서 잘 싸울 수 있을 거 같아요."

이런 얘기하는 여자, 예뻐 보이기 힘들 텐데, 강지우니까 예쁘다. 맛있게 오물거리는 그 자그맣고 가냘픈 턱과 가늘고 긴 목, 팔 하나로 감싸고도 남을 작고 가녀린 어깨와 팔, 살짝 훔쳐보았지만 제법 양감 있는 젖가슴, 날씬하고 매끈한 허리, 작지만 암팡진 엉덩이, 그리고 쭉 뻗은 아름다운 다리. 짧은 치마, 두툼한 스웨터. 거기에서 빠져나온 가냘픈 손목. 주먹질은커녕 칼질도 못할 손목 아닌가.

그런 여자가 이런 애교를 부리고, 이런 대답을 이끌어낸다.

"내가 가서 혼내주지요, 뭐. 아름다운 숙녀분이 막 싸우고 그럴 필요 있습니까."

"내가 어디 가서 밀리는 성격이 아닌데, 나이 드신 남자들 몇이 떼로 몰려오면 나도 겁나요."

형진이 움찔, 했다. 덩치 큰 아저씨들 너댓 명이 연장 들고 빙 둘러싸면 어느 누가 겁이 안 나리. 정말 대단한 여자구나, 이 여자. 나는 못 당하겠는걸. 슬그머니 발뺌할 생각이 났다. 웬만한 남자가 겁을 줘도 눈썹 하나 까딱 안 할 거라 생각하니 지우가 점점 더 멋있게 느껴졌다.

형진은 집에 도둑이 들어왔는데 지우가 나서고 자기는 지우 등 뒤에 숨어 있는 걸 짧게나마 상상했다. 커다란 지프차에서 내려오는 작은 여자. 아, 이런 여자 너무 멋져.

덩치가 큰 형진은 뒷좌석에서 다리를 오므리고 등도 구부정하게 구부린 채 움직임을 최소화하여 밥을 먹고 지우도 챙기느라 점점 숨이 가빠졌다. 지우는 날씬한 다리를 얌전히 붙이고 먹었는데 공간이 좁고 더구나 찬합이 놓인 공간이 좁다 보니 둘의 손이 스치고 부딪치고 했다. 뜨끈한 국물도 먹고 커피도 마시고 했더니 아닌 게 아니라 자동차 유리에 김이 서리기 시작했다.

이것도 먹어봐요, 저것도 먹어봐요. 이건 어떻게 한 거예요, 저건 어떻게 한 거예요. 만들지도 않을 거면서 지우는 물어봤고 형진은 착실하게 대답해주는가 하면 재미있는 이야기를 곁들여 웃게 만들기까지 했다. 두 사람 사이는 불고기를 한입 먹여줄 때마다, 유부초밥을 하나 먹여줄 때마다, 멸치 고추장볶음을 먹여줄 때마다 부쩍부쩍 가까워졌다.

두 사람은 도시락을 다 먹고 천천히 커피를 나눠 마셨다. 저녁 어스름이 깔리는 시간, 안갯속에 잠기는 듯, 물속으로 잠기는 듯, 기분이 더할 수 없이 나른해졌다. 좁은 자동차 안, 이보다 더 큰 공간도 이보다 더 좋은 공간도 필요치 않았다. 이대로 그녀의 무릎에 누우면 세상에서 더는 부러울 게 없을 것만 같았다.

그러나 밥을 다 먹고 나니 한겨울 기온은 떨어져가고 자동차 안도 추워졌다. 우리, 앞으로 가요, 라며 그녀가 커피를 들고 서둘러 운전석으로 갔다. 우리, 라고 할 때마다 형진의 가슴은 울렁거렸다. 형진은 그녀에게서 눈을 떼지 않고 조수석으로 가서 앉았다.

그녀가 시동을 걸고 자동차를 데우는데 오른손을 움직일 때마다 마치 자기 손을 잡고 싶어서 더듬는 것처럼 느껴지는 것이었다. 그 손을 덥석 잡고 싶은 엉큼한 마음을 잠재우느라 형진은 시답잖은 이야기를 꺼내고 그녀의 반응을 살피느라 촉을 곤두세워야 했다.

그것뿐인가. 운전하는 여자들의 다리를 보았는가. 약 십오 도쯤 벌린 채 액셀을 밟았다 브레이크를 밟았다 하느라 좁혀졌다 넓어지는, 가녀린 다리의 움직임이 만들어내는 다리 사이의 공간, 그것만큼 남자의 가슴을 뜨겁게 일깨우는 게 있는가. 온몸의 피톨이란 피톨이 모두 눈알로 모여들어 더 바라보았다가는 그만 눈알이 터져 나갈 것 같아서 질끈 감아본 남자, 쿵닥거리는 심장을 들키기 전에 열이 잔뜩 오른 가슴을 식혀야 해서 창문을 열어본 적 있는 남자라면 형진의 마음에 십분 공감하며 서로를 위로하고자 악수라도 청할 판이다.

지우는 형진이 집에 가기 좋은 곳에 내려주겠다고 하고 형진은 그러지 말고 집에까지 가라면서 아웅다웅 실랑이를 벌였다. 남자는 이런 일에는 져주면 안 되는 법이다. 아무리 멀어도 그녀의 집에까지 가서 그녀가 잘 들어가는지 보고 돌아 나와야 하는 것이다. 연애 초기가 아닌가. 형진은 집으로 돌아오며 곰곰 생각했다.

자기 일이 아니면 시큰둥할 줄 알았던 지우는 막상 말문을 트고 나자 사사건건 태클을 걸고 넘어가는 타입은 아니었다. 형진이 주장하는 것은 쿨하게 인정해주고, 자기주장 또한 굽히지 않는 편이긴 했으나 형진을 쩔쩔매게 하지는 않았다.

그럼에도 불구하고 어쩐지 자신에게 끈끈한 관심이라든가, 깊은 호기심이라든가, 하는 건 없는 것 같았다. 어쩌면 실랑이를 벌이는 것보다 그게 더 나쁜지도 모른다. 무관심은 난관이랄 수도 없는 거니까, 움치고 뛰어볼 어떤 기회도 주지 않는 것이니까.

지우가 나에게 관심을 갖고 있는지 알 수 있을까. 그녀가 내게 관심을 갖게 하려면 어떻게 해야 하는 걸까. 그녀가 좋아하는 것을 탐색하고, 그것을 완벽하게 준비하는 것은 할 수 있겠는데 그녀가 내게 관심을 기울이게 할 방도는 전혀 모르겠다. 효과적인 밀당은 어떻게 습득하는 것일까. 다른 사람들은 어떻게 하는 걸까. 타고난 승부사가 아닌 다음에야 배우고 익히는 수밖에 더 있나.

집에 오자마자 형진은 혜진과 수진에게 물었다.

"여자들은 어떤 남자 좋아해요? 여자들도 관심 있는 사람한테 티 내요?"

혜진이 즉각적인 반응을 보였다.

"와, 주인 오빠 진짜 연애 하나보다!"

"아니, 연애가 아니고. 그냥 나한테 관심 있는지 아닌지 어떻게 아냐구."

"사실대로 얘기해보세요. 구체적으로 알아야 구체적으로 답을 알려주지."

"아 참, 아직 아무 사이도 아니어서 뭐라고 말할 수 없단 말이야. 나한테 관심 갖게 하려면 어떻게 해야 하는지나 가르쳐달라구."

"그런 건 서로 끌리는 게 있어야지, 억지로 되는 게 아닌데."

"끌리지 않으면 데이트 나갈 리가 없잖아."

"오, 데이트했어요? 누가 하자고 한 거예요? 오빠가 데이트 신청했는데 그 여자가 들어줬어요?"

"아니, 그 여자분이 먼저 데이트를 하자고 한 건데. 그럼 어떻게 되는 거야? 나한테 관심 있는 거야?"

"어떤 데이트냐가 중요한데. 도와준 것에 대한 보답으로 밥 한번 같이 먹은 건지, 좋은 시간을 같이 보내고 싶어서 그런 건지."

"두 번 째에 해당될 거야."

"에이, 자세히 얘기해봐요. 그거 맘대로 짐작하면 안 돼요. 여자들 굉장히 기분 나빠해요."

"아, 어쩌란 거야. 그쪽에서 데이트하자고 했다니까, 그리고 호수공원 가서 산책하고 밥 먹었단 말야."

"정말이에요?"

"아, 정말이야."

"오빠, 밀당이 필요한 거 같은데, 일단 밀당이란 서로 호감이 있는 사람끼리 하는 감정 줄다리기지, 전혀 관심 없는 사람한테 하는 마법이 아니라는 것을 아셔야 해요."

"그건 알고 있다고. 나한테 호감이 있는 것 같다니까. 근데, 그게 어느 정도인지 확실히는 모르겠다는 거지. 어떤 걸 보면 확실히 알 수 있느냐는 거야."

"진지하게 대답해줄게요. 데이트하자고 한 것은 확실히 호감이 있다는 거예요. 관심 없는 남자에게는 순전히 시간 때우기용으로 그렇게 먼 데까지 가자고 하지를 않을걸요."

"그러니까 말이야."

"주인오빠, 제가요. 팁을 하나 드릴 테니 그대로 해볼래요? 순진남한테 중요한 팁인데."

형진은 얼굴이 벌게져서 바짝 다가앉았다. 수진은 옆에서 키득키득 웃기만 했다. 하긴 제가 뭘 가르치고말고 할 입장이 아니지.

"자, 이거 보세요. 이거 다운 받아놓고 달달 외우고 이대로 실천하는 거예요."

"뭔데?"

혜진이 보여준 글은 이런 것이었다.

당신의 '존재 방식'을 매력적으로 한 번 바꿔보는 거예요.

어떤 남자가 여성에게 인기가 있을까요?

도저히 이 남자를 떠날 수 없게 만드는 요소에는 무엇이 있을까요? 기억하세요. 첫 번째는 무반응 (Restful)입니다.

아무리 여자 친구가 당신에게 악의적인 반응을 쏟아내도, 칭찬을 해도 당신의 감정은 고요하게 변하지 않는 거예요. '흔들리지 않는 사람'이 되는 게 첫 번째인 거죠.

두 번째는 사회적 지능 (Social Intelligence)입니다.

본능적으로 인간은 사회적 지능이나 지위가 높은 사람을 좋아하게 프로그래밍 되어 있습니다.

만약 아주 당황스럽고 혼란스러운 상황 속에서도 긴장하지 않고 침착하게 대응하는 모습을 어필할 수 있다면, 아마 여친의 눈에서 하트가 뿅 하고 등장할 거예요.

세 번째는 경쟁심을 자극하는 겁니다. (Challenge)

당신이 여성에게 관심을 가지는만큼, 여성도 당신의 관심을 갈구하게 만들어야 합니다. 이를테면 이런 거죠. 시도 때도 없이, 사랑해라는 말을 입에 달고 살고 매일 명품 백을 갖다 바친다면, 어느 순간 여성은 당신에게 '잘 보일 필요성'을 못 느끼게 되는 거랍니다. 왜, 게임도 비슷한 랭크의 랭커와 경쟁해야 긴장감이 있는 것처럼요. (물론, 사랑을 가볍게 여기란 말은 아닙니다. 하지만 본능적으로 DNA는 그렇게 프로그래밍 되어 있다는 걸 인정하셔야 합니다)

아마, 이것만 충분히 기억하고 가신다면 당신의 라이프스타일은 아주 굳건하고 단단하게 바뀔 것입니다. 물론 연애 초기 밀당에 있어서 이런 역할은 엄청나게 크게 작용할 거구요. 아마, 밀당이란 말이 필요 없는 남자가 될지도 모르죠.*

이대로라면 나는 나의 '존재방식'을 대폭 바꿔야 하는구나. 형진은 의기소침해져서 핸드폰을 들고 천천히 새겨읽으며 방으로 들어왔다. 등 뒤에서 혜진이 소리쳤다.

"오빠, 힘내세요, 우리가 있잖아요."

수진이 그런 언니를 말렸다.

"언니, 너무 놀리지 마."

"애는, 누가 놀렸다고 그래. 파이팅을 외쳐주는 건데."

형진은 문을 쾅 닫으며 이를 앙다물었다. 나의 존재방식을 가지고 찧고 까부는 너희들, 기다려라, 당당히 연애에 성공해서 보여줄 테다. 자고로 남자의 정성에 안 넘어오는 여자는 없다고 했다. 이번에는 일식을 배워서 완전히 넘어뜨려야지. 음, 책도 좀 읽고, 교양도 쌓고, 그녀가 놀라도록 사회적 지능을 높여야겠어.

자려고 이불을 뒤집어쓰다가 문득 아침의 사건이 떠올랐다. 생모의 얼굴이 떠오르자마자 지금인 것처럼 가슴이 쿵, 내려앉았다. 곧이어 강지우의 조언이 기억나면서 아픔이 웬만큼 나아졌다. 친구로 지내라고, 친구로. 가족 누구와도 친구였던 적이 없어서 낯선 의미로 다가왔지만, 형진보다 세상을 조금 더 살았고 사회생활을 많이 해본 여자의 조언이니 귀담아들을 만 할 것이다.

그런데 친구라면 어떤 접점이든 접점이 있어야 할 텐데 아무것도 공유하고 있는 게 없으니 친구라 할 수 있겠는가. 그렇다면 앞으로 어떤 식이 될지는 모르겠으나 함께 하는 무엇을 가져야 한다는 말이겠다. 그래, 까짓것, 친구 되어보지 뭐. 하지만 친구란 의도적으로 만들어지는 것이라기보다는 어딘가 통하는 게 있어서 자연스레 가까워지는 것이잖나. 그러니 생모와 친구가 되기 위해서는 아무런 전제를 깔지 말아야 할 것이다. 아무것도 미리 준비하지 말아야 할 것이다.

형진은 잠들기 직전에 문득 정신이 들었다. 혜진이 '매력남 되기'를 나에게 익히라고 한 건 내가 매력이 하나도 없다는 건가? 내가? 매력이 없다고? 그럴 리가!

* 인터넷 : 「밀당의 기술」에서 퍼옴.

8

평범 내러티브

누가 벨을 눌렀다. 기다리지 않고 또 눌렀다. 나가려고 신발을 꿰차는데 또 눌렀다. 딩동딩동딩동. 누가 장난하나, 요걸 현장에서 잡아야지, 하고서는 뛰어나갔다. 웬 꼬맹이가 도망가지 않고 말똥말똥 쳐다보았다.

"너 뭐야? 누구야? 왜 벨 눌렀어?"

녀석을 혼내주려고 다짜고짜 몰아세웠다. 몰아세웠으나, 꼬맹이는 전혀 기가 죽지 않고 당돌하게 물었다.

"여기 우리 아빠 있죠?"

"너네 아빠가 누군데 여기 있어? 없어."

"우리 아빠가 여기 있다고 했는데요."

"여기 아빠인 사람 아무도 없는데?"

"우리 아빠 여기 있다고 했어요. 불러주세요."

꼬맹이는 당돌하고 당차고 당당하게 요구했다. 문득 이상한
생각이 들어서 물었다.

"너네 아빠 이름이 뭔데?"

"이호준이요."

"뭐? 이호준? 어…어… 그럼 들어와라."

형진은 꼬맹이를 대문 안으로 들였다.

백팩 하나 둘러 멘 꼬맹이는 당돌하게 고개를 쳐들고 집을 훑
어보며 형진을 따라왔다. 호준에게 아이가 있었구나. 이거 참,
전혀 상상하지 못 했던 일이라 매우 당혹스럽네. 꼬맹이를 소파
에 앉히고 이걸 어떡해야 하나, 고민했다. 호준에게 전화해서 아
들이라는 애가 와 있다고 말하는 게 먼저겠지. 전화를 걸었다.
수술 중이라고 수술 나오면 전화하라고 전해주겠다고 했다.

전화를 끊고 멍하니 아이와 마주 보고 있다가 밥이라도 먹여
야겠다 싶어서 여기서 기다리라고 하고 주방으로 갔다.

수진과 정우가 밥시간이 되니 어슬렁 어슬렁 나왔다. 정우가
아이를 보고 누구냐고 묻더니 낌새가 이상하다 싶었는지 식사
준비 도와준다면서 주방으로 들어왔다. 수진이 아이 옆에 앉아
어깨에서 가방을 내려주고 편히 앉으라고 얘기했다. 고양이들이
토도독 튀어와 아이에게 몸을 비볐다. 아이가 미소를 지으며 고
양이들을 어루만졌다. 수진이 아이에게 물었다.

"이 고양이들 너 아는 고양이야?"

"아뇨. 몰라요."

"근데 고양이들이 너를 좋아하네? 너 고양이 키우니?"

"아뇨. 안 키워요. 키우고 싶은데 엄마가 못 키우게 해서요.
근데 아빠가 고양이 키우니까 가끔 아빠 집에 가서 만났어요.

애네들인지 아닌지 모르겠어요."

"아, 너네 아빠가 수의사님이구나."

"네, 우리 아빠 수의사예요."

주방에서 정우가 그 말을 듣고 고개를 끄덕였다. 형진은 정우에게 파를 다듬어서 채친 뒤에 잘게 다져놓으라고 했다.

"오늘 점심은 초간단 볶음밥이야. 애도 있으니 맵지 않게 해야지."

형진이 기름 두른 팬에 다져놓은 파를 쏟아 넣었다. 기름에 볶이는 파의 향기가 주방을 가득 채웠다. 계란을 풀어서 살살 저어 스크램블 에그를 했다. 거기에 밥을 넣어 볶으니 파향 그윽하고 부드러운 볶음밥이 되었다. 아이에게는 케첩을 얹어 주고 다른 식구들은 알아서 먹게 했다. 아이는 아이답지 않게 새콤한 김치가 맛있다며 김치를 더 달라는 게 아닌가. 정우가 김치를 덜어 놓으며 아이에게 물었다.

"아빠랑 여기서 만나기로 했어?"

"엄마가 여기 가면 아빠랑 같이 살 수 있다면서 보냈어요."

뜨악! 형진과 수진, 정우가 입을 쩍 벌리고 멍한 눈으로 아이를 바라보았다. 형진이 더듬거리며 묻지 않을 수가 없었다.

"여… 여기? 여기서 같이 살다니?"

"이제부터는 아빠랑 살아야 한 대요. 아빠랑 그렇게 약속했다면서요."

"그… 그럼 네 아빠가 너 여기 온 거 알아?"

"엄마가 전화해놓는다고 했어요. 아마 아실걸요."

"우리한테는 얘기 안 했거든."

아이는 그새 밥 한 그릇을 뚝딱 비웠다. 그리고 둘레둘레 돌아보더니 식탁 위에 놓인 사과를 먹어도 되냐고 물었다. 형진은 얼른 집어주며 어서 먹으라고 했다. 밥을 더 볶아야 하나, 배고 프냐고 물어볼까, 고민하면서.

아이는 사과를 먹으며 거실로 가서 고양이들과 장난을 치며 놀았다. 세 사람은 아이와 서로를 번갈아 보며 최악의 상황을 상상했다. 아이와 함께 살아야 하는 최악의 상상. 아이와 함께 살다니, 오오, 그건 안 돼! 두 사람은 갑자기 해야 할 일이 생각난 듯 벌떡 일어나서 각자의 방으로 황급히 사라졌다. 형진도 뒤도 돌아보지 않고 방으로 들어왔다. 아이가 거실에서 지루해하지 않고 잘 놀고 있기만을 바랄 뿐. 나와 동갑인 사람에게 저렇게 큰 아이가 있다니. 형진은 고개를 내둘렀다.

현관문이 벌컥 열리며 호준이 뛰어들어왔다. 근무 시간에 소식을 듣고 달려온 것 같았다. 형진도 방에서 나오고 수진이 빼꼼 문을 열었다가 닫았다. 호준을 보고 아이가 아빠, 하며 벌떡 일어나 달려가서 호준의 품에 안겼다. 호준은 아이를 안으면서 형진을 보고 무안한 표정을 지었다.

"미처 말하기도 전에 애가 와서 이거, 미안합니다."

아이가 있는데 뭐라 하겠는가, 됐다는 뜻으로 고개를 끄덕이는 수밖에. 호준이 아이를 데리고 방으로 올라갔다. 사람은 사람을 불러오고, 사람은 사건을 불러오고, 사람은 말썽을 일으키기 마련이지. 사람을 불러온 내가 잘못이지, 이제 더 놀랄 것도 없다, 중얼거리면서 형진은 어깨를 축 늘어뜨리고 방으로 들어갔다.

잠시 뒤에 호준이 방을 두드렸다. 형진은 최악의 상황을 맞을 각오를 거듭하며 거실로 나갔고 수진과 정우도 민망한 얼굴로 나와 앉았다. 죽을 죄를 지었다는 자세로 마치 바닥에 무릎이라도 꿇을 듯 의자에 옹송그려 앉는 호준은 식구들에게 최악의 상황을 기정사실로 받아들이게 했다.

"여러분 모두에게 죄송한 부탁을 해야 할 것 같습니다."

"어떻게 된 일이에요? 아이가 여기서 살아야 한다고 하던데."

호준이 더욱 죄송한 듯 고개를 숙였다.

"실은, 제가 이혼을 했습니다."

호준의 고백에 모두들 숙연해졌다. 외국영화처럼 아, 안됐군요, 라고 말하는 관습이 우리에겐 없는 것이다. 이럴 때 우리네 정서로는 입을 다물고 마치 자기 일인 것처럼 입술을 꽉 깨무는 시늉을 해주는 제스처가 필요하다.

"제가 혼자 살며 몹시 힘들었을 때 슈레와 딩거, 망가를 만나 그나마 위로를 받은 것입니다. 그래서 고양이들을 떼어놓을 수가 없었어요."

이럴 때 역시 아, 하며 숙연한 표정으로 고개를 끄덕여주는 것이 무난하다.

"아이를 애 엄마가 맡았었는데 이제 와서 새로 결혼을 해야 한다는군요. 아이를 데려갈 수 없다고 제게 맡으랍니다. 어쩔 수 있습니까. 아빠인 제가 키워야지요. 그런데, 문제는 제가 아직 집을 얻을 형편이 못 된다는 거죠. 당분간 아이와 여기서 살아야 할 것 같아서요. 여러분께서 양해를 해주셨으면 합니다."

정우가 매우 어렵지만 할 말은 해야겠다는 분위기를 풍기며 입을 뗐다.

"형편이 딱하게 됐는데, 저희도 저희지만 주인 형님은 또 다른 입장이신데…"

형진은 뭐라 대답할 수가 없었다. 주여, 이렇게 어려운 선택을 하게 하시면 저는 어쩌라는 겁니까. 설마 저같이 섬약한 인간에게 이 엄동설한에 어린애를 내쫓는 역할을 맡기시는 건 아니시겠죠. 그는 침을 꿀꺽 삼켰다. 하는 수 없지. 받아들이는 수밖에.

"매우, 힘든 일이지만, 어떻게 하겠어요. 우리가 이해하고 함께 지내야지."

정우가 심상하게 물었다.

"그런데, 아이는 누가 돌봅니까?"

아뿔싸. 삽시간에 거대한 침묵이 네 사람을 휩쓸었다. 심지어 말을 꺼낸 정우조차 말을 꺼내고 나서야 그 말의 의미를 깨달은 듯 눈을 동그랗게 뜨고 이 엄청난 현실에 경악했다. 이건, 딱하고 안쓰럽고 안됐고, 그런 감정의 차원이 아니다. 그런 감정의 동요는 잠시 묵념을 하듯 겪어 넘기면 되는 것이다. 이들은 이제, 주보호자는 매일 같이 일하러 나가야 하는데 아이는 하루 종일 집에 있을 거라는, 누군가는 아이를 돌보고 챙겨야 한다는 현실에 직면한 것이다. 호준조차 그 생각은 못했는지 아무 대책도 없어 보였다.

"아, 그게, 아, 어떻게 해야 하죠."

"그걸 저희한테 물어보면 어떻게 합니까. 여기 아이를 키워본 사람이 하나도 없는데요."

수진이 조심스럽게 물었다.

"애가 몇 살이에요?"

"이제 7살입니다."

"그럼 학교도 안 들어갔잖아요?"

"그렇지요, 내년에 들어갈 겁니다. 아직 유치원생이네요."

"그럼 유치원 다녀와서는 집에 내내 있어야 하는 거네요?"

"그, 그렇네요."

수진은 형진을 보고, 형진은 수진과 정우를 보고 정우는 수진과 형진을 번갈아보았다.

"우리가 항상 집에 있는 것도 아니고, 알바도 해야 하고, 연습실에도 가야 하고."

정우가 빠져나갈 심산인가 보다. 형진도 얼른 변명을 했다.

"저는 요리학원에도 가야 하고 밥해주러 다니고, 자격증도 따야 해서 이젠 시간도 없어요."

수진에게로 눈길이 모여들었다. 그래도 넌 아이를 돌볼 수 있는 재능을 갖고 태어난 여자이기도 하잖아, 라는 말없는 푸쉬를 느꼈나 보다. 수진이 밀려드는 눈길을 피하듯 몸을 뒤로 젖히며 두 손을 저었다.

"아, 저도 다시 비행학교도 나가야 하고 조교일도 할 거예요. 지금 겨울이라서 좀 쉬고 있는 거예요."

"아, 겨울 동안은 시간이 있는 거구나."

형진이 이때다, 싶어 밀어부쳤다. 아직 어린 여자한테 야비하긴 하지만 일단은 누가 책임을 져줬으면 싶었다. 아이 돌봄을 누군가한테 떠넘길 수 있다면 아이가 집에 있는 것을 흔쾌히, 진심으로 흔쾌히 받아줄 마음이 생겼다.

"고양이가 있으니 애가 고양이랑 놀면 될 겁니다. 그냥 낮에 밥이나 좀 먹여주고. 애가 그동안에도 혼자 있다시피 했으니 크게 손 갈 일은 없을 거예요."

그리고 아예 울먹이며 덧붙였다.

"저랑 둘이 나가 살면 애는 하루 종일 혼자 있어야 하고…. 아이를 어디 맡길 데도 없는데… 여기 있으면 그래도 사람들 사이에서 정도 배우고, 질서도 배우고, 배울 게 많을 것 같고요."

숫제 애를 우리들에게 맡기려고 하는구나. 형진이 호준을 쏘아보다가 호준의 애처로운 눈과 마주치자 얼른 눈길을 돌렸다. 수진이 울상을 지었다.

"그래도 난 애 볼 줄 모르는데."

형진이 수진을 달랬다.

"우리가 틈틈이 돌봐줄게. 같이 하는 거야, 같이."

정우가 수진을 위로해주기 위해서인지 마지못해 자기도 거들겠다고 했다.

"내가 가끔 연습실에 데려가서 놀아줄게.

호준이 고맙다며 넙죽넙죽 허리를 굽혀 인사했다.

"이렇게 좋은 사람들과 함께 산다는 게 정말 믿어지지 않습니다. 제가 어디 가서 이런 분들을 만나겠습니까. 이곳을 떠난다 해도 영영 잊지 못할 겁니다."

뭐라고 할 말이 없게 만들었다. 이런 말 듣고 어떻게 야박하게 할 수가 있느냐 말이다. 이 사람이 말야, 어수룩한 듯하면서 단수가 높단 말야. 자기 처지를 극심하게 표현해서 남들이 동정을 하거나 위로를 쏟아붓게 만드는 타입이란 말야. 너희는 그래도 나보다 낫잖아, 나 같은 사람 앞에서 징징대지 말고 나 좀 봐줘. 그러면 너희들에게 복이 갈 거야. 이러는 거란 말이지.

호준은 일하다가 급히 빠져나왔다면서 다시 직장으로 갔다.

아이를 남기고서. 아이는 호준의 방에서 낮잠을 자고 있었다. 형진은 아이가 일어나면 간식으로 우유라도 줘야 하나, 싶었다. 슬리퍼 끌고 슈퍼에 간다는 정우에게 우유 한 팩 사 오라고 소리쳤다. 정우가 알았다며 나갔다. 생각 있는 녀석이면 빵도 좀 사 오겠지.

저녁에 퇴근한 민규와 혜진이 낯선 아이를 보고 누구냐고 물었다. 아이는 낯선 집, 낯선 사람들 사이에서도 별로 위축되거나 긴장하는 것 없이 고양이들과 소파에서 엎어지고 자빠지며 잘 놀았다.

형진은 고양이를 쫓아 뛰어다니는 아이를 힐긋 훔쳐보며 낮에 있었던 일을 얘기하고는 당분간 같이 살기로 했어, 라고 덧붙였다. 혜진은 얼굴이 어두워지고, 민규는 놀란 마음을 감추지 않았다.

"와, 호준 형님 아이가 있었어요? 결혼을 일찍 했나 보네. 그러고 보니 사연 없는 사람이 없구나. 안 아픈 사람이 없네, 없어."

혜진이 말없이 일어나 방으로 들어갔다. 호준에게 마음을 두었는데 애 딸린 이혼남이라니 충격이 컸던 모양이다. 수진도 언니의 뒷모습을 걱정스럽게 지켜보았다.

형진은 혜진에게도 신경이 쓰였지만 아이가 뛰어다니는 것이 더 신경 쓰였다. 아이가 썩 마음에 들지도 않았다. 아이가 너무 당차서 웬만해서는 말을 들을 것 같지도 않아 보였던 것이다. 어린애한테 일일이 잔소리를 할 수도 없고. 어떻게 해야 한다지. 그렇다고 호준이 다른 사람을 배려해서 자식 버릇을 엄하게 들일 거 같지도 않고 말이다.

주인의 역할은 이럴 때 극대화되는 건데, 형진은 이럴 때마다 이전의 뼈아픈 실패가 돌이켜지면서 골머리가 아파왔다. 어떻게 이 아이를 통제한다지? 이렇게나 제멋대로인 아이를?

귀인은 뜻하지 않은 곳에서 온다는 말이 있듯, 아이를 통제하는 사람이 필요한 참에 혜진이 그 역할을 대신해주었다. 서로 이득을 주고받거나 정서적으로 꼭 필요한 관계가 아니고는 에너지를 낭비할 필요 없다고 생각하는 혜진은 아이에게 전혀 관심을 기울이지 않았다. 아이가 옆에 와서 놀면서 이것저것 물어봐도 들은 척도 안 하는 등 분위기가 사뭇 냉랭했다. 그렇게 별 관심 없는 듯이 보이다가도 아이가 너무 뛴다거나 버릇없이 굴면 혜진은 단호하게 지적했다.

"꼬마야, 소파에서 뛰면 안 된다고 했지? 내려와."

꼬마라고 불린 아이는 혜진에게는 즉각 반응을 보였다. 사람은 물고 물리는 관계가 있는가 보다. 수진과 정우는 비교적 따뜻하게 돌봐주는 편이었고 민규는 아이에게 딱히 살갑게 대하지도 특별하게 대하지도 않아서 아이도 데면데면하게 대했기 때문에 세 사람은 만만하게 대하는 편이었다. 그런데 혜진은 가만히 있다가 정확히 꼭 꼬집어서 지적을 했기 때문에 천방지축인 아이라 해도 움찔, 하고 하던 짓을 멈추었다.

혜진의 마음을 알 리 없는 호준은 아이한테 야, 야, 그 이모는 친절하지 않으니까 작은 이모한테 가서 놀아, 라는 식으로 말하곤 했다. 그러면 혜진은 아이에게 공동생활의 규칙을 지키도록 가르치셔야죠, 라고 야무지게 쏘아붙이고는 방으로 들어갔다.

시도 때도 없이 호준에게 전 부인의 전화가 걸려왔다. 대체로 아이의 식성이나 놀이 방식, 건강관리, 공부 관리에 관한 내용이었는데 거의 매 시간마다 지시를 내렸다. 지금은 학습지 할 시간 이다, 학습지 꺼내서 공부 시켜라, 핸드폰은 절대 아이에게 줘서 는 안 된다, 게임하느라 공부 안 한다, 밥 먹을 때 꼭 손을 씻겨 라, 인스턴트는 절대 먹이지 말고 햄이나 소세지 종류를 먹여서 도 안 된다, 지금은 목욕시킬 시간이다, 매일 목욕을 시키고 매 일 옷을 갈아입혀라, 등등이었다. 자기 옷도 제대로 갈아입지 않 고, 자기 출근 시간도 딱딱 맞추지 못하고, 일이 터지고 나서야 변명을 하는 성격인 호준이 아이를 제대로 돌볼 수 있을까 의문 이었다.

아이는 당연하다는 듯 호준의 말을 듣지 않고 이리저리 도망 다니곤 했다. 그런 끝에 혜진의 방으로 도망가는 일이 생겼다. 혜진이 아이의 귀를 잡고 문밖으로 나왔다.

"다시는 이 방으로 들어오지 마. 엉덩이를 때려줄 거야."

싸늘한 혜진의 말투에 움츠러들었던 아이는 혜진의 손에서 벗어나자 냅다 호준에게로 뛰어가 품에 안겼다. 그러고는 혜진 을 향해 혀를 쑥 내밀었다. 혜진이 그걸 보고 가만있을 리가 없 지. 허리에 한 손을 척 걸치고 다른 손을 쭉 뻗어 꼬마에게 손짓 을 했다.

"꼬마, 이리 와."

꼬마가 갈 리가 없지. 혜진이 물러날 리도 없지.

"꼬마, 이리 와."

꼬마는 호준 뒤로 숨고 호준은 혜진에게 미안해서 어쩔 줄 몰 라 했다. 호준도 혜진이 얼마나 차갑고 냉혹하게 변할 수 있는 사람인지 이제 안 모양이었다.

"연동아, 어서 잘못했다고 해. 이모 화났잖아."

"싫어! 저 이모 싫단 말야."

"그러니까 잘못했다고 해."

호준이 쩔쩔맸다. 혜진은 한 발짝도 물러나지 않고, 아니 위협적으로 한발 한발 다가왔다.

"꼬마, 이리 와. 내 앞에 똑바로 서서 공손하게 잘못했습니다, 라고 말해."

형진은 집안에 무서운 사람이 하나 있으니 천방지축인 꼬마애 통제는 좀 쉬워지겠군, 하며 경기를 관람하는 마음으로 느긋하게 구경했다.

혜진이 또 한 발짝 다가갔다. 아이가 아빠 바짓가랑이를 잡은 채 주춤주춤 뒤로 물러났다. 혜진이 또 한 발짝 다가서며 말없이 손짓을 했다. 아이가 하는 수 없이 눈치를 보며 앞으로 나왔다.

"가까이 와."

아이가 잔뜩 겁에 질려 다가가고 호준은 난감해서 두 손을 비볐다.

"너 어디서 이런 버릇 배웠어? 너네 집에서 하던 버릇 다른 사람들한테 하면 안 되는 거 알아? 몰라? 밖에서 미움받고 싶어?"

아이는 아무 말도 하지 못했다.

"다시는 어른들한테 장난칠 거야, 안 칠 거야?"

형진도 호준도 혜진이 이렇게까지 무섭게 애를 다그칠 줄은 몰랐다. 아이는 하는 수 없이 고개를 저었다. 호준이 어깨를 축 늘어뜨렸다. 혜진은 아이의 기를 꺾은 게 아니라 호준의 기를 꺾어놓은 것 같았다.

"여기는 여러 사람이 함께 사는 곳이야. 남의 방은 함부로 들어가면 안 돼. 그리고 남의 물건에 함부로 손을 대서도 안 돼. 남들과 공동으로 사는 곳에서는 규칙을 지켜야 해. 알았지?"

아이가 고개를 끄덕거렸다.

"그래. 잘 못했다는 거 알았으면 됐어. 가봐."

아이가 울음을 터뜨리며 호준에게로 달려갔다. 호준이 아이를 품에 안고 고개를 묻었다. 자기 앞에서 제 자식이 혼나는 꼴을 보고 있어야 했으니 그 마음이 어땠겠는지. 형진도 민망해서 고개를 돌렸고 혜진도 곧바로 방으로 들어갔다. 호준이 아이를 데리고 이층으로 올라갔다. 홀로 아이를 키워야 하는 남자의 뒷모습이 그토록 서럽게 보일 줄은 몰랐다.

호준도 아이도 만만찮은 세상에 던져졌다는 것을 알게 되었을까. 호준의 삶에는 크게 두 가지 전망이 놓여있고 그 두 세계는 서로 얼마나 모순된 세계인지, 한쪽을 택하는 순간, 다른 한쪽은 여지없이 멀어져버린다는 것을 알게 되었을까. 다시 돌아갈 수 있으리라고 믿는다 한들, 다시 돌아갈 수 없다는 것을 인정한다 한들, 어느 쪽으로든 발을 내디딘 순간 결과는 변하지 않을 것이라는 걸 알고 있을까. 호준이 아이의 어깨를 감싸고 올라가는 계단은 높고도 험해 보였다.

민규는 타고난 성격인지 다시금 충실한 직장인으로 살면서 수진에게 지속적인 관심을 기울이고 있었으나 최근 들어 수진과 정우가 조금씩 친밀한 사이가 되어가고 있다는 것을 알아차린 것 같았다. 한동안은 두 사람 사이를 유심히 관찰하고 훼방도 놓으려고 하는 것 같더니 다시 희망을 품고 수진의 관심을 끌기 위해 수진이 식사 당번일 때 소매를 걷어부치고 도와주었다.

민규의 쾌활하고 솔직한 성격이 호준의 의기소침함을 상쇄해주었다. 호준은 거의 저녁에만 조용히 나타나 밥을 먹고 나면 하루종일 뛰어논 아이를 데리고 방으로 가곤 했다. 아이는 낮에 놀 때보다 오히려 호준이 있을 때 풀이 죽어서 고분고분 말을 듣곤 했다.

형진은 호준과 아이의 변화가 마음에 걸렸다. 둘이서 저녁 내내 무엇을 하는지 궁금하기도 했고 혜진과 서먹서먹해진 뒤 다시 풀리지 않는 것도 불편했다. 그 틈새를 민규가 채워주고 있는 것이었다.

민규의 경박함은 가히 빛과 소금 같은 가치를 지녔다 할 수 있겠다. 누가 민규의 경박함을 조롱할 수 있겠는가. 경박함은 때로 터무니없이 엄격한 이들로부터 어설프게나마 웃음을 자아내기도 하는데 어설프게 자아낸 웃음이 간혹 화해의 실마리가 되어주곤 하지 않던가. 민규는 혜진에게도 말을 걸고 바로 옆에서 뺏뺏하게 굳어 있는 호준에게도 말을 붙이곤 했다. 아무것도 개의치 않고 무신경하게 건네는 그 대화들이 결국 서로를 다시 이어주기도 하는 것이다. 문제는 감정이었으니까. 감정을 풀어주면 그럭저럭 불편한 점은 해소되기도 하니까.

호준은 혜진의 마음을 읽을 수 있는 섬세하고 자상한 성격이 아니었고 그래서 혜진이 화를 낸 것은 단순히 아이의 버릇 때문이라고만 생각했던 것이다. 그러니까 자신의 처지가 몹시 부끄러웠을 뿐이었다. 아이는 아이대로 그 상황을 통해 이곳에서의 아버지의 위치를 객관적으로 보게 되었고 더 이상 곤란하게 만들어서는 안 된다는 것을 알 정도는 되었던 것이다.

혜진으로서는 아이를 혼내는 것을 통해 호준에게 화풀이를 한 게 되어 어느 정도는 감정을 해소했다고 할 수 있었고 말이다. 혜진이 화를 낸 것이 영 쓸 데 없는 짓이었던 건 아닌 셈이다. 그렇긴 해도 두 사람은 스스로 화해를 할 만한 성격이 못 되는 사람들이었기에 민규의 역할이 중요했다. 형진은 다시 한번 민규가 몹시 필요한 존재라는 생각을 굳혔다.

형진은 매우 바빠졌다. 한식 요리에 이어 일식 요리까지 배우러 다니다 보니 일주일이 빠듯했다. 강지우를 의식하여 매력적인 존재로 거듭나려는 안간힘의 일환으로 책까지 읽기 시작했기 때문에 더욱 시간이 없었다.

느닷없이 책이라니, 낯선 몸부림이랄 수 있겠지만 요리에 관한 책들이라 새로운 머리를 써야 하는 건 아니었다. 그렇긴 해도 고수의 세계는 어떤 분야이든 세상을 관통하는 깨우침을 담고 있는 게 아니겠는가. 무엇보다 강지우와의 대화거리가 늘어나는 것이 형진으로서는 자랑스러웠다.

요리의 역사란 전쟁의 역사만큼이나 인간의 삶에 큰 영향을 미치고 변화를 불러일으키는 것이라서 에피소드도 무궁무진했고 거기에서 얻어지는 통찰도 상당했다. 형진은 강지우의 전문성에 버금가는 전문성을 갖춰가는 기분이었고 비로소 남자로서 당당해지는 것 같았다.

형진과 강지우는 일식으로 저녁을 갖춰먹으면서 와인을 마시기 시작했다. 형진이 요리에 맞는 와인을 처음 사간 것으로부터 시작되었는데 강지우는 전혀 거부감을 보이지 않았다. 오히려 반기면서 그동안 꿍쳐두었던 와인을 꺼내오기 시작했다.

와인에 살짝 취한 지우가 형진을 늦도록 잡아두는 일이 잦아졌고, 형진과 지우는 소파에 나란히 앉아 와인을 두 병씩 비우게 되었다. 저녁을 다 먹은 후에 와인을 먹기 시작하는 날도 많아서 치즈란 치즈는 다 섭렵하게 되었다. 형진은 치즈 조각을 지우의 입에 넣어주기 좋을 만큼 가까이 앉았다. 그리하여 소파에 앉은 두 사람의 거리는 조금씩 가까워져서 이제 딱 붙어 앉아도 그것을 의식하지 않는 형편이 되었다.

딱 붙어 앉은 형태를 만들고서야 형진은 그녀가 자신에게 마음이 있다는 것을 확신하게 되었다. 안주로 모밀을 먹을 때면 각 나라의 '누들'에 관한 이야기에서부터 '누들'이 중국 대륙 전역으로 퍼져간 경로와 에피소드를 이야기하고, 우리가 손쉽게 먹는 국수와 냉면에 대해 이야기했다. 치즈를 먹을 때면 치즈의 역사와 각국의 제조 특징까지 맛있게 이야기했다.

"이거 한번 먹어봐요. 신들이 먹는 페타 치즈라는 그리스 치즈예요. 산악지대에서 만든 치즈라 염소나 양의 젖으로만 만들었던 거예요."

"왜 신들의 치즈라고 했대요? 그리스 신화 때문인가? 신화에 나오는 신들이 먹었다는 거?"

"오! 맞아요. 정확히 하자면 오디세우스를 잡아놓았던 외눈박이 거인족 큐클롭스의 두목이 양의 젖으로 치즈를 만들어 동굴 선반에 놓고 숙성시켰대요. 오디세우스가 그 비법을 훔쳐 왔다는 거죠."

지우는 처음 듣는 이야기라며 전문영역을 솜씨 있는 이야기로 엮어내는 형진에게 감탄했다.

"도미 이야기할 때는 어설퍼서 매력 있었는데 지금은 또 다른 매력이 있어요."

이렇게 단도직입적인 여자다, 강지우가. 그래서 형진은 또 한 번 의기양양해졌다. 지금 분명히 그랬잖은가. 매력적이라고. 그래, 나는 '매력적인 존재'인 거야.

이런 말을 해주는데 어떻게 가만히 미소만 짓고 있겠는가. 이것은 분명히 우린 이제 가까워질 만큼 가까워졌다는 신호인 것이야. 그렇게 지우의 마음을 읽고 형진은 용기를 냈다. 그녀의 어깨에 팔을 두르고, 그녀의 등을 끌어당겨, 그녀의 붉은 입술에 입을 맞추려는 찰나, 뜻밖에도 지우가 그의 목을 확 끌어당기며 키스를 했다.

그것은 가벼운 입맞춤이 아니었다. 머리칼을 송두리째 곤두세우고, 금방 먹은 치즈가 올라올 만큼 위장을 울렁거리게 했으며 무엇보다 아랫도리에 전신의 피가 몰려들게끔 했다. 형진의 손은 자연스럽게 지우의 허리를 끌어당겼고 지우의 낭창한 허리는 형진의 배에 찰싹 달라붙었다. 지우는 갈증을 채우듯 키스를 했다. 그는, 지우에게 키스를 당했던 것이다.

키스를 하는 젊은 남자는 그 손이 어디를 향하는지 거의 의식하지 못하는 게다. 영혼은 이미 반쯤 세상을 떠났고, 마지막 안간힘을 쓰던 의식은 키스가 깊어질수록 자신을 방치했다. 그래서 영혼의 눈길도 의식의 제어도 받지 않는 남자는 여자의 허리를 꼭 끌어당기다 못해 허리선을 타고 내려와 엉덩이를 움켜쥐려고 했던 것이다. 아니, 그냥 엉덩이를 자기신체로 더욱 바짝 다가오도록 끌어당기려고 했을 뿐인데, 그녀가 살며시 그 손을 떼어놓았다. 형진의 영혼과 의식이 가물가물 그 손을 통해 살아나 다시 허리로, 등줄기로 올라갔다.

이윽고 깊고 진한 키스 뒤에 지우가 형진의 어깨에 머리를 얹었다. 그녀가 아무리 살며시 움직여도 그녀의 입술에서 방금 먹은 페타 치즈의 달콤함과 비릿함, 콤콤함이 풍겼다. 그녀가 머리를 얹을 때는 귓가를 간질이는 머리카락과 목덜미에 살며시 와닿는 이마에 오싹 소름이 돋았다. 그것뿐인가, 그녀의 촉촉한 입김이 그의 목덜미에 끼얹힐 때 그는 오소소 떨기 시작했던 것이다. 그런데 이건 무슨 뜻일까. 날카로운 첫 키스의 여운에 잠겨 형진의 영혼이 비틀거릴 때, 그녀는 그의 어깨가 무너져라 큰 숨을 내쉬었다.

형진은 그 큰 숨의 의미가 궁금했다. 단순히 마음을 내려놓는 숨이었으면 의문을 가질 필요가 없으련만, 그것은 '한숨'이었다. 무엇인가가 미진했을 때 쉬게 되는 한숨. 그래서 문득 귓가에서 느껴지는 서늘한 입김. 탄식에 가까운 한숨. 이것은 또 무슨 뜻일까. 다 이긴 게임처럼 방만하게 풀어지려다가 다시금 조여드는 심장. 긴장해버린 형진은 어깨를 편안하게 낮춰주지 못했다.

지우는 몇 차례 뒤치럭거리며 머리를 편안하게 얹으려 했지만 긴장을 풀지 못한 형진 때문에 그만 몸을 똑바로 세우고 말았다. 반쯤 술이 취했고 반쯤 술이 깬 두 사람은 서먹서먹해하다가 누가 먼저랄 것도 없이 일어났다. 형진은 치즈가 담긴 접시와 와인 잔을 들고 설거지를 했고 지우는 남은 것들을 치웠다. 졸릴 텐데 어서 자라고, 형진이 부드럽게 말했다. 지우는 졸려죽겠다는 듯 눈을 반쯤 감고 고개를 끄덕였다.

그렇게 형진은 지우의 집을 나왔다. 매서운 겨울바람이 형진에게 달려들었다. 에취, 형진은 머플러를 두 번 돌려 감고 코트 깃을 세우며 성큼성큼 걸었다. 취기도 잠도 달아났다. 그녀는 무엇 때문에 더 가까워지기를 거부하는 것일까. 그녀는 단지 연애

237

를 두려워하는 것일까. 형진을 두려워하는 것일까. 무엇이 문제
인지 모르는데도 형진은 더 강하게 밀어부쳐야 하는 걸까.

집에 돌아와 형진은 혜진을 불러 앉히고 또 연애상담을 했다.

"이거 뭐야? 왜 그녀가 내 어깨에 머리를 얹고 땅이 꺼져라
한숨을 쉰 거야?"

혜진이 시큰둥하게 대답했다.

"뭐가 부족했나 보지."

"밥 맛있게 해주고, 힘들다고 하면 위로해주고, 분위기 맞춰
주는데 왜 한숨 쉬는 거야?"

"그것만으로는 부족하죠."

"지우한테 부족한 걸 내가 채워주고 있는 건데, 뭐가 더 필요
해?"

"그녀가 엄마가 필요하대요?"

"아, 아니 그건. 글쎄···."

"부족한 게 있다는 거죠."

"뭘 더 갈고닦을 필요가 없어. 나보고 매력적이라고 했으니
까."

"그럴 리가요. 매력적인데 왜 한숨을 쉬어요."

"무슨 걱정거리가 있는가."

"자, 첫 번째 확인해보세요. 너그럽고 유연하면서도 힘이 좋
은 거, 보여줬어요?"

"어, 나 화낸 적도 없고 반대한 적도 없고 다툰 적도 없어."

"에헤. 그것만으로는 안 되죠. 듬직한 모습을 보여줬느냐, 즉
무슨 일이 있어도 이 사람은 내편이다, 는 믿음을 줬느냐는

거예요.”

“그랬을걸. 그러니까 나한테 매력적이라고 했지.”

“아우, 그건 이야기를 잘 해서 그랬다면서요.”

“그게 얘기만 잘한다고 그런 말을 하겠냐고.”

“그럼 그건 통과. 두 번째, 사회적 지능, 즉 급박한 상황에서의 대응능력이고 이건 그 사람의 총체적 지능을 잴 수 있는 척도라구요.”

“아무 일도 없었는데. 깡패를 만난 것도 아니고.”

“하긴 집안에서만 만났으니 다른 능력을 검증할 기회도 별로 없었을 거 같네. 작은 사건이라도 사건을 만나면 이건 알 수 있는데. 배낭여행을 가든지 하면 정확히 알 수 있고 말이지. 이런 데서 점수를 확 따는 건데.”

형진의 눈이 번쩍 뜨였다. 낯선 곳에 가면 온전히 자기에게만 의지하지 않을까. 그럼 더 멋지고 든든한 모습 보여줄 수 있을 텐데.

“그럼 여행 가자고 할까?”

“여행 한번 다녀오면 바로 결판 날 거예요. 돌아오면서 딱 갈라서든지, 함께 살게 되든지.”

“아, 그럼 그건 위험하다. 아직 그렇게까지 할 필요가 있나…. 차츰 알아가고 차츰 겪어가는 거여야지.”

“세 번째. 두 분은 전혀 다른 사람과의 비교나 경쟁을 하고 있지 않잖아요. 이렇게 되면 상대방에 대한 객관적 가치를 매기기 어렵고, 그게 결정을 미루게 하는 결정적 원인이 될 수 있어요.”

“아, 그것 때문일까?”

"두 번째 조건부터 검증이 안 됐잖아요. 제 조언은 밖에서 데이트를 많이 하라는 거구요. 예기치 않은 상황에 놓여봐야 오빠의 매력에 대해 확신을 할 수 있을 거라는 뜻이에요. 즉, 오빠에 대해 갈증을 느끼게 해줘야 한다는 거예요."

"그러니까, 결국, 나의 객관적 가치에 대한 확신이 없다는 거구나."

"빙고! 아우, 빨리 알아들으시네. 주말이면 주말마다 데이트 나가고요, 할 수 있는 건 다 해봐야 해요."

이럴 땐 냉정한 혜진이 도움이 되는구나. 옆에서 듣고 있던 민규는 몇 번이나 끼어들 기회를 잡으려 했으나 한 치의 빈틈도 허용하지 않는 혜진에게 밀려서 결국 눈을 반짝이며 경청을 하게 되었다.

그리고 마침내, 형진에 대한 조언이 끝이 났을 때 민규가 손을 번쩍 들었다. 혜진은 그제서야 눈짓으로 질문을 허락했다.

"그 모든 게 다 우월한 사람이 그보다 못한 사람에게 밀리는 경우는 무엇 때문일까요? 또 하나, 이런 경우 패자부활전의 기회가 올 수 있을까요?"

"연애에서 패자부활전이란 엄밀한 의미에서 없는 거예요. 그런 게 어딨어. 끊임없는 쟁탈전이 있을 뿐이지."

"아싸! 희망의 말씀 고맙습니다!"

"보다 나은 사람이 되도록 애써 보세요."

혜진 같은 냉혹한 판단자는, 비록 그녀의 말을 듣고 있는 순간에는 기분이 나빠질지언정, 모든 것이 첫 경험인 이 미숙한 인간들 사이에서 길라잡이가 되어주는 꼭 필요한 존재라 아니할 수 없을 것이다.

형진은 세상을 일찍 깨우친 사람에게는 저절로 고개를 숙이는 습성이 있어서 앞으로도 혜진의 말에 귀를 기울여야겠다는 다짐을 하며 방으로 들어갔다. 메모라도 해야 할까 봐, 이렇게 중얼거리며.

눈 내리는 정오, 피코크 그린의 쿨 하우스에서 형진은 뜨거운 물을 콸콸 틀었다. 강지우와의 데이트 계획도 차분하게 생각할 겸 욕조에 몸을 담그고 우아하게 책을 읽기 시작했다. 어디를 갈까. 영화를 보러 갈까. 연극을 보러 갈까. 야외는 어디가 좋을까. 그녀가 지어준 욕실에서 눈 내리는 창밖을 내다보며 물속에 몸을 담그고 있는 것은 서정성을 지극히 고취시켜줄 것이라 생각했으나 그것은 잘 못된 생각이었다.

수증기가 피어오르자 어제의 입술을 지금인 듯 느꼈고 어제의 머리칼과 살갗을 실제인 듯 느꼈다. 배꼽 아래에서 일렁이는 물은 마치 그녀의 몸이 부드럽게 자신을 휘감고 있는 것처럼 느껴졌다. 그녀의 가늘고 낭창낭창한 팔이 내 등을 감싸고, 그녀의 길고 곧은 다리는 내 다리를 휘감고…. 마침내 그는 그녀를 벌거벗겨 샤워기 아래 세웠다. 쏴아, 샤워기에서 쏟아지는 물이 그녀의 검은 머리를 적시고 그녀의 어깨를 타고 젖가슴으로 흘러내렸다. 물줄기는 그녀의 허리를 어루만지며 봉긋한 엉덩이를 따라 사타구니로 흘러….

그녀는 이 욕실을 지을 때 추호도 생각하지 않았겠지. 이곳에서 자신이 목욕을 하게 되리라고는. 그러나, 그렇게 될 거야. 반드시 그녀를 위한 공간이 되게 할 거야.

그때 꼬맹이가 자기도 목욕하겠다고 밖에서 문을 두드렸다.

아저씨, 아저씨, 문 열어줘요. 나도 들어갈 거야. 꿈을 방해받은 형진은 가까스로 마음을 가라앉히고 다시 책을 집어 들었다. 꼬맹이는 계속 문을 두드렸다. 못 들은 척하느라 애를 썼지만 책에 집중이 안됐다. 이런 젠장. 오랜만에 갖는 나의 평화를 이렇게 방해받다니.

형진은 팔을 길게 뻗어 세면대에 놓인 핸드폰을 집어 들었다. 그리고 수진에게 전화를 걸어 저 훼방쟁이 꼬맹이를 좀 불러들이라고 했다.

"냉동실에 아이스크림 있어. 그거 가지고 저 녀석 좀 꼬셔봐. 시끄러워서 책을 읽을 수가 없다니까."

"주인 오빠. 목욕 끝나고 나면 나도 거기서 목욕해도 돼요? 목욕하면서 아이스크림 먹을래요."

"아아, 알았어. 알았으니까 제발 저 녀석 좀 데려가."

수진이 현관문을 열고 꼬맹이를 불렀다.

연동아, 아이스크림 먹자. 꼬맹이는 냉큼 수진을 따라 집으로 들어갔다. 뜨거운 물을 다시 틀었다. 뿌연 수증기가 가득 차오르고 수증기 사이로 내리는 눈을 바라보다 잠이 스르르 들었다. 웬 남자들이 형진을 둘러쌌다. 누군지 알 것도 같고 모를 것도 같았다. 형진 쪽에는 여자 몇이 있었다. 그러나 그녀들은 어느샌가 사라졌다. 남자들은 하나같이 험악했고 물에 불린 듯 퉁퉁 부어 있었다. 얼굴들도 일그러져 있었고 무기 같은 것을 뒤에 숨기고 있었다.

남자들 중 하나가 노트를 주며 부르는 대로 받아 적으라고 했다. 형진은 받아 적으려고 애를 썼지만 아무리 해도 글자가 써지지 않았다. 볼펜도 잉크가 잘 나오지 않아 끊어졌다 이어졌다 하며 괴발개발 그려졌다. 그는 글자를 제대로 적을 수 없어 공포에 질렸다. 남자들의 팔뚝이며 허벅지며 얼굴이 툭툭 불거지면서 험상궂어졌기 때문이다. 그들이 한 발씩 앞으로 내디뎠다. 형진은 공포에 질려 뒷걸음질 치다가 번쩍 눈을 떴다. 핸드폰이 울리고 있었다.

장씨 아저씨였다.

"지금 자네 집으로 가도 되는가? 할 말도 있고. 갖다 줄 것도 있고."

어쩌겠는가. 오라고 하는 수밖에.

장씨 아저씨는 겨울 한 철 먹을 저장식품을 한 박스 챙겨왔다. 그는 장씨 아저씨가 온다는 말을 들었을 때부터 초조해졌다. 제발 장씨 아저씨가 가족처럼 행동하지 않았으면. 예전처럼 부모님의 친구인 채로 남아줬으면.

형진의 그런 마음은 냉랭한 태도로 나타났다. 예전 같으면 박스를 열고 고구마를 몇 개 꺼내 그 자리에서 쪄주며 엄마와 함께 먹고 이야기 나누게 했을 것이다. 그런데 형진은 멀찍이서 인사를 하는 둥 마는 둥 하고 다가가지도 않았다. 장씨 아저씨가 박스를 내려놓는데도 가서 받아주지 않고 고맙다는 말도 제대로 하지 못했다. 하다못해 올라와서 따뜻한 차라도 한잔하고 가시라는 말도 안 나왔다. 겨울 식품은 핑계라는 걸 모를 리 없다.

장씨 아저씨는 현관에 박스를 내려놓고서 엉거주춤 서 있다가 신발을 벗으며 먼저 말을 꺼냈다.

"어, 춥다. 따끈한 차나 한 잔 마시고 갈까."

주방으로 들어서며 또 지나가는 말처럼 물었다.

"사람들은 다 나갔나."

"집에 두어 명 있습니다."

형진은 마주 앉기 싫어서 등을 돌리고 찻물을 올렸다. 생모를 받아들이도록 종용하는 아저씨가 마치 빚쟁이처럼 느껴졌다. 단지 부모님의 친구였다면 형진의 감정을 쥐락펴락할 수 있겠는가.

그때 꼬맹이가 이층에서 쌩, 하고 달려 내려왔다. 아이를 보자 아저씨가 놀라서 몸을 들썩, 했다. 아이는 낯선 아저씨를 보고 인사도 하지 않고 소파에 올라갔다가 뛰어내리더니 다시 이층으로 뛰어올라갔다.

"어린애까지 있냐?"

"그렇게 됐습니다."

"내 여동생은 만나봤지? 어떻디?"

"뭐가 어때요. 아무 생각 없어요."

대답이 퉁명스러웠겠지. 아저씨가 헛기침을 흠흠, 하며 차를 마셨다.

"자네 마음을 모르는 것은 아니지만."

"아시면 좀 가만 놔두세요. 그렇게 밀어 부칠 일이 아니잖아요."

형진은 말해놓고 자기도 놀랐다. 아저씨는 찻잔을 들던 손을 멈칫하더니 목소리를 은근하게 낮췄다.

"밀어부치려는 건 아니고. 자네가 혹시나 생모를 원망하는가 싶어서 걱정되어서 그런 것이지."

"원망이고 뭐고 그런 거 없어요. 아무 관심이 없다니까요."

"그럼 됐네, 됐어. 원망 안 하면 됐지. 정은 차차 생길 거고."

형진은 화가 벌컥 치솟았다.

"아니, 두 분 다 왜 제 마음을 넘겨짚는 거예요? 정이 차차 생기다니요! 누가 그래요. 정이 생길 거라고."

무엇 때문에 내가 당신들을 거부하는지 모르겠냐고, 나는 당신들 뜻대로 되지 않을 테니까 꿈도 꾸지 말라고 소리치고 싶었다. 한 사람의 정체성과 감정의 문제를 당신들의 고정관념 속에 집어넣지 말라는 거다.

형진은 하고 싶은 말을 꾹 눌러 참고 벌떡 일어났다. 아직 차를 마시고 있는 아저씨에게서 찻주전자와 찻잔을 뺏다시피해서 설거지통에 넣어버렸다. 그만 가라는 뜻을 읽기는 했나 보다. 장씨 아저씨가 느릿느릿 일어났다. 어서 가시라고 성큼성큼 앞서가서 현관문을 열어주었다. 아저씨가 신발을 신느라 허리를 굽히면서 말했다.

"나는 삼십 년이 넘게, 너의 부모님과 너를 가족처럼 아끼고 도움을 주고받으며 살아왔는데, 이제 모든 것을 잃은 기분이다."

"나는 삼십 년 넘게 지니고 온 것을 잃고 싶지 않습니다."

아저씨가 고개를 들어 완고한 눈으로 형진을 바라보다 몸을 돌렸다.

형진은 현관문을 닫다가 쿨 하우스 유리창에 얼굴을 딱 붙이고 손을 이마 위에 얹어 차양을 만들고 있는 정우를 보았다. 아니! 이 녀석들이 뭐 하는 거야, 남사스럽게! 물론 밖에서는 안이 보이지 않는다. 그러나 안에서는 밖이 보이지 않느냐 말이다. 수진은 벌거벗고 욕조 속에 들어가앉아서 밖에서 입김을 불어 창을 닦고 얼굴을 들이미는 정우를 보고 있을 것이다. 아마도 부끄러워하며 입을 가리고 웃고 있겠지. 아니, 어쩌면 밖에서 안 보인다는 것을 알고 대담하게 몸을 드러낼지도 모른다.

아이쿠! 형진은 심장이 쿵, 떨어지는 것 같고 아랫도리가 찡, 하고 울리는 바람에 얼른 집으로 들어갔다. 저 녀석들이 벌써 저런 장난을 할 정도로 가까워졌단 말야? 여자들은 저럴 때 어떤 기분일까. 형진은 그것이 매우 궁금함과 동시에 관계의 진척이 빠른 듯한 정우 수진 커플에 대한 경쟁심이랄까 질투심이랄까, 하는 정체 모를 것이 모락모락 피어오르는 것을 느꼈다.

형진은 방에 들어와 침대에 누워 이불을 코끝까지 끌어올리고 지우와 저런 장난을 하는 상상을 했다. 연애하는 사이보다 신혼일 때를 상상하는 것이 더 달콤했다. 언젠가 지우의 집에서 인테리어 책을 본 적이 있었다. 욕조에 털이 북슬북슬한 양털 깔개를 깔고 그 속에 누워 책을 읽는 여자의 모습이 있었다. 상체를 적당히 세워주기 때문에 욕조는 아주 훌륭한 독서실이 될 수 있다. 형진의 욕조는 머리받침도 설치해놓아서 편안한 자세를 유지할 수 있었다.

따뜻한 햇살이 밀려들어오는 욕실에서 일하느라 지친 그녀가 편안하게 휴식을 취하는 거다. 형진은 손잡이가 달린 트레이에 따뜻한 우유와 갓 구운 빵을 가져다주는 것이다. 그녀의 배 위에 나무판을 덮은 뒤 트레이를 얹어주고 그는 욕조에 걸터앉아 다정하게 이야기를 나눈다.

형진이 꿈꾸는 가장 아름다운 장면이었다. 피코크 그린의 쿨하우스는 배설과 사랑뿐만 아니라 휴식의 공간도 될 것이다. 형진에게는 그것이 사랑이고 그것이 서로를 위한 것이었다. 그녀가 살아온 그대로 살게 하고, 그 부족한 부분을 채워주는 것. 그게 자기가 할 일이라고 생각하는 것이다.

형진은 계획대로 지우의 퇴근시간에 맞춰 그녀의 회사 앞으로 갔다. 둘이 다정하게 거리를 걸어 영화관에 가고 저녁을 사먹고 커피나 와인을 한 잔한 뒤 그녀를 바래다주는 것. 그것이 오늘의 일정이었다.

퇴근이 늦어지나 보다. 건물 앞에서 기다리는데 바람이 거세게 불고 진눈깨비가 흩날리기 시작했다. 주위를 둘러봐도 커피숍이 보이지 않았다. 와서 기다리고 있다고 메시지를 넣었지만 지우는 바쁜지 확인을 하지 않았다. 어떻게 할까 하다가 눈이라도 좀 피하자, 싶어서 형진은 그녀의 사무실로 올라갔다. 말없이 사무실에 불쑥 들어갈 수는 없고 해서 복도에서 서성거리고 있었다.

이윽고 사무실의 문이 열렸다. 지우의 몸이 반쯤 나오기에 형진은 반가운 마음에 함박 웃으며 성큼 다가갔다. 그와 동시에 웬 남자가 불쑥 나왔다. 지우도 웃음 띤 얼굴로 바짝 따라 나오다가 형진과 눈이 마주쳤다. 그러니까 세 사람의 눈이 마주친 건데, 셋 중 얼굴 표정이 급히 변한 건 지우였다.

지우는 약간 당황한 듯했다. 만면에 웃음 띤 얼굴로 반갑게 다가서던 형진은 낯빛이 달라진 지우를 보고 표정을 고칠 틈을 얻지 못해 어정쩡해져버렸다. 두 사람은 매우 친근한 사이인지 남자가 지우에게 누구냐고 묻는 듯 쳐다보았고 지우는 형진을 소개하지 않을 수 없었다.

"어, 언제 오셨어요. 오셨으면 연락을 먼저 주시지 않고요."

책망하는 듯 말하더니 형진이 미처 변명할 틈을 주지 않고 형진에게 남자를 소개했다.

"형진 씨, 인사하세요. 이 분은 제 사업 파트너예요. 물론 저보다 큰 사업체를 운영하시고요."

무슨 건축회사인지는 말도 안 했다. 알 수 없는 분야일 테니까 말할 필요도 없다는 것일까. 척 보기에도 스마트해 보이고 귀티가 흐르는 그 남자는 매우 교양 있게 미소 지으며 손을 내밀었다.

"이쪽은 윤형진 씨라고 내셔널 호텔 일식 조리부에 근무하는 셰프셔요."

"아, 처음 뵙겠습니다. 요즘 지우씨가 잘 먹는다고 하더니 선생님 덕분인가 보네요."

졸지에 내셔널 호텔 일식 조리부 셰프가 된 형진은 얼떨결에 손을 내밀었고, 악수를 하자마자 매우 기분이 언짢아졌다. 그 남자가 손을 잡고 지그시 힘을 주었던 것이다.

남자들은 악수를 해보면 상대방을 반은 알게 된다. 남자들 사이의 악수는 매우 미묘하게 차이가 지기 때문이다. 척 손을 잡자마자 꽉 쥐는 사람이 있고 약간의 리듬을 준 뒤에 꽉 쥐는 사람이 있다. 아주 근사한 차이로 누가 먼저 악력을 전달하느냐 하는 긴장상태가 되는 게 남자들의 악수이다. 남자들은 손바닥의 두께와 탄력, 힘, 여유, 등을 통해 저 녀석이 나보다 무게가 더 나가는 놈인지 아닌지 아는 것이다.

물론 저 녀석은 나보다 무게가 더 나갔다. 왜 아니겠어. 저 녀석도 내 무게를 쟀을 텐데 내가 셰프가 아니라는 것쯤 금세 알아챘겠지. 손을 잡기 직전 저놈과 눈동자를 맞췄고 나의 눈동자가 흔들림과 동시에 손을 세게 쥘 타이밍을 놓치고 말았으니 말야. 게다가 이 어정쩡한 행색이라니. 형진은 스스로의 차림새를 돌이켰고, 내면에서 우러나온 자신감이 배었을 리 없는 외모에 즉시 주눅이 들었다. 그걸 저 남자가 몰랐을 거 같아? 이 여자야, 남을 속이게 하지 말라고. 나는 그런 것이 어려운 사람이라고.

사업 파트너는 가볍게 손을 들어 깔끔하게 인사를 하고 엘리베이터를 타고 떠났다. 지우는 껄끄러운 표정을 지우지 않고 어정쩡하게 서 있다가 잠시 기다리라고 하더니 사무실로 들어갔다. 퇴근 준비도 할 겸 사무실 구경도 시켜주고 이런저런 설명을 하는 게 보통의 경우건만 사무실을 앞에 두고 들어오라고 하지 않는 건 무례하게 느껴지고도 남을 일이었다.

혼자 남겨진 형진은 모멸감을 느꼈다. 내가 왜 이런 상황에 놓여야 하지? 그는 몹시 후회스러웠다. 진눈깨비에 몸이 꽁꽁 얼지언정, 저 아래 길바닥에서 그녀를 기다렸어야 했던 것이다. 삼십 분이고 한 시간이고 그녀가 답신을 할 때까지 처분만 기다리고 있어야 했던 거다.

두 사람은 진눈깨비가 그친 거리로 나와 거친 바람 속을 별말이 없이 걸었다. 영화를 보기로 했으니 영화를 보았다. 영화를 보다 보면 기분도 가라앉고 영화에 감동받아 잊혀질 것은 잊혀지리라 생각했다. 영화관에서 영화가 상영되기를 기다리는 동안 지우는 아무 말없이 꼿꼿이 앞을 보고 있었다. 형진 역시 두 손을 어디다 어떻게 둬야 하는지 몰라서 무릎 위에 얹은 외투만 이렇게 접었다 저렇게 접었다 하며 초조해했다.

영화가 시작되기 직전 불이 완전히 꺼지고 사위가 껌껌해지자 지우가 살며시 형진의 손을 잡았다. 그리고 형진의 외투 속으로 끌고 들어갔다. 외투 속은 따뜻했다. 형진은 어떻게 해야 하는지 알 수 없었지만 지우가 하는 대로 가만히 있었다. 지우는 손을 꼼지락거리며 형진의 손을 샅샅이 만지다가 깍지를 꼈다.

영화가 시작되었다.

하필 사랑에 대한 기괴한 판타지를 부추기는 영화였다. 〈더 랍스터〉라나. 그래, 맞다. 주로 버터에 구워 먹는 그 랍스터. 어느 희한한 세상에서는 공통점을 지닌 상대를 만나 커플이 되지 못하면 동물로 변해야 한다는 거다. 이혼 당한 남자가 짝을 찾으려 했으나 찾지 못하고 숲으로 도망쳤는데, 그 숲은 또 싱글만 살 수 있는 곳이란다. 그러니 거기서 사랑을 해서는 안 되는 거지. 그런데 스토리상 당연하게도 공통점을 가진 여자를 만나 사랑에 빠지는 것이다. 그래, 결국 사랑에 빠지는구나. 그 어떤 난관도 무릅쓰고 말이지.

영화는 동일시에 성공하면 사랑에 빠지기 쉽고, 제대로 동일시를 하지 못하면 결코 사랑에 빠지지 '못한다'는 세상을 잔혹하게 조롱하고 있었다. 사랑에 빠지려 하는 사람들이 왜 그렇게 기를 쓰고 비슷한 점을 찾아내려 하는지 보여주는 건데, 심지어 장님인 여자와 사랑하려면 자기 눈을 찔러 자기도 장님이 되어야 한다는 거다. 제길, 사랑 좋아하네.

나는 지우의 부족한 점을 채워주고자 하는데 지우는 그건 됐고, 자기와 레벨이 비슷해야 깊은 사랑에 빠지겠다고 하는 거 아니냐고 하는 것 같았다. 주인공 남자가 그런다. 만약 사랑에 빠지지 못해 동물이 되어야 한다면 랍스터가 되겠다고. 랍스터는 100년 넘게 살고, 귀족들처럼 푸른 피를 지녔으며, 평생 번식을 할 수 있다는 거다. 그러나 대부분은 얼마 살지 못하고 버터구이가 되는 신세지.

나는 지우와 사랑에 성공하지 못하면 무엇이 될까. 100년 살면서 짝짓기를 실컷 할 '가능성'이 5프로 미만인 랍스터가 될까?

사람들 사이에서 실컷 사랑받고 보호받는 '개'나 '고양이'가 될까? 아니면 사람들에게서 적당히 떨어져 자기들끼리 모여 마음대로 짝을 고르는 초식동물이 나을까? 말 나온 김에 랍스터 구이나 해 먹어야겠다는 생각을 했다.

영화를 보는 도중 주인공 남자가 냉혹한 여자 파트너를 죽이는 잔인한 장면이 나올 때 지우의 손에 땀이 배더니 어느샌가 슬그머니 형진의 손을 떠났다. 형진은 아직 남아 있는 지우의 손을 그리워하며 혼자 외투 속을 더듬었다.

영화를 보고 나오면서 사람들과 두어 번이나 부딪쳤다. 기분이 썩 좋지 않아서인지 형진은 미안하다고 하지 않았다. 부딪친 사람들이 형진을 힐끗 쳐다보고 갔다. 쏟아져 나오는 사람들로부터 지우를 보호하지도 않았다. 지우도 부딪쳤다. 지우는 미안하다고 했다. 영화관을 나서며 문을 밀고는 뒷사람을 보지 않고 놓아버렸다. 뒷사람이 문에 맞았는지 어이쿠, 했다. 그제서야 형진은 당황하여 미안합니다, 라고 했다. 힘들게 쌓아놓은 점수다 깎였겠네, 뭐? 어떤 상황이 되어도 감정이 고요하여 '흔들리지 않는' 남자라고? 첫 번째 조건도 못 갖춘 남자야, 나는. 그렇게 혼잣속으로 자조했다.

저녁도 미리 예약해놓은 곳으로 갔다. 거리를 걷다가 아무 데나 들어가는 짓은 하지 말라고 혜진이 신신당부했다. 나이 든 여자들은 그런 거 무지 싫어해요, 꼭 한동안은 예약해서 다니세요, 라고 말이다. 그게 하필이면 일식집이었다. 양식집으로 할걸. 내셔널 호텔 일식 조리부 셰프라는 말이 머릿속에서 빙빙 돌았다. 입을 잘 못 열면 그 말이 툭 튀어나올 것만 같았다. 그래서 입을 조심하느라 말을 아꼈다.

그녀가 먼저 말을 꺼냈다.

"형진씨 기분 나빴어요?"

너 같으면 기분 안 나쁘겠냐. 그래도 이렇게 표를 내고 싶지는 않은데, 왜 이렇게 어색하다지?

"아뇨, 안 나빠요."

"그런데 왜 그렇게 기분이 처져 있어요?"

"너무 추워서 그런가 봐요."

"형진씨가 해준 것보다 훨씬 맛이 없어요. 애정이 담기지 않아서 그런가."

그래도 내 기분을 생각해주려고 하긴 하는구나. 그녀도 용기를 내어 말을 꺼냈을 텐데, 내가 계속 딴청을 부리면 우린 영영 이 문제를 해결하지 못하고 말겠구나, 그렇게 되면 나는 영영 자존심을 회복하지 못하고 말겠지.

형진은 굳게 마음을 먹고 마침내 입을 열었다.

"내가 셰프였음 좋겠어요?"

그녀는 당혹스러운 듯 망설였지만 오래 망설이지는 않았다.

"아니, 꼭 셰프여야 하는 건 아니지만, 그 무엇이든 분명한 직업이나 커리어가 있으면 좋지 않겠어요?"

혜진이 영 틀린 말을 한 게 아니었던 거다. 완곡하게 표현해서 그렇지 사회적 지능이란 건 사회적 지위를 말하는 거였구나. 밥을 아무리 맛있게 잘 해줘도, 힘들 때 아무리 위로를 잘해줘도 하숙집 주인이란 공식적인 연인으로는 부족한 사람인 거구나. 하숙집 주인이란 건 분명한 직업인 것도, 분명한 커리어를 가진 것도 아닌 것이구나. 그녀는 이것에 걸려 넘어졌고, 길게 한숨을 쉬었던 것이로구나. 너무 늦지 않게 알게 되어서 다행인 걸까.

형진은 고개를 끄덕이며 맛없는 단호박 튀김을 먹었다. 일식 튀김이 왜 맛이 없을까. 당연히 맛있었다. 새우튀김도 맛있고 스시도 맛있었다. 그러나 하나도 맛이 없게 느껴지는 건, 그녀도 형진도 마찬가지였다. 형진은 요리 자체에 정이 떨어져 버렸다. 형진이 아무리 맛있게 요리한다 해도 내셔널 호텔의 '셰프'보다 맛있을 수는 없는 거다. 그녀가 맛있게 먹어준 것은 그들의 관계를 아무도 알지 못해서, 아무 간섭도 받지 않아도 되고, 그 어떤 미래도 예상할 필요가 없었기 때문인 것이다. 그저 그 시간만, 두 사람만 충실하면 되는 사이.

어쩌면 사랑이란 이런 것일 텐데, 아무도 이런 사랑을 하지 않는다.

코스대로 나온 요리를 어찌어찌 다 먹긴 했다. 식당을 나와 어둠이 깊이 내린 길을 걸었다. 여기서 헤어져야 하나. 추운데 그만 집에 가자고 할까. 그렇다고 이렇게 헤어지기는 아무래도 불편했다. 예정대로 와인 한잔하고 가자고 할 수밖에 없었다. 지우도 미안함을 갚을 요량인지 거부하지 않고 따라주었다.

첫 번째 조건도 갖추지 못한 형진의 지질함을 이제 모두 알았을 텐데, 그걸 내색하지는 않았다. 아니, 내색하지 않으려 노력하는 것 같았다. 두 사람만으로 충실했던 그 시간을 이만한 일로 내던져버리기는 쉽지 않을지도 모른다.

그래서 두 사람은 와인 바로 갔다. 와인 바에서의 지우의 행동은 형진의 해독능력을 더욱 벗어났다. 지우는 와인을 마시면서부터는 편안하게 느슨해졌다. 데이트 기분이 물씬 났다. 그러고 보니 처음 호수 공원에 갔던 날이 떠올랐다. 그날도 집에서보다 훨씬 사근사근하지 않았는가. 여자들은 역시 분위기를 많이

타나보다. 집에서보다 훨씬 말도 잘하고 기분도 맞춰줄 줄 알고 내내 미소도 지으면서 대화를 이끌어갔다.

대화 내용은 별게 없었다. 와인이 나오면 와인 얘기, 안주가 나오면 안주 얘기, 언제 먹은 와인이 어땠었는지, 이태리 여행 갔을 때 와이너리를 겸하는 수도원을 방문했던 일, 안주는 어느 나라 안주가 좋았다는, 그런 얘기들이었다. 형진은 대답할 말이 별로 없었다. 그럴 수밖에 없는 게 형진은 도대체 외국 여행이라고는 엄마 아버지 아직 정정할 때 함께 교토에 다녀온 것 밖에 없는 것이다. 그래서 고개만 끄덕이며 그 안주는 이런 이런 방식으로 만든 것 같다, 라고 얘기하거나 그건 내가 전혀 모르는 안주다, 좀 배워야 할까 보다, 그런 식으로 대답을 했다.

지우는 형진이 어떤 대답을 해도 그닥 개의치 않았다. 그저 일반적인 대화의 리듬에 맞춰 끊이지 않게 조절하고 있었다. 그러니까 지우는 형진의 기분을 풀어주려고 애를 쓴다기보다는 자기의 기분에 충실한 것이며 자기 대화 스타일을 보여주고 있는 것이다. 그에 비하면 형진은 아직도 뭔가 미진한 채 정신만 혼란해져서 무엇이 무엇인지 모르고 이끌려가는 판국이었다.

지우는 와인을 좋아하는 편인가 보았다. 붉은 와인은 지우의 입술을 물들이고, 치아를 붉게 만들어 점점 마녀같이 되어가고 있는데, 그것 역시 개의치 않았다. 그리고 무엇보다 지우는, 형진에게 바짝 다가앉았다. 바로 코앞에서 고혹적인 미소를 지으며 지그시 바라보다 형진의 손을 만지작거리고 팔짱을 끼는가 하면 어깨에 얼굴을 부볐다. 말소리는 점차 느릿느릿 해져갔고 그에 따라 목이 잠긴 듯 말이 끊겼다 이어졌다 했다. 그러다가 잠에 취한 사람처럼 까무룩 조용해지기도 했다.

너무 취했나, 싶어서 형진은 지우의 겨드랑이에 손을 넣어 일으켰다. 겨드랑이가 따뜻한 땀에 젖어 축축했다. 그대로 꽉 끌어안고 싶었지만 꾹 참고 자리를 벗어났다. 지우가 얌전히 따라왔다.

"집에 데려다줄게요."

 그녀는 형진에게 거의 기대다시피 걸었다. 택시를 잡아타고 가는 도중에도 그녀는 내내 손을 꼭 잡은 채 그에게 기대어 있었다. 그는 취한 여자에게 잘못했다가 도둑놈 소리 들을까 봐 어깨만 다독거려주었다. 그는 어두운 정면을 바라보며 그녀의 집으로 갔다.

 그녀의 집 현관문을 열고 그녀를 들여보냈다. 문을 닫으려 할 때 그녀가 돌아서더니 그에게 매달려 입을 맞췄다. 엉겁결에 형진도 키스를 했는데 지우는 키스에 목마른 사람처럼 한동안 떨어지지 않았다. 그녀는 키스에만 목마른 것일까. 형진이든, 누구든, 혹시 키스만 하고 싶어 하는 것은 아닐까, 하는 의문이 들었다. 그런 의문이 든 순간 형진의 뒷덜미는 서늘해지고 순식간에 입술은 차가워졌으며 심장은 가혹한 세상으로 떨어졌다.

 남자들의 의심은 이따위로 한심하고 지질하다. 겨우 한 겹 너머의 것을 읽지 못한다. 남자가 열등감에 사로잡혀 지질해지는 순간은 그 누구도 막지 못한다. 어떻게 헤어져야 하는지 생각해볼 겨를도 없이 몸을 돌려 집을 나왔다. 형진은 어두운 밤거리를 걸었다. 한참 걷다가 너무 추워서 택시를 잡아탔다. 점점 더 정신이 맑아졌다.

 둘 사이의 문제는 분명하다. 그것을 너도 알고 나도 아는데, 아무것도 실질적으로 합의된 것도 없고 해결된 것도 없으면서 심정적으로는 부쩍 가까워져서 끈끈하게 얽히고설키게 되어버린 것이다. 한마디로 말하면 애매모호한 사이라는 거다. 더욱 불안한 건, 자신만 아무것도 모르는 것이지 그녀는 앞뒤 전후를 알고 있는 것 같다는 점이다. 무슨 꿍꿍이속인지 모르겠다. 제 손에 잡힌 물고기라는 건가. 그냥 그녀가 휘두르는 대로 휘둘려야 하는 건가.

혜진이 경고했다.

"오빠가 주도권을 잡을 수 없는 관계예요. 오빠는 그녀의 요구를 들어주고 애인이 되던가, 자존심 때문에 고집부리며 헤어지든가, 둘 중 하나만 선택할 수 있어요."

"내가 고집부리는 게 아니지. 조리사 자격증이야 딸 수 있겠지만 내셔널 호텔의 셰프급이 될 수 있겠느냐 하는 거지."

형진이 몹시 풀이 죽어서 마지못해 대답했다. 이런 얘기 정말 하기 싫은데. 아무리 여동생 같다고는 해도 말이지.

"그거야 모르죠. 오빠는 아직 한창때인데 안 된다는 법이 어딨어요. 문제는 셰프가 된다 해도 헤어지지 않는다는 보장은 없다는 거죠. 하지만 시도한다면 당분간은 그녀의 애인이 될 수 있을 거예요. 이건 내가 보장해요. 그녀도 오빠를 놓치고 싶어 하지 않는 것 같으니까요."

"정말, 그럴까?"

"그럴걸요. 그렇잖음 왜 그렇게 명백히 기분 나쁜 말을 해놓고 오빠 마음을 붙잡으려고 했겠어요."

"혜진씨도 이런 적 있어?"

"왜 이러셔요. 저는 이런 일 없어요. 하지만 주위에서 많이 봤어요. 제가 직장이 좋은 편이잖아요.

"아, 그래."

깊은 시름에 잠긴 형진은 더 이상 말을 잇지 못하고 상담을 끝냈다.

형진은 일 년 가까운 시간 동안 새롭게 겪은 일들을 돌이켰다. 지난 일 년 간은 한 사람이 겪은 최초들의 연속이었다. 오늘은 어제와 똑같은 일상처럼 시작하지만 최초가 될 무슨 일인가를 감추고 있었다. 어제처럼 친숙한 오늘은 어제와는 다른 낯섦과 어제보다 크고 새로운 아픔과 다시 보고 싶지 않은 섬뜩한 얼굴을 만나게 했다. 익숙해 보이는 날들 속에 언제나 낯선 하루가 도사리고 있었다.

형진은 그 어느 때보다 아픈 마음으로 잠자리에 들었다. 마지막 며칠 동안 엄마가 겪은 섬망상태는 어쩌면 예순다섯 해 중에서 가장 큰 최초일 어떤 날에 대한 두려움을 약화시키기 위함이었을지도 모른다는 것을, 문득 깨달았다.

맞대면하는 것보다 도망치는 게 차라리 나은 결말도 있는 것이니까.

9

매력적인 남자의 존재방식

아침 일찍 정우와 수진은 밥을 차리고 있었다. 둘은 참을 수 없는 미소를 지으며 밥을 먹었다. 무슨 일인가 해서 나와 본 형진에게 정우가 말했다.

"오늘 우리 든든하게 먹고 나가야 해서요."

형진이 뭐라 대답하기도 전에 수진이 정우에게 말했다.

"오빠, 도시락도 좀 싸갈까?"

"그러자. 김밥 재료가 있나?"

수진이 냉장고를 열고 재료를 하나씩 꺼냈다.

"어디 가는데?"

출근하는 인간들도 하나둘씩 주방으로 모여들었다.

수진과 정우는 급하게 김밥을 말고 커피를 내려 보온병에 담았다. 무슨 일이냐고 미간을 찌푸리며 민규가 물었다. 호준은 김밥 하나를 얼른 집어먹으며 역시 김밥은 언제 먹어도 맛있어, 라고 했다.

이 애들이 도대체 무슨 일이람. 이들이 언제 이렇게 가까워졌지? 며칠 전에 쿨 하우스에서 보았던 그 '못 볼 짓'을 폭로해야 하나. 분명 그날로부터, 아니, 그 이전부터겠지, 아무렴 아무 일도 없이 설마 그런 낯 뜨거운 장면을 연출할 수 있을라고. 그러고 보니 이 애들은 이제 더 이상 걱정할 게 없구나. 가장 큰 걸림돌이었던 정우 자신의 마음이 이렇게 누그러졌다면, 누가 이들을 말리겠냐고.

"너희들 어디 가?"

"오늘 수진이 패러글라이딩하는 데 가보려구요."

"헉! 오늘 같은 날 하늘을 날아? 안 춥겠어?"

수진은 들뜬 감정을 감추지 못해 얼굴이 달아올라 있었다.

"이번 겨울, 겨울 같지도 않아서 바람이 좋아요. 대기 상황 체크해서 띄우는 거라서요. 봄도 다 되어가잖아요. 괜찮아요."

"저도 한번 날아보려구요. 맨몸으로 바람의 결을 타고 날아보고 싶었는데 어떤 건지 느껴봐야겠어요."

"위험하지 않겠어?"

형진은 말은 그렇게 해도 부러워죽을 지경이었다.

"제가 함께 탈 거니까 위험하지 않을 거예요."

정우가 수진의 장비를 끌고 나와 어깨에 메고 졌다. 발목이 높은 등산화를 신으라고 하는 수진과 알겠다며 곧장 등산화를 꺼내 신는 정우를 보고 민규는 아무렇지 않은 척했지만 서둘러 출근하는 걸로 봐서 괜찮아 보이지 않았다.

호준은 아이를 위해 김밥 한 줄을 꿍치는 데 성공해서 기분이 좋았는지 즐겁게 잘 다녀오라고 등을 토닥거려줬다. 아이는 식탁에 앉아 다리를 흔들며 김밥을 먹었다. 혜진은 그저께 아침, 겨울의 마지막을 즐긴다며 일주일의 휴가를 얻어 뉴욕으로 여행을 떠났다. 혜진이 없으니 저들이 함께 하늘을 날겠다는 것이겠지.

형진은 일반적인 데이트를 하러 가는 게 아니라 모험이나 다름없는 위험한 레저를 즐기러 가는 두 사람이 몹시 부러웠다. 수진의 품에 안겨 정우는 하늘을 날 것이다. 맞바람이 몰아쳐 숨쉬기 곤란해지면 수진이 밧줄을 당겨 맞바람을 피하겠지. 하늘의 보이지 않는 결을 따라 미끄러지고 미끄러져 가겠지. 몇 시간 동안 하늘을 날며 두 사람은 위험한 순간도 맞이하고 힘을 합쳐 위험에서 벗어나기도 하며 가슴 저릿저릿한 쾌감 속을 항해하겠지.

형진은 수시로 지우와 마지막으로 만났던 그날을 떠올렸고 툭하면 의기소침해지곤 했다. 그날 그렇게 헤어지는 게 아니었다는 것을 다음 날 눈을 뜨자마자 깨달았다. 왜 남자들은 이렇게 아둔한 것일까. 지우는 곧바로 실수를 만회하려고 애를 쓰지 않았던가 말이다. 무슨 자존심을 지키겠다고 그렇게 분위기를 바꿔보려 애쓰는 지우의 마음을 무시했는지 알 수가 없었다.

외모 점수로 보자면 90점은 상회하는 데다 겉으로도 그 성격이 드러나는 쿨하고 당찬 지우와 함께 거리를 걷는다는 것은 형진을 매우 의기양양하게 만들곤 했다. 지우는 힐긋거리는 뭇 남성들에게 '생각지도 말아라'는 태도를 유지하고 있어서 형진으로 하여금 특별히 선정된 남자로서의 우월감을 유감없이 느끼게 해주지 않았는가. 그녀의 특성을 살리는 데이트를 하지 못 했던 것은 커다란 실책이었던 거다. 그는 스스로를 탓했다.

미숙한 남자는 그 자체가 어처구니없는 장애물이 된다는 것을 그녀도 알았겠지. 이것을 어떻게 만회해야 하나. 그 궁리를 하느라 형진은 며칠 동안 지우에게 연락을 하지 못했다. 밥을 해주러 가지도 못했다. 지우 또한 형진에게 왜 밥하러 오지 않느냐고 묻지 않았다.

우리는 안다. 이제 누군가가 먼저 만나자고 하는 것은 상대방의 뜻을 따르겠다는 의미라는 것을. 그리고 그가 알 수 있는 또하나는 이대로 언제까지나 시간을 보내고 있을 수는 없다는 것이다.

그녀에게 연락을 한다는 건 각오가 필요한 일이었다. 정우와수진이 장비를 둘러메고 하늘을 날겠다고 떠나는 것을 보며 가슴 어딘가가 부러움에 씁쓸해지다가 문득 섬뜩해지며 소름이 돋았다가, 패이듯 아파왔다. 그리고 마침내 그 모든 감정이 깊은고독으로 변해갈 때 그는 지우에게 메시지를 남겼다.

"맛있는 저녁 해줄게요."

다른 건 몰라도 고독은 아직 맞이하고 싶지 않았다. 지우에게서 답이 왔다.

"오늘은 회식이 있으니 내일 저녁 먹어요."

형진은 알았다고 곧바로 답을 보냈다. 진짜로 회식이 있는지, 그녀 역시 마음의 준비를 해야 해서인지, 단순히 밀당의 기술을발휘했을 뿐인지는 모르겠다. 그러나 형진 역시 하루 정도는 더시간이 필요했다. 최고의 식단을 만들어야 하니까. 엄마가 이런말을 했던가? 사랑을 바친 사람에게 함부로 해서는 안 된다고.

설마 매일 악다구니를 쏟아붓던 엄마가 아버지에게 사랑을 바쳤던 과거가 있었으리라곤 상상도 하지 않았다. 그러나 저 말로 미루어 보건대 엄마는 아빠에게 지극한 애정을 바쳤던 게다.

지우는 이런 말을 들은 적이 있을까.

밤늦게 수진과 정우가 돌아왔다. 장비를 등에서 내려 수진의 방으로 넣어주는 정우는 기쁨과 열의와 흥분으로 잔뜩 상기되어 있었다. 수진을 바라보는 눈길이 붉게 빛났는데 그 가운데 존경의 빛이 서려있었다. 형진은 둘 사이에 굉장한 일이 있었다는 것을 직감하고 시원한 물을 내주면서 물었다.

"재미가 대단했나 보네?"

"아, 네. 수진씨 정말 대단했어요. 저는 이제 수진씨 하는 일에 믿음이 생겼어요."

수진이 수줍게 얼굴을 붉혔다. 정우를 바라보는 눈이 사랑에 잠기다 못해 푹 절여 있는 게 훤히 보였다.

"오, 그래? 글라이딩하면서 뭔 일 있었어?"

"저는 수진씨가 그렇게 침착하고 든든한 사람인지 몰랐어요. 평소 모습하고는 완전히 달랐거든요."

"그렇단 말이야? 수진씨가?"

"네. 처음 이륙해서 한참 동안 활공할 때까지는 바람이 너무나 잔잔해서 조금 실망스러울 정도였는데요, 역시 상공은 기류가 일정하지 않더라구요. 우리가 타고 가는 바람이 다른 곳에서 일어난 바람하고 딱 만나는 순간 후드득하면서 캐노피가 크게 흔들리더라구요. 내가 헉, 소리 질렀나 봐요. 수진 씨가 즉각 뭔가 조치를 취하더라고요. 그래서 다시 상승기류로 올라탔어요. 나중에 조종사들이 그러는데 그때 흔들림을 즉각 잡아주지 못했다면 심각한 상황을 맞을 수 있다더라구요."

"아우, 되게 무서웠겠다. 그거 혼자였으면 어쩔 뻔했어."

"하하하, 초보가 혼자 타면 큰일 나죠. 그게 아주 위험한 게 양쪽에서 불어오는 바람에 갇혀버리면 캐노피가 접혀 버린대요. 집에 오면서 수진씨가 그런 상황에 놓인 동영상을 보여주는데 아찔하더라구요."

"야, 죽다 살아난 것 같겠다. 아우, 간 떨려."

"그것뿐이 아니에요. 조금 있다가 더 큰 문제를 만났거든요. 바람이 이상하게 분다 싶더니 그네를 타듯이 앞뒤로 막 움직이는 거예요. 캐노피가 앞으로 쏟아져서 거의 수평이 되었다 뒤로 뒤집혔다 난리 난 거죠. 아후, 진짜 어찌나 무섭던지. 근데 수진씨가 저에게 가만있으라고 하더라구요. 침착하게요. 나를 다독거리면서요. 캐노피가 우리보다 앞으로 숙여질 때 브레이크를 잡아당겨줬대요. 뒤로 움직일 때는 놓아주구요. 나중에 설명해주더라구요. 앞으로 움직이려고 하는 캐노피에 브레이크를 걸어 흔들림을 막아주는 거래요."

"와, 진짜 다시는 하고 싶지 않았겠다. 나는 심장 떨려서 못하겠는데."

"저야 수진씨랑 함께 하면 또 할 수 있겠던데요. 하하하. 진짜 수진씨 멋지더라구요. 거기 가니까 다들 조종사라고 하던데요."

수진이 수줍은 듯 목을 움츠리고 웃었다.

"그 정도는 초보만 벗어나면 할 수 있어요. 날씨 좋으면 충청도에서 강원도까지 몇 시간에 주파했는지 시간 재고 그래요."

"나는 수진씨가 하는 걸 보고 수진씨 편이 되어줘야겠다고 생각했어요. 굉장히 침착하고요. 안전장비도 다 갖추어져 있고요. 악천후에 굳이 비행기 띄울 리 없잖아요. 훈련이 잘 되어 있으면 위험할 게 없어요. 거기 가서 보고서야 저는 수진씨가 얼마나 열정적인 사람인지 알았어요. 그것이 꺾이지 않도록 도와주고 싶어요."

수진이 눈물을 뚝 떨어뜨리더니 울음을 쏟았다. 수진은 이제야 숨통이 트인다는 듯 숨을 크게 몰아쉬며 울었다. 몰이해가 고통스러운 것은 그것이 가까운 사람들에게서 빚어지는 일이기 때문이리라. 그런데 그 몰이해 속에서 구출해준 사람이 다른 누구도 아닌 정우였던 것이다. 정우니까, 수진은 더욱 울음을 그칠 수 없는 것일 테다. 형진은 두 사람이 부러웠고 안타까웠고, 다행스러웠다. 저 공통점은 두 사람을 강하게 결속하게 해주겠지. 나와 지우 사이에는 무엇이 있어 우리 둘을 묶어줄까.

오랜만에 지우의 문을 열었다. 현관에서 형진은 선뜻 발을 들이지 못했다. 무언가가 달랐다. 실내는 서늘했다. 커튼이 바람에 부풀어 올랐다. 베란다로 가는 문이 열려 있어서 밖에서부터 바람이 들어오고 있었다. 아직은 이른 봄인데 왜 아침부터 문을 다 열었던 걸까. 무엇 때문에 열었던 문을 닫는 걸 잊었을까. 형진은 베란다로 나가 문을 닫았다. 거실문도 닫고 주방으로 갔다.

물 잔이 하나, 접시가 하나, 잼을 발랐던 스푼이 하나 싱크대 안에 놓여 있고 토스터 옆에 빵 부스러기가 흩어져 있었다. 형진은 장 봐온 것을 풀어놓고 먼저 설거지를 했다.

그녀는 오늘 그가 올 것을 알고 있을 텐데, 이것들을 남겨두고 문도 다 열어놓은 채 출근했다. 무슨 일이 있었던 걸까. 그동안 그녀는 설거지 감을 남겨두지는 않았었다. 뭔가 급한 연락을 받고 황망한 채로 허둥지둥 출근하는 그녀가 보이는 것 같았다. 넘겨짚는 것일지는 몰라도 형진은 가방을 낚아채 황황히 집을 나섰을 그녀 때문에 가슴이 아팠다.

다급한 일을 해결하고 돌아올 그녀를 위해 형진은 도마를 눕히고, 칼을 꺼냈다. 양상추를 찢어 접시 바닥에 깔고 푸릇푸릇한 새싹을 얹고 방울토마토를 썰어 얹은 샐러드를 한쪽에 놓아두었다. 푸딩 같은 일본식 계란찜 자완무시를 찌면서 참치를 몇 조각으로 자르고, 야채를 썰었다. 프라이팬에 참치를 살짝 구워 샐러드를 옆에 올려 타다끼 드레싱을 얹으려는데 지우가 들어왔다.

지우는 목이 성큼 더 길어진 듯, 약간 핼쓱해진 듯, 엷은 미소를 짓는 듯, 그렇게 조금 변한 모습으로 형진에게 다가왔다. 그녀 같지 않기도 하고 그녀 같기도 했다. 언제나 당당하고 시큰둥한 지우가 이렇게 변할 리가.

형진은 요리하다 만 손으로 쓱 이마를 닦았다. 마치 몹시 바쁘게 요리하느라 땀이라도 배어 나왔다는 듯이. 물론 땀은 전혀 나지 않았고 전혀 바쁘지도 않았다. 어색한 상황을 맞으면 사람들은 자기도 모르게 자기를 감추려고 한다. 어색한 자리에서 어색한 표정을 짓는 게 어색해서 아예 인상을 찡그리는 사람도 있지만, 이 두 사람은 그런 사람은 아닌가 보다. 어색한 표정을 서로 읽으며 다가서다가 누구 한 사람 먼저 너털웃음을 웃으면 분위기는 급격하게 부드러워진다.

형진이 이마를 오른손으로 한번 쓱 닦고 왼손으로 한번 더 쓱

닦을 때 지우가 너털웃음을 웃었다. 역시 그녀다. 지우가 이겼
다. 지우가 손을 내밀며 천천히 해요, 라고 말한 것이다. 지우는
이미 지친 것 같았다. 지우가 지친 것과 형진이 지친 것의 양과
질과 내용은 같은 것일 테고, 형진은 핼쓱해진 지우가 못내 마음
이 아팠다.

"거기 앉아 있어요. 맛있는 거 많이 해줄 테니 실컷 먹어요.
살 좀 쪄야겠네."

"맛있는 거 많이 해줘야 해요. 나 얼마나 배고팠는지 몰라."

형진은 작은 냄비에 다싯물을 자작하게 넣고 아귀를 넣으며
마치 지나가는 것처럼 물었다.

"오늘 무슨 일 있었어요? 문이 다 열려 있던데."

"아, 아침에 늦게 일어났어요. 요즘 잠을 못 자서 늦게 일어나
게 되더라구요."

"문은 왜 그렇게 다 열어놨어요?"

"내가 문도 못 닫고 갔나 보네. 빵을 태웠어요. 토스터가 고장
났나 봐요."

"그래서 굶고 갔어요?"

"쨈 바르려고 뜬 거 한 스푼 먹고 갔어요."

"잠은 왜 못 자고 그래요?"

"모르겠어요. 밤에 자려고 누우면 가슴이 뛰고 답답해서 잠이
안 와요."

"뜬눈으로 밤 새는 거예요?"

"영화 같은 거 틀어놓고 보다가 자요."

"그렇구나."

"형진씨는 그동안 잘 잤어요?"

형진은 말문이 막혔다. 나는 잘 잤는데. 애정전선에 이상이
있어도 큰 이상이 있는 건데 나는 잘 자고 있었구나. 그녀는 저
렇게 야위었는데 나는 일 그램도 줄지 않았구나. 내가 더 고통을
받고 있었다고 생각했는데 그녀는 일상에 지장을 받았구나. 형
진은 변명할 말이 떠오르지 않아서 다른 대답을 했다.

"나, 일식 조리사 자격증 따려고요. 제대로 한번 해서 실력을
확인해보겠어요."

지우가 미안한 듯, 그러나 잘 생각했다는 듯, 미소 지었다.

"지난번 요리집, 너무 맛이 없었어요. 오늘은 무슨 요리예
요?"

지우는 형진의 계획에 대해서는 직접적으로 대답을 하지 않
고 딴청을 부렸다. 여전히 목은 높게 솟아있고 허리도 꼿꼿이 세
우고 있으며 눈은 아래로 내리깔아 요리를 보고 있어서 도도한
사람의 딴청을 보는 맛이 쏠쏠했다.

"참치 타다끼하고 아귀수육이에요. 속이 편해질 거예요."

"이제 요리의 기준이 바뀔 거 같아요."

오, 지우가 이렇게도 탁월한 사람이었을 줄이야. 자기를 위해
변명을 하지도 않고 형진을 낮추지도 않는 해법을 갖고 있었다
니. 변명과 해명은 변명과 해명을 낳는 법. 변명과 해명을 되풀
이함으로써 궁지에 몰린 형진이 꼭 유명 일식집 셰프가 되겠다
는 약속을 하지 않아도 되었다는 점이 가장 다행스러웠다.

지우는 그런 것들을 되풀이하지 않고도 명확히 서로의 미안
함과 후회와 새로운 관계를 받아들이게 할 줄 아는 사람이었다.
다시 방향을 바꿔야 하게 된다면 그때 다시 얘기하면 될 것이다.

형진은 지금 지우가 자신과의 긴 미래를 설정한 것은 아니라는 것쯤 안다. 현재의 위기를 넘긴 것일 뿐. 사람과 사람 사이는 어쨌거나 단계라고 표현할 만한 과정이 있는 것이니까.

이런 능력은 오랜 사회생활 덕분에 얻어진 걸까, 아니면 원래 이렇게 깔끔한 사람이라서 지금껏 그 거친 건축업계에서 그만하게 자리를 잡아온 것일까. 형진은 존경의 염을 가지고 그녀를 바라보았다. 그녀를 위해 내가 할 수 있는 최고의 밥을 해줘야지. 그녀가 이렇게 말하게 만들어야지. '이제 섹시한 남자의 기준이 달라질 거 같아요' 라고.

아귀수육을 탐욕스럽게 발라먹는 지우는 그 어느 때보다 섹시했다. 손가락을 써서 부드러운 가시를 발라내고 소스에 찍어 입에 넣고는 그 손가락을 쪽 빨아먹는 여자는 언제 봐도 짜릿하다. 다음번에는 케익을 만들어서 손으로 집어먹게 해야지. 손가락으로 덜어낸 크림 케익을 그녀의 입에 넣어줘야지. 그녀의 입술을 따라 크림을 발라야지. 그리고 그것을 핥아먹을 거야. 그 정도는 허락하겠지.

상상만으로도 뇌가 급히 열량을 소모했는지, 아니면 지금 당장 그 행위를 하고 싶었는지, 몹시도 달달한 게 당겼다. 그는 발딱 일어났다. 뭐가 있을까. 달콤한 디저트를 만들 재료. 그는 냉장고와 씽크대 서랍들을 열어서 자신이 사다 놓은 요리 재료들을 확인했다. 초콜릿 매스가 있었다. 오케이, 계란도 있겠다, 생크림도 있겠다, 저녁의 디저트는 크림 얹은 초콜릿 무스로 결정했다.

"지우씨, 디저트를 기대하세요."

지우는 손가락을 쪽 빨면서 어린애처럼 고개를 끄덕였다. 기

268

대를 함뿍 안은 어린 여자애처럼.

그녀를 위한 초콜릿 무스 레시피를 공개한다. 혼자만 알고 있고 싶지만 그럴 수 있나.

초콜릿 무스

재료: 요리용 초콜릿(적어도 40% 이상의 코코아 매스가 포함된 것) 120g, 럼 1큰술, 달걀 2개(흰자, 노른자 분리해서), 무염 버터 15g

만드는 법

1. 초콜릿을 잘게 부순 다음 유리 볼에 담아 물이 끓는 소스팬 위에 얹어 중탕으로 녹인다. 물은 약한 불에서 끓이도록 하고 초콜릿을 담은 볼이 끓고 있는 뜨거운 물과 직접 닿지 않도록 한다. 물방울이 튀어 초콜릿에 들어가면 안 된다는 말씀.

2. 달걀은 노른자와 흰자로 분리한다. 달걀노른자에 물과 럼을 각각 1큰술씩 넣어 잘 풀어두고 달걀흰자는 거품을 조밀하게 낸다. 남자들은 이때 등을 돌려 여자 앞에서 여유 있는 미소를 짓는다. 손이 보이지 않을 정도로 빨리 저어야 한다는 것쯤은 다 알고 있겠지.

3. 다 녹은 초콜릿을 불에서 내린 다음 버터를 넣고 젓는다. 초콜릿을 약간 식힌 뒤 풀어둔 달걀노른자를 조금씩 넣어가며 풀어주고 흰자도 조심스럽게 섞어서 풀어준다. 너무 세게 휘저으면 흰자의 공기가 빠져나가 무스가 뻣뻣해진다.

4. 앙증맞은 컵이나 공기에 초콜릿 무스를 나눠 담고 그 위에

거품 낸 크림과 딸기를 얹는다. 딸기가 없으면 크림만으로도 훌륭하다.

5. 아, 잊은 게 있다. 달달한 디저트에는 달달한 음악이 필수다. 잊었다면 지금이라도 늦지 않았다. 어서, 몸을 날려 그녀 주위에 음악을 채워라.

와인을 찾아보니 새콤 깔끔한 화이트 와인이 남아 있었다. 좋은 조합이다. 샴페인이나 맥주도 좋다. 소파에서 기다리고 있는 그녀에게 달콤한 디저트를 가져가는 남자의 심정을 아는가.

스푼을 준비했지만 오늘의 계획에는 스푼이 없다. 다짜고짜 남자의 큼지막한 손을 푹 찔러 넣는 것은 가급적 지양하라. 분위기가 익어야 하는 법. 그녀가 손가락으로 먼저 찍어 먹게 해야 한다. 먼저 와인을 따라주어 한 모금 마시게 한다. 지우의 얼굴이 발갛게 달아오르면 적당히 식은 디저트를 그녀 앞으로 밀어준다. 그녀는 당연히 스푼으로 떠먹으려 할 것이다. 그때 그녀의 손가락을 잡아 무스 속으로 살며시 집어넣는다.

그녀는 어쩌면 그 촉감에, 부드럽게 밀려드는 초콜릿의 촉감에, 탄성을 지르며 볼을 붉힐 것이다. 볼을 붉혔다는 것은 심장이 평소보다 두 배 이상, 때로 세 배쯤 빨리 뛴다는 것이다. 심장이 너무 급하게 뛰면 죽지 않던가. 죽을 만큼 뛰게 해서는 안 된다. 그러니 재빨리 그녀의 손가락을 뽑아 식혀줘야 한다. 물론 남자의 입으로 가져가서 식히는 게 가장 좋다. 그녀의 손가락을 빨아먹는 것, 그것은 남자들이 곧장 죽어도 좋다고 생각하게 하는 최고의 디저트다.

손으로 먹여주고 그것을 받아먹는 사이에 무엇이 가로놓여 있겠는가. 부드럽고 밀도 높은 초콜릿은 순식간에 날카로운 자극이 되어 그녀의 등줄기를 훑어 온몸을 흥분시킬 것이며 손가락을 빨아먹는 혀의 감촉은 그녀의 중추를 마비시킬 것이다.

형진은 이제부터 반응을 예상할 수 있는 메인 메뉴보다 알 수 없는 폭발력을 숨긴 채 앙증맞은 자태로 유혹하는 디저트를 숭고하게 여기기로 했다. 그녀의 마음을 사로잡는 것이라면 그것이 어떻게 숭고하지 않을 수 있겠는가.

구름을 밟으며 집에 돌아왔더니 호준이 잠자리에 들지 않고 기다리고 있었다. 다른 식구들과 한참 이야기 중이었는지 다들 함께 있었다. 호준이 아이를 데리고 집을 떠나겠다고 한 모양이다. 형진을 보자마자 정우가 먼저 말했다.

"호준 형님이 집을 나가시겠대요."

"집을 나가겠다고요? 어디로요? 집은 구했어요?"

"아니 아직 집을 구한 건 아니고요. 이쪽에 먼저 얘기를 해놓고 집 구하러 다녀야죠."

구름을 밟은 형진은 한껏 넉넉해져 있었다. 호준과 아이 하나 못 품을 리 없을 만큼.

"집을 구할 만한 돈은 있어요? 애를 키우려면 방 하나 얻어서는 안 될 텐데."

"돈이 없으니 하는 수 없죠. 원룸 구하는 수밖에. 차차 방 두 개로 옮겨가야죠."

"그때 되면 나가세요. 아이를 봐줄 사람도 없을 텐데."

형진이 그렇게 말하자마자 정우와 수진이 이때다 하고 나섰다. 형진이 왜 이렇게 여유 있게 나올까, 하는 의문 같은 건 가지지도 않고 말이지.

"그러니까요. 애가 혼자 얼마나 답답하겠어요."

정우가 애를 걱정하자 수진이 쐐기를 박았다.

"게다가 고양이는 어떻게 하고요. 이젠 딩거랑 슈레는 우리 고양이나 마찬가진데."

수진은 '우리'라고 했다. 헉! 얘네들이 진짜. 수진이 적극 말리는 건 고양이 때문인 걸까.

"여기서 그냥 좀 더 살아요. 연동이 하고 정도 들었는데, 이젠 말도 잘 들어요."

"제가 너무 미안해서요."

형진이 대답했다.

"하나도 안 미안한 줄 알았는데."

"에이, 그럴 리가 있습니까요. 솔직히 여기 떠나서 다른 데 가면 진짜 팍팍할 거 같더라고요. 애 데리고 혼자 살 것이 엄두가 안 나서 뭉갠 거예요."

"아아, 그때 쫌 잘 좀 하실 것이지. 그땐 진짜 미워 죽을 뻔했는데."

형진의 말에 호준은 민망해서 괜히 머리를 긁는 척했고 정우는 크게 웃었으며 수진은 괜히 정우의 팔을 콩콩 치며 웃었다.

자, 이제 잠들 잡시다, 라며 형진이 일어나는데 민규가 귀가했다.

"어? 민규씨 왜 이렇게 늦었어? 자는 줄 알았는데. 회식 있었나?"

"아니요, 저 학원 등록했어요."

민규는 의도적으로 수진과 정우에게 등을 돌렸다. 그들이 본

격적으로 사귀면서 보여주는 작태를 보고 싶지 않겠지. 호준이 민규의 말을 받았다.

"배울 게 또 있어? 뭘 그렇게 많이 배우나, 그래."

"저도 스펙 좀 빵빵하게 채울랍니다. 데이트를 하는 것도 아니고, 시간 남아돌아요. 저도 정규직도 되고 승진도 하고 그래야죠."

정우를 겨냥한 말처럼 들렸는지 정우가 약간 머쓱한 표정을 지었지만 곧 아무렇지 않은 척했다.

"아, 그래. 목표가 있으면 좋지. 민규씨 보기 힘들어지는 건가?"

은근 아쉽기도 했다. 식구가 많건 적건 민규 같은 감초는 꼭 필요한 법이니까.

"매일 나가는 건 아니에요. 일주일에 세 번이니까요. 형님은 연애 잘 되어가세요?"

"어? 어어. 나야 뭐… 잘… 잘하고 있지."

"혜진 누나 없는 동안 혼자 잘 하시나 모르겠네."

야, 너나 잘해. 시도도 못해보고 밀린 주제에, 라고 말하고 싶었으나 오늘 같은 날은 그런 날카로운 지적이 어울리지 않아 허허 웃고 말았다.

취침시간이었고 형진은 다른 날과 달리 몹시도 피곤했다. 위기는 넘겼어, 라고 누군가에게 말하며 침대에 몸을 던졌다. 이불을 둘둘 감아 끌어안고 눈을 꼭 감았다. 아, 오늘은 모든 것이 예상과 달랐어. 그렇지만 예상치 못했던 만큼 매우 흡족한 하루였어.

팔일째의 매미가
불운을 견디는 법

생모가 왔다. 영구 귀국했다고 했다. 물론 형진의 의견을 묻지 않았다. 생모는 형진을 낳을 때도, 형진을 엄마에게 맡길 때도, 세상을 떠돌 때도, 세상을 떠돌던 그 발길 그대로 귀국할 때도, 아무에게도 의견을 묻지 않았고, 통보를 하지도 않았다. 그저 가고 왔다.

자신에게 얽힌 의혹을 해소해줄 생각이 전혀 없는 생모는 영구 귀국이라는 결정을 믿으라고 힘주어 말하지도 않았다. 눈물을 강요하지도 않았고, 보살핌을 요구하지도 않았다. 물론 무슨 일로든 사람 놀라게 하지 않겠다는 약속 또한 전혀 하지 않았다. 언제든 사람 놀라게 할 사람이므로 기대하지 않는 게 좋다는 뜻으로 받아들이면 될 것이다.

생모는 집을 구할 때까지 오빠의 집에 머물겠다고 했다. 먼

친구로 지내기엔 너무 가까운 곳으로 오는구나. 삼십삼 년을 산 형진에게는 잔소리 대마왕 엄마가 없는 대신, 지우도 있고 새 식구들도 있었다. 그 어느 때보다 사람들로 북적이는 집에 살고 있다. 더 이상의 사람을 들일 공간이 없었다.

그는 지우의 조언을 적극 받아들일 예정이다. 그래서 생모에게 말했다.

"친구도 조금 먼 듯한 친구가 잘 지낸다고 합니다."

생모는 생뚱맞다는 표정으로 형진을 빤히 바라보았다.

"그게 무슨 뜻이야?"

한국을 오래 떠나 있어서 이 정도의 말도 이해하기 어려운가, 싶어서 설명했다.

"가깝게 지내지 않는 게 좋다는 뜻입니다."

"왜 그런 생각을 해? 내가 가깝게 지내자고 했어?"

당황스럽고 부끄러웠다. 생모는 그런 말을 한 적이 없으며 그런 뜻을 내비친 적도 물론 없다. 말하지 않았으니 네 맘대로 넘겨짚지 말라고 경고하는 것일까. 그렇다 해도 이런 반응이라니. 형진의 대꾸 한 마디면 엄마에게서 수십 마디의 잔소리를 불러내곤 했는데, 이렇게 냉랭한 반응을 보이는 생모는 형진을 낯선 감정에 빠지게 했다. 그가 일 년 동안 겪은 모든 새로운 사람 중에서 가장 새롭고 가장 낯선 사람이 형진의 생모인 것이다. 우리는 무엇으로 이어져 있었을까.

강박적으로 낭만적 사랑에 빠져 있어야 했던 아버지, 어느 시기 이후로 낭만적 사랑의 종말을 변비로 겪어내야 했던 아버지와 사랑에 빠질 줄은 알았지만 애착이 무엇인지 모르는 생모와, 사랑을 잃고 아이를 얻은 어머니의 조합은 바로 자기인 것일까.

그러니까 그 둘이 반드시 결합했어야 했고, 사랑을 잃었으나 아이를 받아든 여자의 두려움이 삼십 년 동안 이어진 뒤에야 지금의 자신이 되었던 것인 게지.

형진은 생모의 낯선 표정 앞에서 다시 슬픔에 잠겼다. 이렇게 낯선 슬픔을 안겨주는 사람과 어떻게 진행될지 모르는 관계를 맺어야 하다니. 옆에서 자기 계획대로 되어간다는 듯, 네가 발버둥 쳐봐야 별 수 없을 거라는 듯 뒷짐 진 채 당당하게 미소를 짓는 장씨 아저씨까지. 참 운도 없지.

슈뢰딩거의 상자를 열었어. 거기 들어있을 거라 짐작했던 오래전의 생모는 없었어. 아직 아무도 아닌 사람이 있었지. 그 사람이 친구가 될지 무엇이 될지는 시간이 지나봐야 알 수 있을 거야. 오랫동안 잘 견뎌주면 나는 그 사람을 친구의 반열에 올리게 될 거야.

슈뢰딩거의 상자를 열었어. 이런 순간을 그 누구도 아닌 내가 겪는 거야. 매미는 보통 일주일을 산다고 해. 그러나 간혹 일주일 넘게 사는 매미가 있어. 팔일째의 매미는 일주일 살고 죽은 매미와는 달라. 일주일 살고 죽은 매미가 보지 못한 것을 팔일째의 매미는 알지. 그것이 잔혹한 운명일지라도 매미에게는 특별한 운명인 거야. 나는 허술한 사랑에서 태어난 아이를 받아든 삼십삼 년의 엄마를 택하겠어.

사과꽃이 하얗게 피어났다. 피코크 그린의 쿨 하우스에서 지우와 함께 사과꽃이 분분하게 흩날리는 것을 보았다. 그리고 주말이면 남쪽으로 여행을 가자는 제안을 받았다. 도시락을 싸야지.

본문에 이런 말을 썼다.

"깊이 결속되기를 원하는 사람에게는 누구와도 그것을 이루기 어렵게 만들고, 적당한 거리를 유지하기를 원하는 사람에게는 떼쓰는 사람을 붙여주는 것이 운명 아니던가."

특정한 사람과의 관계만 그런가. 나 자신이 이 둘 사이를 오고 가기도 한다. 어떤 관계도 익숙해지지 않고 편치 않아서 그렇다. 달리 말할 것도 없다. 사람이란 그 누구라도 알지 못하는 면을 지니고 있기에 불안해서 그렇다. 누군가와 관계를 맺고 산다는 것은 세상에서 일어날 수 있는 모든 일이 일어날 가능성을 안고 있는 것일 테니까.

마찬가지 얘기다. 하루를 더 산다는 것은 어제와는 다른, 낯선 것을 품은 하루를 더 산다는 것이다. 매일 무슨 일이 있을까 두려워하며 눈을 뜬다. 베드로가 예수를 부정했듯이 내가 살아온 모든 날들을 부정하면 아무 일 없는 단조로운 날들을 얻을 수 있을까. 하여, 나는 소설을 쓰기 시작한 이래로 처음, 내가 살고 싶은 인간형을 발견했다. 결코 거부할 수 없으리라 여겨지던 '천부의 조건'에서 벗어난, 그것이 비록 보통의 삶에서 멀어지는 것일지라도, 형진과 같은 사람이 그것이다. 이렇게 팔일째의 매미로 살아보고 싶다.

그러고 보니 누군가는 이렇게 말할 것 같다. 소설을 쓰는 사람은 언제나 팔일째의 매미로 살아가고 있는 것이라고!

인정하고, 소설을 쓸 수 있는 내 모든 조건에 감사를 드린다.
삼가 이 책을 바칩니다.

2016년 9월
방현희

불운과
친해지는
법

1판 1쇄 2016년 9월 12일

지은이	방현희
펴낸이	손정욱
마케팅	라혜정·홍슬기·박선경
관리	김윤미
디자인	길은영
펴낸곳	도서출판 답
출판등록	2015년 2월 25일 제 312-2015-000063호
주소	서울시 마포구 포은로 56. 2층
전화	02 324 8220
팩스	02 3141 4934

「이 도서의 국립중앙도서관 출판예정도서목록(CIP)은 서지정보유통지원시스템 홈페이지
(http://seoji.nl.go.kr)와 국가자료공동목록시스템(http://www.nl.go.kr/kolisnet)에서 이용하실 수 있습니다.
(CIP제어번호: CIP2016016826)」

ISBN 979-11-87229-05-6 03810